WALTER LUTZ

Siegende Liebe

AF186632

WALTER LUTZ

Siegende Liebe

Führungen in der geistigen Welt

Roman

Neuauflage 2023 der Erstauflage von 1931
erschienen im Neu-Salems-Verlag, Bietigheim
Neu herausgegeben von Klaus Kardelke

Umschlagbild: Pixabay

Bibliografische Information der Deutschen Nationalbibliothek:
Die Deutsche Nationalbibliothek verzeichnet diese Publikation in der
Deutschen Nationalbibliografie; detaillierte bibliografische Daten sind im
Internet über http://dnb.dnb.de abrufbar.

Herstellung und Verlag: BoD – Books on Demand, Norderstedt
ISBN 978-3-7448-1342-6

Vorwort

Diese Erzählung habe ich ohne jede Vorarbeit nach der Stimme des Geistes niedergeschrieben.

Ich habe nichts gesucht, selber geplant oder ausgedacht, sondern alles wurde mir in einem unwiderstehlichen, lebendigen Flusse innerer Worte in kürzester Zeit gegeben.

In meinem Herzen danke ich für dieses Geschenk dem Geber aller guten Gaben.

Walter Lutz

Liebe

Liebe, die auf Sternen thront,

Liebe, die bei Engeln wohnt,

die nichts als sich selbst vergisst,

Liebe, die ganz Liebe ist

- senk mir in die Seele ein

Deinen warmen Widerschein,

dass ich eine Leuchte sei

in dem dunklen Vielerlei,

dass ich warme Hände habe,

übervoll von Deiner Gnade:

Liebe, die sich selbst vergisst,

Liebe, die ganz Liebe ist!

M. L.-W.

1. Kapitel

Es ist kaum zu glauben, wie böse der alte Sauerbrot zeit seines Lebens war. Wenn man ihn so dahinschlurfen sah, hager, schwächlich, mit einer hängenden Schulter und bleicher grünlicher Gesichtsfarbe, da konnte man sich freilich fast denken, dass von diesem Menschen nicht viel Gutes kommen konnte.

Sauerbrot arbeitete in einer Maschinenfabrik. Früher, in jüngeren Jahren, war er als ein recht intelligenter, brauchbarer Mensch Meister gewesen. Aber seine Bosheit hatte es mit sich gebracht, dass er rasch eine gute Stelle nach der andern verlor und schließlich froh sein musste, in einer ganz einfachen Arbeitsstelle als gewöhnlicher Fräser unterzukommen.

In einem Winkel des großen, rasselnden Arbeitssaales war seine Maschine. Da stand er Tag um Tag, Jahr um Jahr und ließ den scharfen, gierigen Stahl die gewünschten Formen aus dem Metall der rohen Werkstücke herausfressen – und diese sozusagen erbarmungslose Arbeit schien Sauerbrots einzige Lebenslust zu sein. So wie der Stahl ins Metall, so liebte er es ja auch, in die Seelen seiner Mitmenschen Löcher und Furchen hineinzureißen.

Im Übrigen war der harte, selbstgerechte Egoist, der nie eine Schuld und einen Fehler an sich selber suchte, durch den absteigenden Verlauf seiner Lebensverhältnisse und beruflichen Geschicke sehr verbittert. Er war dadurch anscheinend ganz zu Galle geworden, besonders gegen alle diejenigen Menschen, die er in glücklicheren, aufsteigenden Verhältnissen sah und die mit ihrem Los zufrieden waren.

Die „Giftspinne" hießen den unguten Gesellen die Arbeitskollegen. Keiner wollte mit ihm etwas zu tun haben. Man ließ ihn möglichst unberührt und unangefochten in seiner Ecke und war froh, wenn er nicht hervorkam. Denn immer wenn er sich zeigte und unter die anderen Arbeiter trat, war es jedes Mal nur Streit, Ärger und gehässiges Wesen, was er durch allerlei giftige Bemerkungen ausstreute.

Eine Lust war es ihm, auch durch Bemängelung der Arbeit anderer, durch Beschuldigungen und Verdächtigungen, durch lügenhafte, entstellende Zwischenträgereien die Leute gegeneinander aufzuhetzen, auch zwischen Meister und Arbeitern oder gegen die Fabrikleitung zu schüren. Wenn dann die Gemüter recht aufgebracht waren und es im Arbeitssaale vor geheimen Spannungen und Entladungen drunter und drüber ging, dann zog sich die Giftspinne wieder in ihren Winkel zurück und ließ mit einer wahren Wollust den harten, scharfen Stahl in das weichere Material laufen. Er hatte sich wieder an der Menschheit gerächt und beobachtete mit Schadenfreude, wie sich das „dumme Pack", wie er die ganze Welt in seinem Herzen nannte, seelisch und oft auch leiblich zerraufte und Wunden schlug.

Darum galt denn aber auch im ganzen Betriebe die Losung, den Sauerbrot in Frieden zu lassen und ihm, wenn irgend möglich, als wie einem bösen Geist aus dem Weg zu gehen. Und der gefürchtete Mann hatte während der ganzen zehn Jahre, welche er in der von ihm zuletzt übernommenen Arbeitsstelle zubrachte, unter seinen Arbeitsgenossen keinerlei Anschluss, geschweige denn einen Freund.

Aber auch daheim, im Schoße seiner zahlreichen Familie, war für ihn keine Stätte der Liebe und reinen Freude. Auch da lastete Sauerbrots arger, finsterer Geist, indem er Weib und Kinder auf die abscheulichste Weise tyrannisierte.

Martha, Sauerbrots Frau, war nach fünfzehnjähriger Ehe von dem ewigen Gezänk und Gerechte und den willkürlichen, herrischen Ansprüchen ihres Mannes wie auch von den zahlreichen Geburten, die Jahr um Jahr folgten, so heruntergebracht, dass sie eines

Winters an der Auszehrung starb, als kaum die beiden ältesten Kinder, ein Sohn und eine Tochter, aus der Schule waren. Der Sohn, von Hass und Verachtung gegen den Vater erfüllt, brannte sofort nach Amerika durch, als die Mutter im kühlen Erdboden lag.

Die Tochter Lydia, ein zartes, blasses, lilienhaftes Kind, in dem aber eine große, der Mutter nachartende und im Leiden früh geübte Liebesseele glühte, übernahm die Haushaltung sowie die Pflege und Erziehung der vier jüngeren Geschwister. Sie wurde unter dem Druck des Vaters und der durch die große Familie verursachten Not bald ein duldsames, reifes Weib. Und als die jüngeren Geschwister endlich alle aus der Schule waren und bis auf die Kleinste das Nest sobald als möglich verlassen hatten – da reichte sie einem braven Mann, einem jungen Lehrer, die Hand zum Ehebund und zog mit ihm aus der düsteren, brausenden Großstadt in die Stille eines Gebirgsdörfchens, wo ihr Gatte seine Anstellung hatte.

Dem nun schon fast sechzigjährigen Sauerbrot wurde bei dieser Gelegenheit anheimgestellt, mit Lydia in ihr neues Heim umzuziehen. Aber der alte Eigenbrötler verschmähte dieses Angebot, obwohl in einer unfern gelegenen Werkstätte für ihn auch Arbeit zu finden gewesen wäre. Er zog es vor, an seinem bisherigen Orte einsam weiterzuleben und von der jüngsten Tochter, die freilich keine duldsame Lydia war, sich den Haushalt weiterführen zu lassen.

Die kleine Sibylle aber zog bald, als sie merkte, dass der Vater nun mehr oder weniger von ihrem guten Willen, ihrer Pflege und Sorgfalt abhängig war, ganz andere Saiten auf, als der Alte gedacht hatte. In dem weniger günstig veranlagten Kinde hatte die böse Tyrannei des Vaters ganz andere Mächte und Gegenkräfte entwickelt als in Lydia. Sibylle hatte des Vaters Bequemlichkeit, Schlauheit, Rechthaberei und heimliche Gewaltsamkeit sich zu Eigen gemacht. Und als Sauerbrot bei zunehmendem Alter an Leber, Milz und Nieren stark zu kränkeln begann, nahm sie unbedenklich das Heft in die Hand, indem sie den Alten im Zanken, Schimpfen und Rechthaben noch überbot und ihm bei jeder Gelegenheit drohte, ihn im Stiche zu lassen und fortzugehen, wenn er nicht klein beigebe.

Sauerbrot, der wohl wusste, dass, wenn diese Tochter ihn auch verlasse, für ihn, die Giftspinne, niemand mehr sorgen werde, musste sich denn auch wohl oder übel fügen. Aber dieses Geschick, dieses Sichbeugenmüssen vor dem eigenen Fleisch und Blut, vergällte und verwüstete ihn innerlich vollends ganz. Das von Milz und Leber ausgehende Leiden machte reißende Fortschritte. Es war, als ob eine schon immer als Keim vorhandene schwarze höllische Macht ihn immer mehr ergreife und schließlich die ganze Person erfülle. Eine unsägliche, grenzenlose Wut, ein geradezu höllischer Zorn erfasste den bald andauernd bettlägerigen Mann, wenn er diese seine Lage bedachte – sein nutzloses, erfolgloses Leben, seine schmerzhafte Krankheit, seine Hilflosigkeit und dazu jetzt noch das freche Kind, das ihn, den ohnmächtigen Vater, höhnte und von dessen Aufmerksamkeit und Gnade er mit jedem Tässchen Milch, jedem Stückchen Brot, jedem frischen Lufthauche abhängig war!

Eines Nachts, gegen die Mitternachtsstunde, als die junge Sibylle gerade mit Freunden und Freundinnen im Lichtspielhause war und ihn vergebens auf die für die Nachtruhe nötigen Wartungen und Handreichungen harren ließ, nahm jene Macht, der Sauerbrot sich in seinem Leben Schritt für Schritt immer mehr übergeben hatte, ganz von ihm Besitz.

Er sah es in der Stube wie einen schwarzen gespenstischen Schatten auf sich zukommen. Er senkte sich über sein Bett, setzte sich ihm auf die Brust, dass ihm der Atem fast verging. Der Gepeinigte, in Angstschweiß gebadet, schrie um Hilfe. Aber niemand war da, der ihn hörte oder hören wollte.

Aus dem mächtigen Schatten schienen ihn zwei feurige, kohlschwarze Augen anzuschauen. Zwei krallenbewehrte Hände schienen sich zu formen. Und diese entsetzliche Gestalt sprach: „Du bist mein! Ich bin dein Dämon!" - und machte sich daran, ihm die Seele aus dem Leibe zu reißen.

Was weiter geschah, konnte Sauerbrot nicht mehr klar unterscheiden. Vor Schreck und Grauen schwanden ihm die Sinne. Rasch wie auf einem Blitzstreifen flog noch sein ganzes Leben in einem Nu an ihm vorüber. Dann wurde es um ihn Nacht, und er hatte das Gefühl, in einer tiefen Ohnmacht wie in einen finsteren, bodenlosen Abgrund zu versinken.

Das war Sauerbrots letztes irdisches Stündlein und zugleich in dem namenlosen Grauen des höllischen Erlebnisses – sein Jüngstes Gericht.

Als seine vom Schreck in ihre Atome zerteilte Seele sich wieder sammelte und das Bewusstsein zurückkehrte, war sie nicht mehr in ihrem irdischen, fleischlichen Leibe. Der Todesengel hatte sein Amt verrichtet und die Löslösung vollzogen.

Jetzt war Sauerbrot im geistigen Reiche – als ein Geistmensch, freilich nicht von reiner, himmlischer und seliger Art, sondern als ein Wesen mit ganz genau den gleich argen Gedanken, Gefühlen, Begierden, Leidenschaften und Bestrebungen, die im leiblichen Leben seine Seele erfüllt und durchbebt hatten.

„Wie der Baum fällt, so bleibt er liegen", hatte einst ein erleuchteter Bote Gottes gesprochen (Pred. 11,3). Und so war es auch mit Sauerbrot.

Der gleiche böse, von einem bereitwillig aufgenommenen schlimmen Geist beherrschte Mensch, als der er im leiblichen Leben gestanden hatte, war er nun auch in jenem anderen, dem fleischlichen Auge unsichtbaren Lebensreiche. Es hatte die ewige, unsterbliche Seele nach dem Willen und Machtgebote Gottes nur ihre zeitliche Hülle, das fleischliche Gewand, ausgezogen, um auf neuer Seinsstufe ihrer weiteren Entwicklung entgegenzugehen.

Das irdisch-leibliche Leben war ein unglückliches, ein arges gewesen. - Und – was nun??

2. Kapitel

Als Sauerbrot nach dem schrecklichen Geschehnis seines Hingangs wieder zu sich gekommen war, wusste er zunächst nicht, was sich eigentlich mit ihm begeben hatte.

Er hatte keine Ahnung, dass er die von ihm immer so mit kaltem Schauder gefürchtete Pforte des Todes durchschritten hatte. Er sah sich noch immer in seiner Schlafstube im Bett, von wo er durch die offene Türe einen Blick in die Wohnstube hatte.

Fremd und bedrückend kam ihm nur vor, dass alles, obwohl die Lampe brannte, in einer schwärzlichen Dämmerung nur wie durch einen Schleier zu sehen war.

Auch wollte Sibylle endlos lange nicht nach Hause zurückkehren. Und als sie endlich heimkam mit ihren Freunden und Freundinnen, da war die Gesellschaft beim eigenartig dickroten Schein des elektrischen Lichtes merkwürdig fröhlich und ausgelassen.

Sie bereiteten, ohne sich um ihn im Geringsten zu kümmern, eine Punschbowle, stießen lustig an und feierten sein Ableben und Sibylles glückliches Erbe!

Das war doch allerhand an herzloser Unverschämtheit! Sauerbrot wollte rufen und schelten. Aber merkwürdig – er brachte kein lautes Wort aus der Kehle! Auch kein Glied konnte er rühren. Er war wie im Bett festgenagelt.

Auch der eigenartige Dunkelheitsschleier wollte

nicht weichen. Und was ihm ebenfalls auffiel war, dass er wohl die übermütigen Stimmen der Festgesellschaft hörte, die ihm wie ins Herz schnitten – aber sonst keinen Laut, kein Gläserklingen, kein Stuhlrücken, keinen Tritt vernahm und dass die Wanduhr gerade gegenüber seinem Bette zwar schwang, dass aber die Zeiger unbeweglich still standen auf Mitternacht und keine Stunde mehr schlug.

War er denn nicht mehr recht im Kopf? Oder träumte er denn? Mit bangem Alpdruck dachte es Sauerbrot.

Da erhob sich aus der Gesellschaft im Wohnzimmer ein junger Mann, schlug ans Glas und hielt eine kleine Rede. Er sprach, wie Sauerbrot deutlich vernahm, etwa folgendes:

„Da der alte Plagegeist und Tyrann, die tückische Giftspinne, endlich dahin ist und meine liebe Sibylle ihre Freiheit erlangt hat, so gestatten wir uns, liebe Freundinnen und Freunde, als Erben eines Häufleins von Glücksscherben, euch unsere Verlobung ergebenst anzuzeigen. Wir haben die Absicht, das vom alten Ränkeschmied in tausend Atome zersplitterte Familienleben in diesen Räumen wieder aufzubauen und erhoffen dazu günstige Aspekte und Gestirne unter weiterem treuem und fröhlichem Beistand von Seite der alten Freunde! - Ein Prosit der neuen, rosigen Zukunft! - Und ein Hols-der-Teufel dem tristen Geist der Vergangenheit, den wir – je eher, desto besser – in die Grube der Vergessenheit versenken wollen! Der alte Sauerbrot war ein Pfuschwerk und ein Fluch! Wir wollen neue Brötlein backen aus einem blütenreinen, blonden, süßen Weizen! - Sibylle, meine liebe Braut, lebe hoch!"

Mit fröhlicher Begeisterung stimmte die ganze Gesellschaft in die schwungvolle Leichen- und Verlobungsrede mit ein.

Das ist doch die Höhe, dachte Sauerbrot. Feiern die

ein Freudenfest, als ob ich gestorben wäre und im Sarg läge und die größte Erbschaft ihnen zufiele!

Und diese Urteile, die er über sich hören musste! – Das konnte er sich nicht gefallen lassen!

Er wollte sich erheben, hinaustreten, die ganze Sippschaft zur Türe hinausjagen. Aber die Glieder versagten ihm völlig den Dienst. Keinen Finger konnte er rühren und keinen Laut brachte er über die Lippen. Es war zum Verzweifeln, zum Rasendwerden – diese Ohnmacht, diese Demütigung!

Eine solche Wut ergriff den hilflos Festgebannten, dass das Feuer des Zorns ihm gleichsam aus den Augen und aus den Poren sprühte. Und es schien Sauerbrot, als ob plötzlich sein Bett in Flammen stünde.

Schier von Sinnen schrie er um Hilfe, brachte aber keinen Ton heraus. Und die Gesellschaft im Wohnzimmer draußen schien nur immer lustiger zu werden und von seiner entsetzlichen Not nicht die geringste Notiz zu nehmen.

Da, als Sauerbrot schon zu verbrennen und zu ersticken glaubte, standen plötzlich, wie durch die Wand gekommen, zwei Männer von eindrucksvoller Gestalt und ernsten, durchdringenden Mienen vor ihm.

Sie dämpften mit einer Handbewegung das zügelnde Flammenmeer seines Bettes. Und während die Gesellschaft im Wohnzimmer wie auf ein Zauberwort verschwand, sprach der eine, etwas ältere der Männer:

„Freund und Bruder! Wir sind Boten jener höchsten Lebensmacht, welche du in deinem irdischen Sein wohl geahnt und gefürchtet, aber doch stets mit dem Verstande geleugnet und in deinem Tun und Lassen allezeit tief missachtet und schwer gekränkt hast.

Diese Grundmacht alles Lebens ist die ewige Liebe, welche alles, was da ist, werden ließ und auch dich aus der heiligen Fülle ihrer Urgedanken und Urkräfte geschaffen hat.

Sie hat dir auf deinen Lebensweg Seelenkräfte des

Guten und des Bösen, der reinen göttlichen Liebe und der unlauteren Eigenliebe mitgegeben in einer weisen, wohl abgewogenen Mischung. Und es wäre dir bei gutem Willen durch die Belehrung und Führung, welche dir dein Gott und Vater angedeihen ließ, zu deinem großen, seligen Glücke möglich gewesen, die argen Funken der Selbstsucht, des Neides, der Bosheit in deiner Seele durch die dir ebenfalls verliehenen guten Funken reiner Demut und Liebe zu überwinden und dein Wesen als ein geläutertes, gereiftes und vollendetes dem himmlischen Vater zurückzubringen.

Aber deine Trägheit und deine Selbstliebe wollten das nicht, du hörtest nicht auf die warnende, belehrende, antreibende Stimme des göttlichen Geistes in deinem Herzen und gabst dich den versuchenden Einflüsterungen höllischer Wesen hin, welche in dir den Neid, die Gewaltsamkeit, die Lüge, die Bosheit verstärkten und dich immer mehr und mehr in ihren Bann zogen. Dadurch aber entferntest du dich immer mehr aus der gesegneten, aufbauenden Lebensordnung Gottes und gerietest in die Bezirke zerstörender, zersetzender, vernichtender Gewalten.

Du wurdest selber ein Zerstörer, Vernichter und gefürchteter Gewaltmensch voll Gift und Galle. Und da du selbst niemanden mehr liebtest als dich selbst und statt Liebe nur Zorn und Hass ausstreutest, so wurdest du selber auch von niemanden geliebt, sondern nur von allen gehasst und gemieden. An deiner Arbeitsstätte wie in deiner Familie bist du vereinsamt und schufst um dich ein Trümmerfeld und eine Öde.

So bist du dieser Tage gestorben und dein Leib ist schon der Erde übergeben als eine Speise der Würmer!"

„Was!?" schrie da Sauerbrot - „was faselt ihr da, ihr verdammten Gaukler!? Habt ihr mich zum Narren!? Wollt ihr zwei verkappten Stadtmissionare oder Heilsarmeeler machen, dass ihr augenblicks aus meiner

Stube und Wohnung hinauskommt! Hier wohnt ein Freidenker, ein Mensch, der über eure Ammenmärchen längst hinaus ist!"

„Du irrst dich, lieber Freund", erwiderte der ältere der beiden Männer ruhig und bestimmt, „wir sind nicht von jener irdischen Welt, von der du immer noch träumst. Wir sind, wie wir dir schon sagten, Boten der neuen, von dir jetzt betretenen geistigen Welt, gesandt von deinem Gott, Schöpfer und liebevollsten himmlischen Vater, um dich noch einmal zu ermahnen und zu warnen. Lasse du dich um deines ewigen Heiles willen von uns zum wahren geistigen Sein erwecken und (auf den jüngeren Gefährten weisend) von diesem hier zu den Stufen eines höheren, besseren Lebens emporführen!"

„Ich will nichts wissen von eurem höheren Leben!", rief Sauerbrot heftig, in schärfstem, bissigstem Tone. „Wenn ich schon gestorben bin, so lasst mich gestorben sein und bleiben! Ich habe nichts da droben verloren bei einem angeblichen Gott und Vater, der mir, wenn irgendetwas, nur das allerelendeste, verdammteste Leben mit nichts als Ärger, Mühsal und Kummer gegeben hat! Ich will bleiben wo ich bin, auf dieser Erde! Und ich will sehen, was dieses Menschengeschlecht, dieses elende Gezücht noch alles anstellt.

Und wenn ihr mir von eurem Gott und himmlischen Vater eine Gnade geben wollt, so erbittet und gebet mir die, dass ich hier unten bleiben und das Menschenpack weiter, ja noch viel mehr als bisher, züchtigen und piesacken darf. Denn mich hat das elende Leben so schandbar verdrossen und verärgert und giftgrün gemacht, dass ich verbrennen muss vor gerechtem Rachedurst, wenn ich mich nicht einmal ganz bis auf den Grund satträchen und an dem Ärger und der höllischen Wut der Satansbrut satttrinken kann!"

„Bedauernswerter", entgegnet der ältere der Männer, indes der jüngere sein Gesicht verhüllte, „satt werden wirst du nie an diesem Gluttranke. Nur immer grässlichere Höllenflammen wirst du dadurch in dir entzünden.

Aber es wird leider wohl auch keinen anderen Weg geben, um dir das Aussichtslose und Unselige deiner Richtung durch Erfahrung zu bekunden. Und so geschehe denn nach deinem uns unantastbaren freien Willen.

Die Augen der Seele sollen sich dir wieder öffnen für die irdische Welt! Du sollst frei in deren Bereichen schweifen können, wohin es dir beliebt. Und es soll auch deinem Tatwillen in einem gewissen, von Gott bestimmten Maße die Freiheit und Möglichkeit des Wirkens gegeben sein!

Die endlose Gnade und Erbarmung der ewigen Liebe begleite dich unglücklichen, bedauernswerten Bruder!"

Damit verschwanden die beiden Männer. Sauerbrot fühlte sich in stockdunkler Nacht und in völliger, eisiger Einsamkeit.

3. Kapitel

Als der nun doch immerhin recht bang Bestürzte so im Finsteren lag, da vernahm er plötzlich gleichsam in sich selbst wieder die Stimme jenes unheimlichen höllischen Wesens, das in der Todesstunde mit ehernen Krallen von ihm Besitz genommen hatte.

Die Stimme sprach: „Fürchte dich nicht! Ich bin bei dir und führe, leite und beschütze dich auf deinen Wegen. Was du nach deines Leibes Tode bis jetzt geschaut, gehört und erlebt hast, waren Bilder und Ausgeburten deiner eigenen Phantasie und nur ein matter, verwirrter und entstellter Abglanz der Wirklichkeit. Jetzt wirst du durch mich und meine Hilfe die irdische

Welt wiederum richtig hören, schauen, riechen, schmecken und greifen können, und du wirst dich hinbegeben können, wohin du nur willst. Und die Wohnstätten, Häuser und Herzen der Menschen werden dir offenstehen, und du kannst unter ihnen und in ihnen wirken nach deiner freien Lust, wie du nur immer willst und begehrst. - Warte nur in Geduld! Die Nacht wird bald verschwinden, der Tag wird grauen und du wirst die Wahrheit dessen, was ich dir sagte, sehen und erleben!"

In der Tat, wie die Stimme es verkündet hatte, so war es denn auch!

Sauerbrot hatte nach seinem Tode zufolge des Hinwegfalls seiner leiblichen Sinne zunächst nur im Eigenreiche seiner aus sich selbst erschaffenden Phantasie ein traumartiges Innenleben gehabt, das von den Engeln Gottes durch geistige Einfließung und Leitung mit jenen belehrenden Schauungen und Erlebnissen erfüllt worden war und ihm einen Abglanz höherer Wahrheiten und Wirklichkeiten gab. - Jetzt wurde auf sein beharrliches, unseliges Verlangen nach dem großen, im ganzen Wesenreiche Gottes geltenden Grundgesetze der geistigen Freiheit vom Herrn alles Lebens, - nicht von jenem lügenhaften, höllischen Dämon, der sich als Gewaltherrscher der Seele bemächtigt hatte – dem neuen, weltsüchtigen Bürger des Jenseits die Sehe für die diesirdische Welt wieder eröffnet und es ward im zugelassen, sich schauend, vernehmend und wirkend hinzuwenden, wohin die arge Lust und Liebe seines Herzens ihn nur immer zog.

Zunächst trieben Neugierde, Zorn und Wut den Unseligen natürlich zurück nach der zu Lebzeiten innegehabten Wohnung. Er wollte sehen, ob Sibylle wirklich sich verlobt hatte und mit seinem, Sauerbrots Andenken einen so abscheulich kurzen Prozess gemacht habe.

Als die Nacht wich, wie der schwarze Dämon vorausgesagt hatte, und der Tag in den ihm wohlvertrauten Stuben dämmerte, da bemerkte Sauerbrot zu seinem weidlichen Entsetzen und Ärger, dass die wahre Wirklichkeit womöglich noch schlimmer war als das von ihm in den inneren Phantasiebildern Geschaute.

Sibylle und ihr Freund lagen schon als Gatten in den einstigen Ehebetten der Eltern. Als sie aufwachten, waren sie lustig und guter Dinge. Nur das große Bild des Vaters, das neben dem der Mutter in einem vergoldeten Rahmen in der Wohnstube hing und durch die Schlafzimmertür zu ihnen hereinschaute, störte sie noch, und sie beschlossen, es demnächst aus dem Rahmen zu nehmen und zu verbrennen.

„Wartet nur", sagte Sauerbrot, „euch Lumpenchor will ich schon einen Denkzettel geben, dass ich, wenn auch unsichtbar, doch noch da bin!"

Bemerkend, dass er nach dem bloßen Drang und Zuge seines Willens sich in die Luft erheben und, wo er nur wollte, sich hinverfügen konnte, stieg er empor, machte sich hinter das Bild, löste mit der Kraft seines Willens einen schadhaften Knoten der Schnur, an welcher der Rahmen hing, und im nächsten Augenblicke stürzte das Bild mit lautem Krachen zu Boden, dass das Glas im viele Stücke zersprang und der Rahmen zersplitterte.

Erschrocken sprang Sibylles Gatte aus dem Bett, eilte zu dem Bild, hob es auf und betrachtete Rahmen und Schnur.

„Es ist doch merkwürdig", sagte Sibylle, „dass gerade in dem Augenblicke, wo wir davon reden, das Bild fortzutun, die Schnur sich von selbst löst und das Bild herniederstürzt und in tausend Stücke fährt! - Ganz sicher ist es also des Himmels Wille, dass das Bild fortkommt und als letztes Erinnerungszeichen der traurigen Vergangenheit verschwindet."

„Des Himmels Wille oder nicht – das mag sein wie es will", entgegnete der Mann. „Ich glaube nicht an höhere Mächte, solang ich nichts davon höre und sehe! - Eine Motte hat die Schnur zerfressen, das sehe ich ganz genau an der Bruchstelle. Und was das Auge sieht, das glaubt das Herz!"

Daraufhin wurden von Sibylle die Glassplitter zusammengekehrt, das Lichtbild wurde von ihr zerrissen und verbrannt. Der Rahmen wurde von ihrem Ehegatten zusammengefügt, geleimt und für bessere Zwecke hinter den Kasten gestellt.

So war die erste Kundgebung Sauerbrots aus dem Jenseits im Diesseits verlaufen und – verpufft. Und mit neuem großen Ärger musste der Unglückliche sehen, wie geringschätzig sein Andenken behandelt wurde und wie ohnmächtig sein Wille war, in die Herzen der Menschen, die er im Leibesleben misshandelt und sich zum Feinde gemacht hatte, von drüben aus andere, achtungsvollere Gedanken und Empfindungen zu pflanzen.

Sauerbrot beschloss, diesen Ort der Enttäuschung und des Zornes zu verlassen. - Aber wohin? - Wo war es für ihn besser? Wo konnte er Licht und Freuden finden?

Nirgends, das wusste er wohl! - Überall war für ihn die Welt eine Hölle!

Da fiel ihm wieder seine Tochter Lydia ein – der einzige Mensch auf Erden, dem er zeitweilig ein wenig gewogen war, zu dem er dann und wann Anwandlungen von Dank und Liebe empfunden hatte. Denn Lydia war tatsächlich ein Engel gewesen. Niemand hatte, wie sie, so geduldig, so still, so hingebend alle seine Launen und Gewalttätigkeiten ertragen.

Diese Tochter wollte er aufsuchen, sehen wie sie lebte, sich ihr womöglich kundtun, seinen Ärger, seinen Zorn und sein Leid ihr klagen, um sie womöglich ganz in seine Gewalt zu ziehen und für ewig an sich zu ketten.

4. Kapitel

Kaum hatte Sauerbrot so recht diese Gedanken und Wünsche in sich zur vollen Klarheit und Macht reifen lassen, da fühlte er sich auch schon gleichsam wie von unsichtbaren Fittichen in die Luft gehoben.

Er schwebte, ohne dass ihn Decke, Wände und Dach aufhalten konnten, aus dem Hause, über das wirre Meer der Großstadt hinweg ins Grüne und immer fort und fort über Ebenen, Hügel, Täler, Flüsse und Seen – bis er über jene Gebirgsgegend kam, die man „Auf dem Walde" nannte.

Dort wurde er, wiederum wie von Geisterhänden, abgesetzt und befand sich bald im Gärtchen beim Schulhause, wo soeben seine Tochter Lydia Küchengemüse holte zum Mittagkochen.

Sie war etwas blass und, wie ihm schien, stärker gealtert, als die seit ihrer Verheiratung verflossenen zehn Jahre hätten vermuten lassen. Hatte sie Unglück in der Ehe? Sorgen? - Die kurzen, bräunlichen Kräusellöckchen auf der zarten Stirne, den Schläfen und im Nacken, die ihm stets so gefallen, hatte sie aber immer noch.

Sauerbrot hätte gerne zu ihr geredet. Aber so viel er sich auch Mühe gab und sich ihr näherte, so konnte sie ihn doch offenbar nicht vernehmen. Nur als er ihr ganz nahe kam und, während sie die vom Gartenbeet gepflückte Petersilie nachdenklich zu einem Sträußchen ordnete, den Arm um ihre Schultern legte, da schauerte sie plötzlich wie von einem kalten Hauch zusammen, schüttelte sich, seufzte tief auf und eilte dann rasch ins Haus an den warmen Herd.

Bis zur Zeit des Mittagessens schaute sich Sauerbrot das Gärtchen und das ganze Schulhaus von außen und innen an und hörte dann dem Lehrer, dem Ehemann Lydias, eine Weile beim Unterricht seiner zahlreichen Kinder zu.

Da gerade biblische Geschichte vorgetragen, gebetet und gesungen wurde, hielt er es aber hier nicht lange aus und begab sich schwebend hinaus in die Umgebung des Schulhauses, musterte flüchtig das benachbarte Pfarrhaus, die Kirche, das Rathaus, das ländlich behäbige Gasthaus ‚Zur Traube' und nach und nach alle die großen und kleinen Häuser der Bauern und wenigen Handwerker des Dorfes.

Beim Schlosser und beim Schmied hielt er sich etwas länger auf, weil dieses Handwerk mit Stahl und Eisen ja in sein irdisches Fach schlug.

Zur Mittagszeit kehrte Sauerbrot wieder ins Schulhaus zurück und kam eben dazu, wie die ganze Lehrersfamilie zu Tische saß und der Vater nach dem Tischgebet die Suppe herausschöpfte.

Es saßen mit den Eltern vier Kinder am Tisch, zwei Mädchen und zwei Knaben. Es ging ruhig und geordnet zu.

Der Vater, ein mittelgroßer, gesunder, vollblütiger Mann von etwa 35 Jahren, mit klugen, energischen Zügen und kühn gewelltem, braunen Haupthaar, schien ein strenges, aber gerechtes Regiment zu führen.

Ihm gegenüber, am anderen Ende des Tisches, saß aber noch jemand, ein altes, etwas krummes Männchen, gut siebzig Jahre alt, mit einem seitlich geneigten, immer freundlich ernst lächelnden Gesicht. Wer war denn das? Seine wasserblauen Augen strahlten und blitzten über die Tischgesellschaft hin und waren bei den Winkeln an den Schläfen von vielen sonnenartigen Fältchen umsäumt. Das musste der Vater des Lehrers sein, denn die Kinder sagten zu ihm Großvater.

Dieses alte, krumme Männchen schien übrigens der einzige von der ganzen Familie zu sein, der von seiner, Sauerbrots, Anwesenheit etwas Bestimmtes bemerkte. Er warf plötzlich, als Sauerbrot sich in der einen Zimmerecke auf die Bank beim großen grünen Kachelofen setzte, einen raschen, starren Blick nach diesem Platze, schreckte ganz leicht zusammen, legte dann den Löffel weg, wischte sich den Mund und sagte nach einer Weile, in seinen Stuhl zurückgelehnt: „Ob wohl der Großvater Sauerbrot seine ewige Ruhe nun gefunden hat!?"

„Es ist merkwürdig, dass du jetzt auch an den Vater denkst", sagte wie aus tiefen Gedanken heraus Lydia, die inzwischen den Gemüsegang hereingebracht hatte. „Die ganze Zeit muss ich an ihn denken. Und diesen Morgen im Garten, da war mir ganz sonderbar. Wie ein kühler Hauch ging es über mich. - Es war aber auch von Sibylle zu arg, uns von seinem Tod eine so späte Nachricht zu geben, dass ich nicht einmal mehr zum Begräbnis kommen konnte! - Das wird mich jetzt", so setzte sie bedrückt hinzu, „mein Leben lang verfolgen!"

„Es kommt nicht darauf an, ob und was wir den Toten zu Ehren erweisen", entgegnete, mit Esslust die Schüssel ergreifend, der Lehrer Liebhardt, „sondern darauf, was wir ihnen im Leben Gutes getan haben. Und da kannst du ja ruhig sein. Du hast dem grämlichen Mann gedient wie eine Ruth, ja wie er es an euch Kindern und an eurer Mutter nie verdient hatte – und wie er es auch in der ganzen Ewigkeit nie mehr finden wird, wenn er sich nicht noch von Grund aus drüben ändert."

„Wir wollen zu Gott hoffen", seufzte Lydia, „dass er in der großen Erbarmung Gottes auch noch Gnade findet!"

„Amen, ja, ja! Walt's Gott!" sagte das alte Großväterchen, indem er heimlich immer wieder nach der Ofenbank schaute, wo er den unseligen Geist des alten Sauerbrot leibhaftig sitzen sah.

Der Großvater Liebhardt, seines Berufes einst Schreinermeister, hatte nämlich das sogenannte zweite Gesicht. Er konnte die merkwürdigsten Dinge schauen, von denen andere Menschen keine Ahnung hatten. Und seine Erlebnisse auf dem geistigen Gebiete waren so sonderbar und ungewöhnlich und klangen für die Mitwelt so unglaubhaft, dass er sich längst angewöhnt hatte, davon gegen jedermann zu schweigen und alles bei sich zu behalten.

Nicht einmal seinem Sohne, der übrigens ein in geistigen Dingen ziemlich aufgeklärter Mann war, mochte er sich erschließen. Denn was der Mensch nicht selber sieht, das betrachtet und erklärt er eben doch immer gerne als Hirngespinst und zum mindesten als etwas Ungesundes. Und so führte auch der Sohn über diese Erscheinungen und Erfahrungen und Fragen nicht gern ein Gespräch, zumal er fürchtete, dadurch bei den Leuten im Dorf und schließlich auch beim Pfarrer und bei seiner Behörde mit seinem ganzen Hause in Verruf zu kommen. Geister und Geistererscheinungen durfte es nach der landläufigen Ansicht der gebildeten Menschen nicht geben und vor allem natürlich nicht im Schulhaus, von wo ein geordnetes, bestimmtes Wissen und eine nüchterne, klare Lebensauffassung ins Volk getragen werden sollte und nicht ein mystisches Wesen und Geraune seinen Sitz und seine Brutstätte haben durfte.

„Und wenn es gleich hundertmal so ist, Vater", hatte der Sohn zum Alten gesagt, „wenn die Welt auch voll Teufeln und Geistern sitzt, wie Paulus sagt – so dürfen wir's doch nicht wahrhaben und ausposaunen. Die Wissenschaft, die Gelehrtenwelt und der natürliche, weltlichsinnliche Mensch sieht's und glaubt's nicht. Und wir können und dürfen uns nicht der allgemeinen Anschauung widersetzen und uns mit derartigen Dingen lächerlich machen. Ich in meinem Beruf und Stand am wenigsten! Denn vielen Neidern und Gegnern, die man hat, wäre es ein willkommenes Fest, einen auf diesem Gebiete, auf welchem es keine strikten Beweise gibt, auf Grund der landläufigen Anschauungen zu Fall zu bringen. Ich bin daher meiner Stellung, meiner Frau und Kinder wegen zur Vorsicht und Zurückhaltung verbunden.

Gegen diese Auffassung und Stellungnahme lässt sich, so dachte das Väterchen Liebhardt, natürlich nichts einwenden. Und so behielt er denn alles, was er so durch die seelisch-geistige Sehe erlebte, streng für sich.

Er wusste es in aller Stille, wenn jemand im Orte bald sterben solle. Da sah er allemal einen grauen Schatten, der bei der betreffenden Person sich aus der Brustgrube löste und, durch ein dünnes Band mit dem Todeskandidaten verbunden, immer mehr menschliche Gestalt annahm, je näher die Todesstunde rückte. Im Tode sah er das heftig vibrierende Band zerreißen und die aus dem seelischen Lebensinhalt des sterbenden Menschen gleichsam gespeiste und aufgebaute Schattengestalt sich erheben, um dann ganz in den Formen des einst lebenden Menschen, nur freilich als ein zarter Ätherleib, zu entschweben.

Bei manchen Menschen sah er freilich auch andere, unvollkommenere, ja hässliche und abstoßende Gestalten sich entwickeln, die nicht selten geradezu tierische Formen annahmen.

Den alten Sauerbrot erschaute er zu seinem Schrecken leider auch in solch einer bedauernswerten, unseligen Missgestalt. Er war in seinem Kerne ganz schwarz, in den seelischen Leibesformen skelettartig mager und glich mit dem kahlen Schädel, den glotzenden Augen, den abstehenden Ohren und den spinnendürren Armen und Händen mehr einer großen Fledermaus, einem Vampir, als einem Menschen, zumal um seine Schultern eine Art schwarzen Mantels wie ein Schwingenpaar sich legte.

So saß der Geist des Vaters, um dessen Heil das Herz der Tochter bangte und seufzte, in der gleichen Stube mit der ahnungslosen Familie auf der Ofenbank.

Dem Väterchen Liebhardt wollte es diesmal doch

fast das Herz zersprengen. Er warf zornige Blicke nach dem ungebetenen Gast, schalt ihn in stummer, heftiger Zwiesprache des Herzens einen Eindringling, forderte ihn in Jesu Namen auf, das Haus augenblicklich zu verlassen und suchte ihn zu belehren über die wahren Wege des Heils, welche den Menschen und Seelen des Diesseits und Jenseits gewiesen sind durch die trostvolle Frohbotschaft des Herrn und Heilandes Jesus Christus. Allen, auch dem ärgsten Sünder, sei ja die erbarmende Gnade der ewigen Liebe in Gott verheißen.

Diese noch bei Tisch still im Innersten des Herzens vorgetragene Predigt des alten Mannes, die Sauerbrot in seinem Gemüte merkwürdigerweise Wort für Wort ganz hell und klar verstand, war dem leichterregbaren zornmütigen Gaste schon wieder ein großes Ärgernis. Er hätte am liebsten dem redseligen, unverschämten „Betbruder" den großen Gemüselöffel um den Kopf geschlagen. Aber schwere, stoffliche Gegenstände wie solch einen metallenen Löffel zu heben, wollte ihm leider bei aller Anstrengung nicht gelingen. So musste sich Sauerbrot damit begnügen, wütende, versengende Blicke nach dem Alten zu schießen und unter den gräulichsten Schimpf- und Fluchworten ihm Pest und Tod an den Hals zu wünschen.

Das Väterchen Liebhardt sah und hörte freilich wohl alles und fühlte den höllischen Einfluss – aber ihm konnte dies alles – wie Sauerbrot zu seinem erhöhten Ärger merkte – nichts anhaben. Denn dieser herzensgute, im Geiste frommer reiner Liebe gereifte Greis war wirklich in Gott wie in einem unzugänglichen Lichte geborgen und saß unangreifbar unter dem Schirme des Höchsten. Er lächelte wissend und hörte nicht auf, während der ganzen Mahlzeit für Sauerbrot, für Lydia und für das ganze Haus still im Herzen zu beten.

Nach dem Essen aber zog er Lydia, seine ihm gar teure Schwiegertochter, in das freundliche Stübchen, das man ihm nach Aufgabe seiner Schreinerei für einen friedlichen Lebensabend im oberen Stocke eingeräumt hatte, und forderte die immer noch Bekümmerte auf, doch ja nicht nachzulassen im eifrigen, kindlich liebevollen Gedenken an den Verstorbenen.

„Hast du etwas gesehen?" fragte die Tochter rasch.

„Es ist schon recht!" antwortete ausweichend der Alte. „Auch er wird noch mit Gottes Hilfe zur Ruhe kommen! - Aber jetzt steht es noch ernst um ihn, und wir müssen alle stark auf der Gebetswacht sein!"

5. Kapitel

Dieser Empfang und Anfang im Schulhaus bei den Lehrersleuten passte dem giftigen Sauerbrot ganz und gar nicht. Da war er scheint's vom Regen in die Traufe gekommen. Dieser Frömmelgeist! Diese Beterei! Und dieses Predigen! Das wehte ihn ganz widerlich an. Eine rasende Wut ergriff ihn über diesen elenden Stundenbruder, der sich da im Hause seiner Tochter breit gemacht hatte und ihm den Eintritt und das Verweilen verbieten wollte. Das war ja noch einmal schöner, so ein schiefes krummes Knochenmännchen, das den Kopf trug, als hätte das Schicksal einmal ein Kräftiges in den Nacken gewischt.

Ja, allerdings, das Geschick hatte diesen zarten Menschen in dem gebrechlichen Körper schon gar oft und schwer getroffen. Man sollte es nicht meinen, dass unser Gott und himmlischer Vater auf einen Gerechten, der gegen alle Mitgeschöpfe, Mensch und Tier, immer voll Freundlichkeit und Hilfsbereitschaft war und der allezeit Gottes Wege zu gehen aufrichtig sich bestrebte, seine Hand so bitterschwer legen könne.

War denn dieses Menschen Herz im Innersten immer noch nicht so, wie Gott nach Seinem Ratschlusse es haben wollte? Waren immer noch geheime, versteckte Unvollkommenheiten da, welche im Feuer des Leidens hinausgeläutert werden mussten? Oder handelte es sich schließlich nur noch um eine Bewährungsprobe, eine Vollendung im gläubigen Tragen, im hingebungsvollen, unerschütterlichen Vertrauen, in der höchsten, himmelsreifen Geduld?

Nach einer kurzen, glücklichen Ehe war dem Väterchen Liebhardt vor bald vierzig Jahren die geliebte, unersetzliche Frau durch den Tod entrissen worden. Von den drei hinterlassenen Kindern starben bald darauf zwei, ein Knabe und ein Mädchen, und nur noch Karl Gotthilf, der jetzige Lehrer blieb übrig. Sein mit eigener Hand und viel saurem Schweiß aufgebautes Haus verzehrte samt aller irdischen Habe eines Nachts eine Feuerbrunst. Und was an Geldvermögen bei einer Bank übrig geblieben war, verschlangen später ungünstige wirtschaftliche Verhältnisse. Damals war Vater Liebhardt nun aber schon so alt geworden, dass er, durch ein Gichtleiden geschwächt, nicht mehr die Unternehmungslust und -kraft hatte, seinen Schreinerbetrieb im früheren Umfange wieder aufzubauen, zumal dazu kostspielige Maschinen gehörten.

Er betrieb daher in dem Landstädtchen, wo er geboren war und wo er bis ins Alter gewirkt hatte, schließlich nur noch ein kleines Geschäft ohne Gehilfen. Es ernährte ihn ganz wohl. Alle Familien im Ort wollten für ihre abgeschiedenen Lieben nur vom guten Meister Liebhardt den Sarg, das letzte Hüttchen dieser Erde. Doch als dem Alten auch diese Arbeit wegen der zunehmenden Gicht in den Beinen und Schultern zeitweilig zu schwer fiel, auch der einsame Witwer eine bessere Versorgung benötigte, da musste Vater Liebhardt vollends alles irdische Eigentum aufgeben, und, der Einladung seines Sohnes und seiner Schwiegertochter folgend, nach dem Dorfe auf dem Walde in das Ausdingstübchen im Dachstock übersiedeln.

Dort hatte er es ja nun auf den Lebensabend freilich

herrlich schön. Ein friedliches Wiesenbild mit fruchtbaren Obstbäumen, ein Kranz wogender Felder, in na-
her Ferne umrahmt vom immergrünen Tannenwald,
lag vor ihm, wenn er oben zum östlichen Fenster hinaus schaute. Für sein leibliches Wohl war in jeder Hinsicht trefflich gesorgt. Die Schwiegertochter und auch
der Sohn ließen es an nichts fehlen. Auch an den Kindern hatte er viel Freude. Und so hätte der nun über
siebzigjährige Erdenpilger den Verlust aller irdischen
Habe leicht verschmerzen können. „Mein himmlischer
Vater", konnte er sagen, „hat mich ganz ausgezogen
wie eine Mutter ihr Kind, das sie zu Bett bringen will.
Ich denke und hoffe, Er wird mich auch bald schlafen
legen."

Und doch war im Friedensbilde dieses Lebens ein
dunkler, schmerzlicher Fleck, der dem Großvater
Liebhardt wie auch der Schwiegertochter viel Kummer
und Sorgen machte, und der ihm auch diese Endstati-
on seines irdischen Daseins zu einer Schule des Leidens und des unerschütterlichen, gläubigen Vertrauens gestaltete.

Es war dies die traurige Sache mit seinem Sohn!
Dieser sonst gute, fleißige, rechtschaffene Mensch,
der als Lehrer im ganzen Dorfe von Jung und Alt ge-
achtet und geliebt war, hatte einen großen Fehler, eine
verderblich, das ganze Familienleben zeitweilig schwer
zerrüttende Schwäche. Von Vierteljahr zu Vierteljahr
kam der vollblütige, lebenssprühende Mann in einen
eigenartigen Spannungs- und Erregungszustand, in
dem er mit unwiderstehlicher Macht und allen guten
Vorsätzen zum Trotz sich betrank und tage- ja wo-
chenlang aus dem Alkoholrausch nicht mehr heraus-
kam.

Veranlassung dazu gaben ihm seine hervorragen-
den geselligen und musikalischen Gaben, welche die
Natur verschwenderisch auf ihn ergossen hatte. Den
Lehrer Liebhardt wollte man im Dorf und weit umher

in allen Ortschaften als Vereinsvorstand, als Gesangs- und Musikleiter, als Festgast haben. Und bei jeder Veranstaltung musste Liebhardt mit seinem frohen, hinreißenden Temperament, seinem Geist und Witz mit dabei und mittendrin sein.

Und an Feiern und Festen mit fröhlichem Betrieb fehlte es in dieser Gegend nicht. Unfern des Wohnortes von Liebhardt waren Dörfer, in denen auf den Südhängen des Gebirges ein guter, schwerer – heißem Basaltboden entspringender Wein wuchs. Das war ein gefährlicher Boden, und besonders der Herbst mit den Winzerfeiern und Kirchweihen eine schwierige Zeit für Liebhardt!

Wenn diese Tage des neuen Weines nahten, dann war es, als ob auch in dem flotten, lebensfrohen Manne gärende Naturgeister sich aus den fleischlichen Regionen erhöben und brausend in die Nerven, in Herz und Kopf stiegen und nun unbedingt ihren bacchantischen Tribut haben müssten. –

Bald nach dem Herbst kam die Weihnachtszeit mit ihren vielen musikalischen und geselligen Feiern, bei denen Liebhardt als Leiter ebenfalls unentbehrlich und fast Abend für Abend in Anspruch genommen war. Und kaum, dass die Weihnachts- und Neujahrsfeiern verklungen waren, da strömte im heidnischen Geist unserer Zeit die Menschheit genussgierig schon wieder in den Trubel des Karnevals.

So ging wirklich der ganze Winter dahin, ohne das der Lehrer Liebhardt recht zu sich kommen konnte. Und sobald der Kuckuck im Maienwalde rief, ging es mit den Vereinsausflügen und den Sängerfahrten an, die wiederum heiße Tage, viel Durst und glühende, hemmungslose Weinlaune brachten und mit den alten Jahrgängen so lange gefeiert wurde, bis der Herbst wieder den „Neuen" schenkte.

Ja, das war ein buntbewegter, für den Lehrer Liebhardt verhängnisvoller Jahreskreislauf! Immer wieder, von Zeit zu Zeit brachten ihn seine Freunde – meist bei Nacht, damit es niemand sah – schwer betrunken nach Hause. Der Mann, der den ganzen Tag über mit seinem Geist und seinen Gaben die ganze Festgesellschaft ergötzt, den ganzen Ort belebt hatte, wurde wie ein Stück Vieh dahergeschleppt, keines Sinnes, keines vernünftigen Wortes mehr mächtig, unverständlich lallend und mit kraftlosen Gliedern.

Es waren für Lydia furchtbare Zeiten, wenn diese Festlichkeiten nahten, und entsetzliche Stunden und Augenblicke, wenn man ihr den Mann in solchem Zustand, als ein Opfer höllischer Geister, heimbrachte. Nächtelang musste sie oft, während die ganze Gegend im Festrausche schwamm, wie auf einer Seelenfolter harren und bangen, bis der Gatte und Vater ihrer Kinder nach Hause kehrte, in Furcht und Zittern des Anblicks gewärtig, in dem er sich ihr zeigen würde. Was war es für eine Schmach vor den Nachbarn und der ganzen Einwohnerschaft des Dorfes! Und was für ein Jammer vor den eigenen Kindern, denen die Schande des Vaters oft nicht ganz verborgen werden konnte!

Seit der Großvater im Hause war, hatte Lydia doch wenigstens einen Gehilfen für die leibliche Pflege und Versorgung des in seine schweren Betrunkenheit mit Atemnot und Herzbeschwerden heftig ringenden Mannes. Auch war nun doch jemand da, mit den sie über dieses bittere Leid sich aussprechen und ausweinen konnte, und der ihr die so furchtbare Seelenbürde zu tragen half.

Aber das Schlimme war, dass in den letzten Jahren bei zunehmender gesundheitlicher Zerrüttung die Trunkenheit Karls stets mehr mit großer Reizbarkeit und Zornmütigkeit verbunden war. Während der Allerwelts-Festleiter früher bis zum letzten Augenblicke des Bewusstseins von gutmütigem Witz übergeströmt war, wurde er nun oft gar sehr ärgerlich, bös und händelsüchtig. Die überreizte Seele fühlte sich rasch verletzt. Und ganz plötzlich und unerwartet konnte die beste Stimmung und Laune umschlagen in den grässlichsten Zorn und in eine rasende Wut, in welcher höllische Mächte den Bedauernswerten ganz in die Gewalt zu ziehen schienen und nach irgendeiner unheilvollen Tat als Auslösung ihres finsteren Willens drängten.

Ganz besonders auch auf dem Heimwege oder zu Hause gegenüber der hilflosen, unglücklichen Frau entluden sich diese Ungewitter. Als ob sie diejenige wäre, die ihm ein unschuldig fröhliches Leben missgönne, die ihn bedrücke und beenge mit ihrem ängstlichen Wesen.

Wozu den Seufzen und Tränen, wenn er heimkam? Oder dieses schweigsame, wortlose Dulden, das ihn noch mehr reizte, als die größte Tränenflut. Und warum bekam er nichts zu trinken mehr? Er hatte Durst, der gelöscht sein wollte! Warum brachte sie ihn zu Bett, anstatt ihn noch einmal zu den Freunden zu lassen?

So begann jedes Mal der Hader, wenn Liebhardt betrunken nach Hause gebracht wurde. Und die Gereiztheit, die sich einige mal bis an die Grenze von Tätlichkeiten steigerte, setzte sich unter den Nachwehen des Rausches meist tagelang fort und zeigte ihre Wirkung auch in der Schule, wo die sonst sehr an ihrem Lehrer hängenden Schüler wie auch die eigenen Kinder darunter viel zu leiden hatten.

Erst wenn einige Tage dahingegangen waren und ein Gang in die frische Waldluft oder einige Stunden tüchtiger Gartenarbeit die Kräfte des Leibes und der Seele wieder einigermaßen in Ordnung gebracht hatten, wurde es besser. Und dann war dem geplagten Opfer seiner Leidenschaft das Vorgefallene bitter leid und besonders schämte er sich der Lieblosigkeit gegen seine engelsgute Frau.

Aber bei nächster Gelegenheit zog die Versuchung

ihn doch wieder in ihre Gewalt und schlugen die Flammen unwürdiger Lust und argen, zerstörenden Zornes doch wieder, und zwar immer höher, über ihm zusammen.

Dies alles musste der alte Vater Liebhardt zu seinem großen Schreck im Schulhause bald innewerden und mit Sorge und Gram immer wieder miterleben.

Es war doch nirgends in der Welt ein ungetrübtes Glück. Überall war ein offener oder heimlicher Fleck im Bilde, überall eine Wunde, die da blutete, überall ein Pfahl im Fleisch, den Menschen von Gott gegeben, damit sie sich nicht überheben und damit sie es lernten, nach Gott zu suchen und zu schreien und Ihn um Seine allein wirksame und segensvolle Hilfe anzuflehen.

Das letztere tat dann auch Vater Liebhardt im treuen Bunde mit der Tochter Lydia reichlich. Aber es wollte dennoch keine sichtbaren Früchte reifen. Ja, es war gerade jetzt wieder offenbar eine gar schlimme Zeit im Anzuge.

Ein warmer Sommer und Frühherbst hatte einen ausgezeichneten Jahrgang gereift. Schon hatte die Lese da und dort begonnen. Bald würde das neue Erzeugnis in einem Strom schwerbeladener Lastwagen aus der Weingegend die die Ortschaften und Städte der Umgebung sich ergießen und die Herbstferien mit Volksfestgetriebe, Feuerwerk und langen, feuchten Sitzungen ihren Anfang nehmen. Die Vorbereitungen der Vereine und Gesellschaften nahmen schon Liebhardts ganze Freizeit in Anspruch. Und schon zeigten seine geröteten Mienen und etwas stechenden, harten Blicke und die gespannte Stimmung, dass in ihm diesmal etwas Besonderes wallte und wühlte.

6. Kapitel

Was sagte denn nun aber zu diesen Verhältnissen, als sie ihm bei längerem Verweilen so nach und nach innewurden – der alte Sauerbrot, der als ein unsichtbarer Gast trotz aller Beschwörungen und Predigten des Großvaters Liebhardt sich im Schulhaus festgesetzt und die Ofenbank sowie eine halbdunkle Obstkammer im Untergeschoss zu seinem Lieblingsort gemacht hatte!?

In diesem streit- und ränkesüchtigen Geist erweckte es eine große, hämische Schadenfreude, als er bemerkte, dass der Sohn des ihm verhassten frommen Alten ein solcher Säufer und Unhold war.

Ja, ja, so geht's mit diesen Kopfhängern, philosophierte Sauerbrot. So setzen sie Kinder in die Welt und müssen froh sein, wenn sie im Alter bei ihnen ein Unterkommen und eine Futterstelle haben! - Die Lydia saß ja in einer schönen Patsche! Aber so hatte sie es auch verdient. Warum war sie ihm damals davongelaufen!? Sie hätte es so schön bei ihm gehabt. Aber wenn's der Geiß zu wohl ist, dann scharrt sie! Und so war das einfältige Ding in dieses Elend hineingerannt und da saß sie nun mit vier Kindern und hatte einen Säufer samt seinem alten Nörgelgreis von Vater am Halse! Recht so! Es müsste noch viel schlimmer kommen! Es ging denen im Schulhaus noch viel zu gut! Da musste erst noch so recht der Teufel dreinfahren, um diese ganze scheinheilige Sippschaft, die nach oben und nach außen hin so ehrsam und bieder tat, durcheinanderzubringen und an den Pranger zu stellen!

Ja, das wollte er, Sauerbrot, sich zur Aufgabe machen, das sollte hier sein Werk sein, wie er es auch zu Leibeslebzeiten gemacht hatte – die Brandfackel in dieses Lotterwerk zu werfen, damit die ganze, wahre Natur ans Licht käme und sich zeige, was an solchen Frömmlern dran sei.

Er wollte die kommende Herbstzeit schon ausnützen, um den Schulmeister in seiner noch immer nicht genug hervorgekehrten Schwäche gründlich zu entlarven und ihn, wenn irgend anhängig, in seinem Berufe unmöglich zu machen. Denn das war doch wirklich eine Schmach – solch ein Trunkenbold als Lehrer der Jugend! Wie konnte da der Pfarrer und die Schulbehörde tatenlos zusehen!? Das war doch unglaublich so ein Missstand!

Da musste man auch den Pfarrer, den Dekan und den Schulrat bearbeiten, dachte Sauerbrot, in seiner Kammer im Untergeschoss auf einem Bündel Obstsäcken kauernd, das kann doch nicht so weitergehen. Der Kerl muss vom Amt, muss von Haus und Hof! Wie er mir die Lydia genommen, nehme ich ihm sein Weib und seine Kinder! Und der Großvater, der alte Knochensack, muss auch mit ins Elend!

In eine ganze Raserei steigerte sich der arge Geist in seiner Wut und Rachsucht hinein. Er vergrößerte in Gedanken maßlos die Fehler und Schwächen der ihm verhassten Menschen, übersah völlig deren Vorzüge und gewann so ein Zerrbild ihres wahren Wesens, das ihn immer wieder in wilden Zorn wie in ein Flammenmeer hüllte, in welchem er keinen anderen Gedanken mehr fassen konnte, als dieser Sippschaft sobald als nur immer möglich den größten Schaden zufügen.

Mit Wonne bemerkte Sauerbrot, wie der Lehrer Liebhardt mit beginnenden Herbsttagen wieder auf sein Verhängnis zusteuerte. Er hatte die Erfahrung gemacht, dass es ihm, wenn er sich dem Lehrer körperlich enger näherte, möglich war, mit einer Art hypnotischer Kraft dem erregbaren Manne gewisse Bilder, Gedanken und Begierden einzuhauchen oder wenigstens die in der Seele des Lehrers vorhandenen Keime zu solchen Dingen zur Entwicklung und zur vorherrschenden Geltung zu bringen.

Über diese Macht und Gewalt seines Denkens und

Wollens, die er ja in ähnlicher Weise schon im Leibesleben oft erprobt und bewährt gefunden, hatte Sauerbrot eine große Freude. Und auf diese, von der ganzen Familie ungeahnte Ursache war es denn auch zurückzuführen, dass diesmal des Lehrers Augen so besonders funkelten, dass sein ganzes Wesen eine solche Spannung und Erregung zeigte und dass von ihm in der Vorbereitung der Feste vieler Vereine und Gesellschaften ein solch großer Eifer entwickelt wurde.

Es kann ja gut werden, dachte Sauerbrot, und beschloss, seine Erfahrungen mit den Willensproben gegenüber anderen Personen in Anwendung zu bringen. Das ganze Dorf wollte er durcheinander rühren, nicht nur das Schulhaus.

Vor allem wollte er mal ins benachbarte Pfarrhaus hinüber! Die Geistlichen waren dem alten einstigen Freidenker und Häckelianer sowieso ein Ärgernis und ein Dorn im Auge. Und diesen Pfarrer brauchte er als Werkzeug zum Untergang des Lehrers.

Auch den im Nachbarstädtchen wohnenden Dekan wollte er zu diesem Zwecke sich noch vornehmen und, wenn es sein musste, auch die Schulbehörde, den Schulrat, der demnächst zur Herbstvisitation kommen würde.

Ja, alle Menschen, die gegenüber dem Schulmeister irgendetwas zu sagen hatten, sollten von ihm, Sauerbrot, aufgestellt und mobil gemacht werden. Vor allem auch der Ortsvorsteher, der Schultheiß, samt den Gemeinderäten. Alle sollten und mussten herhalten!

Er hatte ja bei seiner örtlichen Freizügigkeit in der geheimen Macht der Beeinflussung ein wunderbares Mittel für solch ein Unternehmen!

Wie gesagt, zuerst sollte nun aber mal der Pfarrer dran! - Was war denn das für einer?

Man sah ihn selten. Er schien viel zu Hause zu sitzen - wohl an seiner Predigt oder an den Büchern – und nur wenig seelsorgerische Besuche zu machen.

Er mochte ein Mann von annähernd 40 Jahren sein. Ziemlich groß, breit von Statur, rötlichblond, mit einem bleichen, etwas aufgedunsenen Gesicht und in sich gekehrten Wesen.

Seine Frau war eine schlanke Blonde, die viel Handarbeiten machte, sich wenig um ihren Beruf als Pfarrfrau kümmerte und lieber Romane las oder Wanderfahrten mit ihren zahlreichen Bekannten machte.

Der Pfarrer, der Loschmann hieß, schien sie in all dem gern gewähren zu lassen. Es bestand eine Art guter Kameradschaft zwischen den beiden Gatten. Kinder waren keine da, Und eine pfarrfrauliche Wirksamkeit, Krankenbesuche, Abhalten der Sonntagsschule und dergleichen, wie solches sonst auf dem Lande üblich ist, erwartete und verlangte Loschmann von seiner Frau nicht – weil er selber für derartiges nicht sehr eingenommen war, sei es aus einer gewissen unbehilflichen Leutescheu, sei es aus Bequemlichkeit, sei es aus einer leidigen Herzenskühle.

Loschmann betrachtete als Hauptaufgabe seines Amtes eine schöne, wohlgeschliffene Predigt am Sonntag, eine Predigt mit guten, klaren, vernünftigen Gedanken, die ihm und seiner Frau gefielen und die sich vor einem jeden gebildeten Menschen hören lassen konnten – Gedanken über das Wesen und Leben des Menschen und über gesunde, mit der Schrift im Einklang befindliche sittliche Richtlinien.

Loschmann war ein sogenannter Liberaler, ein Freund und Verehrer der Wissenschaften und vertrat das Recht der wissenschaftlichen Forschung auch in der Bibelkritik. Das Alte Testament war ihm ein im Laufe eines Jahrtausends aus vielen, teils geschichtlichen, teils erbaulichen Volksschriften der Israeliten zusammengestelltes Buch der Gotteslehre und Moral, zeitgeschichtlich entstanden und zeitgeschichtlich gefärbt in seinen Berichten, Lehren und Auffassungen. Im Neuen Testament schätzte er die Evangelien als spätere, menschliche Zeugnisse über das legendär ausgeschmückte Leben eines ungewöhnlich weisen und liebevollen Propheten Jesus von Nazareth. Und in den Paulusbriefen sah er die Fortbildung der Lehren Jesu durch den feuertrunkenen Heidenapostel und dessen ekstatische, schwärmerische Gemeinden.

An die wirkliche Gottheit Jesu glaubte Loschmann in seinem Herzen nicht so recht, wenn auch der Mund oft und viel davon sprechen musste. Für ihn war der Heiland und Welterlöser ein Prophet und ein Mensch wie andere, nur dass in ihm die wahrhaft göttliche Liebe und Liebesweisheit einen besonderen Grad angenommen hatte, so dass man noch heute sagen kann, in Ihm wohnte wie in keinem anderen Menschen die Fülle der Gottheit. Die jungfräuliche Geburt, die Wunder und Heilungen verwies er in das Reich der Fabel oder erklärte er wohl auch die letzteren rein vernunftmäßig nach den bekannten, allgemein gültigen Naturgesetzen.

So stand es also mit dem Pfarrer in diesem Orte!

Er war nun schon fast zehn Jahre da, hielt jeden Sonntag seine Predigt, kümmerte sich im Übrigen, in seine Bücher und Zeitschriften vergraben und als ein solider Morgenschläfer, um seine Gemeinde nicht gar so viel und ließ der Welt ihren unvermeidlichen Lauf.

Auch den betrübenden Vorkommnissen im Schulhause sah er, wenn auch mit großer innerer Missbilligung, durch die Finger. Wozu Lärm und Streit anfangen über eine Sache, die doch eigentlich in erste Linie die Schulbehörde anging und über die im Ort sonst alles bereitwillig beide Augen zuzudrücken schien!?

Dieser Gesinnung kam Sauerbrot bald auf die Spur, als er anfing, dem benachbarten Pfarrhause seine ungesehenen Besuche zu machen.

Was gab es da alles zu beschauen und zu betasten und zu beschnuppern in diesem alten, geistlichen

Hause. Da roch es ordentlich nach hundertjährigem Moder in den hohen, weiten und kahlen Räumen.

Widerlich war der scharfe Tabakgeruch in der Studierstube. - Und die Pfarrerin in der Wohnstube am Nähtisch bei den altbackenen Blattpflanzen und dem Aquarium mit dem Goldfisch – was las denn die für Romane!?

Aha! - Sauerbrot fuhr ganz entsetzt zurück, als er ihr über die Schulter ins Buch sah! - Zola! - „Das Evangelium der Fruchtbarkeit!" - Pfui Teufel, dachte Sauerbrot, ist das so eine!? Zola, das ist doch der französische Schmierfink!? - Gehört denn so etwas in ein Pfarrhaus!?

Nein, da müsste auch ein schöner Geist herrschen! - Da musste er näher zusehen in diesem Hause! Was trieb denn der Pfarrer zu dieser Nachmittagsstunde um halb vier Uhr?

Der Pfarrer war auf seiner Studierstube. Er hatte bis zwei Uhr seinen Kaffee getrunken und eine mit studentischen Abzeichen gezierte Pfeife geraucht. Er lag nun auf dem Diwan und schlief immer noch. Das war einmal ein gesunder Schlaf! Einige Fliegen, die sich ihm auf die Stirne gesetzt hatten, wurden nicht einmal weggescheucht. Mit offenem Mund wurde tief Atem geholt, als müsste eine starke Mahlzeit mit Mühe verdaut werden! O weh, o weh, war das ein Priester Gottes!

Sauerbrot strich ein paarmal mit Zorn und Abscheu kalt über den Schlummernden. Er konnte mit seinem Willen die Luft zu diesem Zwecke in eine rasche Bewegung setzen, und dies gab ihm die Möglichkeit, Menschen wie mit Geisterhänden zu berühren, zu schrecken, aufzurütteln und, wenn es sein musste, auch in Angst zu versetzen.

Pfarrer Loschmann fühlte sich denn auch beim Erwachen ganz bang. Es war ihm, als wäre ein unangenehmer Traum durch seine Seele gehuscht. Ein Missbehagen hatte ihn berührt, einer jener kalten, unangenehmen Todesgedanken, die ihn, den Herz- und Nierenleidenden, öfter beschlichen.

Wie lange würde es noch mit ihm gehen, bis der Totengräber ihn für ewig zuschaufelte!? Würde er dann wirklich ein Jenseits sehen, wie die Schrift lehrte und die Kollegen anscheinend so überzeugungsvoll predigten? Das waren Loschmanns Gedanken, als er sich erhob und gähnend und vor sich hinstierend, noch einige Augenblicke auf dem Diwan sitzen blieb.

Dann stand er auf, öffnete das Fenster, strich sich die leicht klebrigen, etwas groben Haare aus der Stirne hinaus, trank einen Schluck Wasser, setzte sich an den Schreibtisch und wollte eben die Feder ansetzen zum Konzept eines Vortrags, den er demnächst bei der Pfarrerkonferenz über das Thema „Fortleben" halten wollte, als aus der Nachbarschaft vom hinteren, kleinen Saal der Traube die Musikkapelle des Vereins Landlust bei offenen Fenstern ihre Übungen begann.

Ja, ja, am Sonntag war ja Kirchweih! Da mussten diese Narren, meist jüngere Burschen, aber auch etliche ältere Handwerksmeister und einige Bauernsöhne natürlich mitten am Wochennachmittag unter der Leitung des Lehrers Liebhardt, fleißig drangehen und den reinsten Höllenspektakel einüben!

Ein Sichsammeln und Arbeiten war bei diesem Lärm nicht möglich. Missmutig ob der Störung erhob sich der Geistliche vom Schreibtisch und verfügte sich aus der im Erdgeschoss liegenden Kanzlei ins Wohnzimmer im ersten Stock zu seiner Gattin.

„Das kann ja wieder schön werden, diesen Herbst", polterte er beim Eintreten, „wenn der Liebhardt wieder mit seinen Musik- und Gesangsorgien weitermacht und Tag und Nacht das Gedudel in der Traube nicht mehr aufhört!"

„Ja", sagte die noch junge und im Lesen erglühte Pfarrerin, ihr Buch mit seltsamem Eifer unter ihrer

Häkelarbeit versteckend, „ich will nur sehen, wie lange du diesem Mann und seinem Treiben noch durch die Finger schaust! Das ist ja ein Skandal, dieses wüste Wesen und Leben! - Wenn das in diesem Herbst und Winter wieder ebenso weitergeht, wie im vorigen, dann musst du unbedingt endlich einschreiten und der Schulbehörde einen ganz nachdrücklichen Wink geben! Wie kann denn da eine Jugend ersprießlich unterrichtet und erzogen werden, wenn der Lehrer nur Musik und dummes Zeug im Kopf hat, in seiner ganzen Freizeit über und über mit Nebenbeschäftigungen in Anspruch genommen ist und bei jeder Kegelbrüderfeier sich betrinkt wie ein Schwein! Das Ansehen des ganzen Ortes ist gefährdet und ganz besonders auch dein Ansehen, als des geistlichen Hirten! Denn zuletzt sagt doch alles, der Pfarrer hätte das nicht dulden dürfen!"

Wie ein lang angestauter Bach war diese Rede ihrem Munde entsprudelt.

Der Pfarrer wunderte sich im Stillen über diese jähe, explosionsartige Zustimmung zu seinen Gedanken. Er wusste freilich nicht, dass er selbst an der Schärfe dieser angestauten Gefühle seiner Ehegattin mit schuldig oder wenigstens mit die Ursache war.

Ihre Romanlektüre hatte der jungen Frau Pfarrer schon öfter Veranlassung gegeben, Vergleiche anzustellen zwischen ihrem kränklichen, trockenen und etwas kühl-leblosen Gatten und anderen Männern – wie zum Beispiel dem vollsaftigen, sprühenden Lehrer. War dieser auch ein Trinker, ein Quartalssäufer, wie ihn manche nannten, so hatte er doch ein offensichtliches, von Kraft und Witz überquellendes Leben in sich. Was hatte die Lehrersfrau bei allem zeitweiligen Kummer doch zu genießen an der Seite dieses Ehegenossen – ganz abgesehen von den vier lieben, blühenden Kindern! Sie, die junge Pfarrerin dagegen hatte keine Kinder, musste ohne diese Frucht der Ehe einsam durchs Leben gehen. War sie denn überhaupt richtig verheiratet? Sie wusste es oft selbst nicht oder musste die Frage verneinen. Denn dieses temperament- und freudlose Zusammenleben mit dem von ihr auf mütterlichen Rat geheirateten ewigen Studiosus der Theologie und der Wissenschaften war doch mindestens in den letzten, durch das Leiden des Mannes sich verdüsternden Jahren eigentlich keine wahre Ehe gewesen.

So sprach denn die unzufriedene junge Frau, wenn sie so scharf gegen den Lehrer losging, mehr in einer geheimen Erbosung gegen ihren Mann, dem sie seine Lässigkeit unter die Nase reiben wollte. Aber auch eine Art Eifersucht gegen die Lehrersfrau wirkte mit und schließlich eine ihr selbst fast unverständliche Gereiztheit gegen den Lehrer selbst, der ihr, der jungen Frau Pfarrer, doch nie das geringste Unfreundliche angetan hatte, als höchstens das, dass er nicht ihr, sondern Lydias Mann war.

Sauerbrot, der dem Pfarrer in das Wohnzimmer nachgefolgt und Zeuge dieser Szene geworden war, bemerkte mit Wonne diesen Unmutsausbruch der Frau wie auch die aufreizende Wirkung der Rede bei dem Ehemann.

Er machte sich rasch hinter die Frau und flößte ihr mit der ganzen Macht tückischer Überredung und Aufhetzung allerlei weitere üble Gedanken, Bilder und Gefühle ein, die dazu angetan waren, ihren und ihres Mannes Verdruss über den Lehrer noch weiter zu erhöhen.

„Diese Lehrersleute", sagte Frau Pfarrer Loschmann nach kurzer Weile fortfahrend, „leben drauf los und machen sich breit und wichtig, als ob wir gar nicht da wären. Weit und breit in der ganzen Gegend spielt er eine erste Rolle und spricht man von ihm. Und vom Pfarrer spricht man gar nicht. Der Pfarrer spielt gar keine Rolle, gilt gar nichts und ist gar nicht da. Der sitzt nur hinter seinen Büchern und macht seine Predigt, während der Lehrer der Schnittlauch auf allen Suppen ist!"

„Darauf lege ich ja nun gerade keinen besonderen Wert, der Schnittlauch auf allen Suppen zu sein", entgegnete der Pfarrer.

„Aber vom Lehrer kannst und darfst du dich auch nicht bei allen Gelegenheiten in den Hintergrund drängen und dir auf der Nase herumtrampeln lassen! Und sein wüstes Trinkbruderleben kannst du, wenn es diesen Winter wieder so weitergeht, auch nicht länger schweigend dulden! Man meint ja wahrhaftig, wir hätten den Mut und die Kraft nicht, gegen solch ein Unwesen aufzutreten! - Wir sind doch kein morsches, saft- und kraftleeres Nichts, das man einfach an die Wand drückt!"

Nun, das genügte für Pfarrer Loschmann, um einen tüchtigen Stachel in sein Herz zu bohren. Er wollte seiner Frau und anderen Leuten bei nächst bester Gelegenheit schon zeigen, dass er, wenn auch lange geduldig und nachsichtig, doch zur gegebenen Zeit mit Energie und Nachdruck aufzutreten vermöge.

Sauerbrot hatte für den Augenblick ebenfalls genug gehört und erreicht. Er war hochbefriedigt von dem Vernommenen und gab seiner guten Stimmung dadurch Ausdruck, dass er in den Bücherschrank der Frau Pfarrerin schlüpfte, mit den ätherisch feinen Elementen seines Geistleibes die Ritzen des Holzwerks erfüllte und sich dann plötzlich durch die Macht seines Willens bedeutend ausdehnte. Dadurch konnte er, wie er aus jüngsten Erfahrungen wusste, jenes seltsame, überraschende Krachen der Möbelstücke hervorbringen, von dem er in der Zeit seines Leibeslebens als von einem bekannten Geisterspuke öfter gelesen hatte. So machte es Sauerbrot denn auch jetzt im Bücherschranke der Frau Pfarrer. Es erfolgte dreimal hintereinander ein mächtiges Knacken – gerade in jener Ecke, wo die französischen Romane standen.

Die Pfarresleute schauten sich um, ein wenig betroffen über dieses ungewöhnliche Geräusch am helllichten Tage. Und die junge Frau sagte rasch: „Es wird anderes Wetter!"

7. Kapitel

Ja ja, es sollte bald anderes Wetter geben. Aber nicht, wie die Frau Pfarrer meinte, im naturmäßigen, sondern in einem anderen Sinne.

Der Kirchweihsonntag kam heran. Im ganzen Dorfe, in allen Häusern duftete es nach Obstkuchen, den die Hausfrauen am Samstag aus blütenweißem, neuem Mehl mit den köstlichen Früchten des Herbstes gebacken hatten.

Obwohl das Fest „Kirchweih" hieß, waren an diesem Sonntagmorgen noch weniger Menschen in dem einfachen, ländlichen Gotteshaus als sonst. Auf der Männerseite waren nur einige unentwegte Kirchgänger zu sehen, die ganz vereinzelt und verlassen in den weiten Bänken saßen. Ein wenig besser war es auf der Frauenseite. Aber auch da war nur ein kleiner Teil der Bänke besetzt. Der Pfarrer hatte dem weiblichen Geschlecht zu wenig fürs Herz zu geben. Er sprach zu ‚hoch'. Das war nicht so anziehend – und heute erst recht nicht, wo das Fest so viele Anforderungen im Hauswesen stellte.

Und so war der Name dieser Feier „Kirchweihe", der früher in gläubigeren Zeiten einen guten Sinn gehabt haben mochte, eigentlich ein Hohn geworden. Denn dieses ganze Fest spielte sich nicht mehr in der Kirche, sondern in anderen, weltlichen Räumen ab.

Der Hauptbetrieb war in unserem Orte abends in der Traube. Dort versammelte sich die Einwohnerschaft des Dorfes und der ganzen Umgebung. Denn hier war unter der Leitung des Lehrers Liebhardt und unter kräftiger Mitwirkung des Ortsvorstehers, der Gemeinderäte und vieler Freunde des Lebensgenusses jedes Jahr bei Herbstlaternenbeleuchtung unter den alten Kastanienbäumen des Wirtschaftsgartens die heiterste Volksbelustigung, welche die Leute von weit und breit herbeilockte.

Dieses Jahr hatte man auf der an den Wirtschaftsgarten unmittelbar anschließenden Festwiese aus leeren Ölfässern, aus denen der Boden und Deckel herausgenommen war, einen hohen Turm oder Schlot gebaut und diesen mit teergetränktem Reisig und anderen leicht brennbaren Stoffen angefüllt.

Als es Nacht geworden war und die tanzlustigen Paare, die von roten, grünen und gelben Herbstlaternen schummrig beleuchteten Sitzplätze unter den Kastanien verließen, um auf der Festwiese nach den Klängen der Kapelle sich zu wiegen – wurde der Inhalt des gewaltigen Fässerturms von unten in Brand gesetzt. Im Nu fuhr die Flamme im Innern des Schlotes empor und lohte oben wie eine mächtige Fackel hinaus, das Dunkel der Nacht mit einer geisterhaft zuckenden rötlichgelben Helle erfüllend.

Ein lauter Ruf der Bewunderung und des Entzückens entrang sich den Kehlen der vielen Zuschauer, als sie den wunderbaren Erfolg und Eindruck dieses neuen Gedankens des Lehrers ersahen. Ja, das war doch ein Hauptgescheiter! Auf was der alles kam! Aus den alten Ölfässern des Kaufmanns konnte er doch die allerschönste, weit hinaus bis in die fernsten Dörfer, ja bis in das Kreisstädtchen sichtbare Beleuchtung schaffen! Und wie schön ließ es sich da tanzen um die riesige Fackel her!

Die Musikkapelle spielte eine wilde Weise. Das zuckende, flackernde rötliche Licht gab einen ganz einzigartigen, aufregenden Schein. Dazu hatte man schon viel Wein getrunken. Und die Hitze der Flammensäule machte noch mehr und immer mehr Durst. Hastig wurde getrunken und heftig und in ausgelassener Freude getanzt.

Es war, als hätte der Fürst der Unterwelt ein mächtiges Fanal aufgerichtet, um aus der Nacht alle Schwarmgeister der Finsternis herbeizulocken und die Menschen im rasenden Taumel irdischer Lust in seinen Abgrund zu ziehen.

Diese Absicht der unsichtbaren satanischen Mächte, die denn auch tatsächlich hinter den Veranstaltungen solcher Art zu stehen pflegen, merkte die von allen Seiten immer reicher hinzuströmende Menschenmenge nicht. Das Staunen und die Lust wurde immer größer, je majestätischer die Riesenleuchte, von den Teerstoffen gespeist, oben zu dem hohen Schlot wie eine mächtige Kerzenflamme hinauslohte.

Allmählich begannen, besonders am oberen Teile des Turmes, die Flammen auch zwischen den einzelnen Fässern hinauszuschlagen und die Hülsen selber zu verzehren. Und nun erhob sich unter der stark erhitzten und vom Wein benebelten Festleitung plötzlich aus nichtigem, kindischen Anlasse ein heftiger Streit.

Liebhardt war dafür, man solle die brennende Säule nunmehr der Länge nach über die Festwiese umstürzen. Sie werde dann am Boden vollends abbrennen, und dann sollte für die Jugend noch ein Hauptspaß dadurch bekommen, dass die Paare miteinander über die verglimmenden, nur noch schwach züngelnden Trümmer springen,

Dieser Vorschlag schien dem Schultheiß und verschiedenen anderen Festleitern jedoch nicht so schön, wie wenn man die Fackel stehen und vollends bis auf den Grund abbrennen ließ. Das Flammenspringen der Jugend schien auch vielen älteren Leuten, besonders den Elternpaaren, doch zu gefährlich. Und so gab es, als der kritische Augenblick herankam, in welchem die Fackel hätte umgestürzt werden müssen, ein heftiges Hin und Her der Meinungen und Absichten.

Liebhardt, der sich alles so schön und zweckmäßig ausgedacht hatte und durch das Menschgebrause und Stimmengewirr wie auch den schon genossenen Wein aufgeregt war, geriet jählings in einen maßlosen Zorn. Er zerbrach, als man ihn aufforderte, die Kapelle mit der Tanzmusik weiterspielen zu lassen, sein Dirigentenstäbchen, nannte den Schultheiß einen Dickkopf, der nichts verstehen und immer nur dreinschwatzen wolle.

„Entweder", rief Liebhardt, „habe ich die Leitung und wird's gemacht wie ich sage – und dabei seid ihr alle bisher am besten gefahren - oder habt ihr das Wort auf der Festwiese wie auf dem Rathaus? Ich aber kümmere mich dann um euch keinen Deut mehr, weil ihr von diesen Dingen nichts versteht und weil ich mir überhaupt von euch nichts sagen lassen brauche. Und wenn mir niemand hilft, die Säule jetzt zur rechten Zeit und in der rechten Richtung umzuwerfen, dann lasst sie halt zusammenbrechen. Mir aber steigt den Buckel hinauf! Ihr könnt mir alle gestohlen werden! Mir ist die ganze Lumperei zu dumm!"

Damit warf er sein zerbrochenes Dirigentenstäbchen dem Schultheiß vor die Füße und stürmte zur jähen, ärgerlichen Bestürzung aller vom Festplatz fort und begab sich in ein am anderen Ende des Ortes gelegenes kleines, etwas verrufenes Wirtshaus, wo er sich kochend vor Wut zu einem Schoppen Wein in die Ecke setzte.

Der Wirt zum Lamm, ein alter, schmieriger Bäckermeister mit rotumränderten Augen, schlurfte nach einer Weile herbei und wollte mit dem in diesem Lokal etwas seltenen Gaste ein Gespräch anfangen und ihn über seine sonderbare Flucht vom Festplatze ausfragen. Aber Liebhardt ging auf nichts ein.

Erst gegen Mitternacht, als der Lehrer im Unmut einen Schoppen nach dem anderen hinuntergestürzt hatte und schlaftrunken auf dem Stuhle hing, kamen einige Freunde aus dem Gesangverein, die ihren Leiter überall gesucht hatten und ihn nun endlich hier in dieser Kneipe offensichtlich wieder stark betrunken auffanden.

Die Sangesbrüder sahen wohl, dass mit diesem Dirigenten heute nichts mehr anzufangen war und dass man ihn aus Christenpflicht nur noch nach Hause und in Sicherheit bringen konnte.

Sie redeten ihm zu, mit ihnen zu gehen, fassten ihn unter den Armen, zahlten seine Zeche und gingen mit ihm auf Seitenwegen durch die Gärten, damit es kein Aufsehen gab, dem Schulhause zu.

Unterwegs beklagte sich Liebhardt bitter über die ihm angetane Kränkung, dass man seine wohlausgedachten Anordnungen nicht befolgt habe und dass Leute, die nichts verstehen, sich auf einmal wichtigmachen und in solche Sachen dreinmischen wollen.

Fort und fort raunzte, lallte und schimpfte er in dieser Weise, während ihn die Freunde mühsam die gewundenen Wege von einer Ausruhstelle zu anderen schleppten. Das heulende Elend wollte ihn ankommen, wenn er bedachte, wie es ihm dieser Schultheiß, dieser aufgeblasene Bauerndickschädel, allmählich machte. Aber sein Lebtag werde er kein Kirchweih- oder sonstiges Fest mehr in die Hand nehmen. Alles werde er ablegen, die Musik- und Gesangvereine, die Kegelgesellschaft, den Waldwanderverein, den Bürger- und Landwirtverein. Alles müsse sich nach einem anderen Dirigenten und Vorstand umsehen. Es sei sein fester Entschluss. Er habe alles satt.

Die Sangesbrüder wussten schon, was sie von solchen Reden und Vorsätzen im Alkoholrausch zu halten hatten, ließen den Freund reden, trösteten ihn auf Morgen und auf eine bessere, lichtere Zeit und lieferten ihn an der Haustüre der unglücklichen Lydia ab, die mit dem Großvater seit Stunden am Fenster mit

Bangen geharrt und das Kommen der Gesellschaft mit bebendem Herzen gehört hatte.

„Gute Nacht Frau Lehrer", sagten die Freunde mit einem Anfluge echten Bedauerns. „Kommen Sie gut mit ihm hinauf! - Sollen wir nicht helfen?" fügten sie insgeheim leise hinzu.

Frau Lydia schüttelte den Kopf. „Der Großvater ist ja da!", sagte sie, dankte und ließ die Freunde und Genossen des Unheils ihres Mannes in die mondhelle Nacht hinausziehen, aus der sie wie Nachtvogelgeschmeiss mit ihrem Opfer einhergflattert waren.

8. Kapitel

Liebhardt hatte sich inzwischen auf die Steintreppe bei der Haustüre gesetzt. Er redete und schimpfte nach Art betrunkener Menschen mit nach vorn hängendem Oberleib und Kopf fortgesetzt vor sich hin. Und als Lydia und der inzwischen von oben nachgekommene Großvater sich ihm näherten, um ihm aufzuhelfen und ihn die Treppe hinauf ins Bett zu führen, da schaute er wütend auf, schlug um sich und sagte, hier auf der Treppe in der frischen Luft wolle er bleiben und übernachten. Und alle Leute müssten es sehen, wie man ihn behandle!

„Hat dir denn jemand etwas zuleid getan?", fragte Lydia. - „Wir meinen es doch alle nur gut mit dir!"

„Geht zum Henker – auch ihr – alle miteinander! Ich will nichts wissen von euch!" sprudelte Liebhardt. „Ihr steckt mit den anderen unter einer Decke! Ihr zwei seid überhaupt schuld daran! Ihr schreit mich überall herum als Aushauser und Säufer und untergrabt mein Ansehen mit eurem Geflenn! - Ich will keine Flennerei und keine Klagen, wenn ich ums liebe Brot schaffe Tag und Nacht und heimkomme, kaputt von lauter Mühsal, Verdruss und Ärger!"

Liebhardt steigerte sich, je länger er sprach und je mehr er das ängstlich betrübte Gesicht seiner Frau und des Großvaters ansah, in einen immer heftigeren Zorn hinein, indem er schließlich aufsprang und mit Ellbogen und Fäusten heftig um sich stieß.

Da er sich bei Lydias hilfsbeflissener Annäherung nur umso mehr erregte, zog sich diese schließlich, die Tränen verbergend, in den dunkleren Hausflur zurück. Was hatte er nur diesmal für unsinnige Gedanken! Noch nie hatte sie gegenüber irgendwem über ihren Mann geklagt! Nur dem Großvater, der ja selber alles mit ansah, hatte sie ihr Herz eröffnet. Und dieser war, wie sie wohl wusste, still wie das Grab. Wer hatte ihrem Karl auch diese Gedanken in den Kopf gesetzt!?

Lydia konnte die dunkle Nebelgestalt nicht sehen, welche sich dem unglücklichen Mann wie ein Schatten angehängt hatte und zuweilen wie ein Gewölk ihn umgab. Es war Sauerbrot, der sein Opfer heute den ganzen Tag nicht verlassen hatte.

Er war es auch gewesen, der auf dem Festplatz die jähen, sinnlosen Händel heraufbeschworen hatte. Zu seiner Freude hatte er die Fähigkeit entdeckt, bis zu einem gewissen Grade in den Gemütern der Menschen die Gedanken und Begierden zu lesen und selbst Leuten wie dem Schultheiß seine eigenen, sauerbrotschen, unseligen Gedanken und Wünsche einzuflößen. Nicht alle Menschen freilich gingen auf diese geheimen Einflüsterungen der Bosheit ein. Bei einigen, die gleichsam in einem Lichtmantel standen, schienen sie gar nicht durchzudringen oder wurden die lieblosen, bösartigen Gedanken und Bilder gleich wieder aus- und abgestoßen. Aber bei den meisten drang doch immer etwas ein, blieb mehr oder weniger haften, verband sich mit eigenen, ähnlichen Gedanken und Bildern der betreffenden Menschen, verstärkte, verdichtete und entwickelte sich zu festen Anschauungen und

Neigungen und ward so schließlich zu Worten und Taten.

Auf diese arge Weise hatte Sauerbrot heute beim Fest, als die Gemüter vom Wein erregt und verwirrt waren, mit leichter Mühe jenen Streit heraufbeschworen und diese abscheuliche Störung der ganzen Kirchweihfreude verschuldet.

Und nun war es ebenfalls wieder er, der dem trunkenen Liebhardt jene Zorn- und Hassgedanken gegen seine Frau und seinen Vater einimpfte und mit seinem Willenshauche ihn gegen die beiden unschuldigen Menschenkinder, die ihm nur helfen und ihn zu Bett bringen wollten, in solche Wut versetzte.

Dem Großväterchen Liebhardt war dieser unselige Begleiter seines Sohnes nicht entgangen. Er hatte ihn mit dem ersten Blicke erkannt und wusste, woran er war.

Er sprach denn auch alsbald in seinem Herzen ein kurzes Gebet zu Jesus, dem Herrn und mächtigen Gebieter aller Geister, erflehte Dessen Hilfe und ging dann, seine ganze Kraft zusammennehmend, mit einem festen, strengen Blicke auf Sauerbrot zu, der vor Zorn und Hass ganz schwarz wurde und wie ein Raketenfeuer funkelte.

Der alte glaubensstarke Mann sagte kurz zu und halblaut – damit sein Sohn es nicht hörte – nichts als: „In Jesu Namen, weiche!" Da musste Sauerbrot in großem Groll von seinem Opfer zurücktreten.

Liebhardt, der Sohn, wurde nun sogleich offensichtlich ruhiger. Er ließ sich von seinem Vater unter den Arm fassen und, wenn auch immer noch protestierend und schimpfend, die Steintreppe zur Haustüre hinaufführen. Im Flur trat Lydia hinzu und stützte ihn auf der anderen Seite. Und so begannen sie, ihn im Hausinnern die Treppe nach dem ersten Stock, wo die Lehrerswohnung sich befand, hinaufzuführen.

Unterwegs begann es freilich bald wieder weniger gut zu gehen.

Sauerbrot oder vielmehr der Dämon in ihm, der von seiner Seele Besitz genommen hatte, schien Verstärkung an sich gezogen zu haben. Sein Ruf in die Nacht der niederen Geisterwelt war nicht ungehört verhallt. Hatte er ja doch auch nicht weit zu dringen und zu suchen gebraucht.

Volksbelustigungen wie solche Kirchweihfeiern mit Trinkgelagen und Tanzlustbarkeiten ziehen allezeit Schwärme ungeläuterter Wesen an, deren Lust und Liebe auch im jenseitigen geistigen Reiche noch immer mit der alten, heißen Begier an solchen Dingen und Vergnügungen hängt. Können solche Geister mit ihren ätherischen Leibern auch nicht mehr unmittelbar an den leiblichen Genüssen der Menschen teilnehmen, so können sie doch im Mitempfinden der Lust der Menschen selber eine gewissen Mitlust genießen, besonders wenn sie den Menschen sich möglichst nähern oder womöglich ganz von deren Leib Besitz ergreifen.

So gab und gibt es denn allezeit gerade bei derartigen festlichen Gelegenheiten, bei welchen viele Menschen zu einem roheren, unedleren Genießen zusammenkommen, einen großen, argen Geisterklüngel, der solche Versammlungen wie eine Wolke überlagert, die Menschen anreizt und aufstachelt zu allerlei Bösem und seine finstere Lust hat, wenn es bei solchen Feiern recht toll und unmäßig zugeht, die Unschuld fällt und das Laster triumphiert. Auch Eifersucht, Neid, Scheelsucht, Zorn, Hass und Streit wird von ihnen angefacht und mit Lust geschürt, als Gegenstück und häufige Begleitfolge unedlen, widergöttlichen Genusses.

Niemand kann sich denn auch wundern, dass aus dieser Atmosphäre dem Dämon Sauerbrots schnell und mit Freuden ein ganzer Schwarm ähnlichgesinnter, unheimlicher Luftgesellen zu Hilfe eilte.

Heißt es doch in der Schrift: „Dann gehet er hin und

nimmt sieben Geister zu sich, die ärger sind denn er selbst." (Lk 11,26)

Mit dieser Rotte der Finsternis drang Sauerbrot in das Haus des Lehrers ein. Und wie ein Schwarm Hornissen umschwirrte und umbrauste die höllische Meute die beiden hilfreichen Menschen, die da auf der Treppe sich bemühten, den betrunkenen Mann in den ersten Stock hinauf zur Ruhe zu führen.

Der Großvater Liebhardt fühlte und sah ihr Kommen. Aber in der Aufregung verlor auch er den Kopf und die Überlegung. Er trieb und zerrte an seinem Sohne, um ihn vollends die letzten Stufen hinauf zu bringen. Auch Lydia, in neuer Bängnis, tat ihr Möglichstes. Aber gerade diese gutgemeinten Anstrengungen brachten den Trunkenen sogleich wieder aufs mächtigste in Harnisch.

„Weg", rief er, „weg! Ihr glaubt wohl, ich sei ein Stück Vieh!? Ich bin katzennüchtern und weiß genau, was ich will und tu! Aber auch was ihr denkt und wollt weiß ich! ‚Wenn wir nur erst das Schwein in Sicherheit hätten!' denkt ihr! ‚Wenn ihn doch einmal der Teufel holte!' Aber weg! Nichts da! - Ich will zu Trinken! Zu Trinken will ich! Ich habe Durst! Und wenn ihr mir nichts zu Trinken gebt, dann geh und hol ich mir's selber!"

„Karl, Karl!" flehte Lydia. - „Um deiner Kinder willen – komm! - Du sollst etwas haben für den Durst! - Nur sei ruhig, wecke die Kinder nicht!"

„Was wirst du mir haben für den Durst!? Eine Heulerei! Oder Predigten oder sieben Tage Trutz und Regenwetter! Ich will nichts von all dem wissen! Und wenn ich hier nichts zu Trinken kriege, dann schlag das Wetter drein! - Weg! Lasst mich! Ich muss in die Traube! Der Gesangchor muss nochmal singen! - Ich bin doch nicht euer Esel, den man in den Stall bindet! - Auf! - Luft!"

Damit stieß er den Vater und Lydia von sich und

wollte sich zurückwenden und die Treppe wieder hinuntersteigen, um das Haus zu verlassen.

Voll Wonne sah dies Sauerbrot mit seinen Kumpanen.

Die Rotte betrachtete es siegesfroh als ihr Werk, dass in Liebhardt solch ein Geist zum Durchbruch kam.

Die fremden, zur Hilfe herbeigerufenen Gesellen hatten mit grimmigem Zorn und Hass den Lichtschein gesehen, der um die Gestalt der engelhaften Lydia wie auch um den unscheinbaren, schmächtigen Alten floss. So etwas war ihnen ein Abscheu und erregte ihre Wut. Das waren, so empfanden und dachten sie, solche hochnasige, fromme Gottesreichler, die sich besser dünkten als andere Seelen. Die musste man zwiebeln! Denen musste man Schaden tun und das Leben sauer machen so viel als möglich! Denn von dieser Lichtseite geschah ja ihrer Seite, dem Reiche der Finsternis, ständig Abbruch!

Also drauf und dran, beschloss die ganze mörderische Horde.

Und als Lydia in der größten Angst und Not ihres Herzens ihren Gatten mit beiden Armen umschlang, um ihn von der verderblichen Umkehr abzuhalten, da erfüllten sie die Brust und das ganze Wesen des Mannes mit ihrem eigenen, finsteren Zorn und Hass.

Wie eine wilde, höllische Glut und Flamme durchschoss es Herz, Adern und jede Fiber des schutzlos den Mächten des Bösen preisgegebenen Mannes. Eine grenzenlose Wurt erfasste ihn, dass dieses Weib mit seinem stummen Willen und seinen klammernden Armen ihn in der Freiheit seines Willens und Handelns hemmen, fesseln und um seine, ihm zum Bedürfnis gewordener Lebensgewohnheit bringen wollte.

Mit einer urplötzlich in allen seinen Nerven und Muskeln aufsteigenden unmenschlichen Kraft entwand er sich, auf einer der obersten Treppenstufen

54

stehend, der Umklammerung Lydias, fasste das entsetzte Weib um den Leib, erhob sie und schleuderte sie rückwärts in besinnungsloser Raserei die Treppe hinunter.

Der Großvater tat einen lauten Schrei. Es gab einen dumpfen Fall, als der Körper unten auf den Steinfliesen aufschlug.

Der mächtige Schwarm in der Luft stiebte mit einem grellen für Menschen unhörbaren Lachen auseinander und verschwand.

Der Täter Liebhardt stand wie eine Bildsäule, reglos, fahl auf der Treppe und stierte starr in der Richtung, wo sein Weib im Dunkel des unteren Flurs ohne Laut und – anscheinend – ohne Zeichen des Lebens lag.

9. Kapitel

Der erste, der wieder aus dem Banne des Schreckens zu sich kam, war der Großvater. Er tastete sich am Treppengeländer, so rasch ihn seine bebenden Knie trugen, zu der Unglücklichen hinunter.

Zur gleichen Zeit öffnete sich die Schlafzimmertüre der Kinder, und in den Nachthemden stürzten die beiden ältesten, Bernhard und Irmgard, heraus, während das Weinen der beiden jüngeren aus dem Schlafzimmer drang.

Irmgard blieb mit gefalteten Händen oben an der Treppe stehen und starrte mit entsetzten Augen bald in die Tiefe des unteren Flurs, bald den Vater an, der mit verglasten Blicken, keine Regung und keines Wortes mächtig, immer noch mit aufgestützten Händen am Treppengeländer stand, bis ihm die Glieder, wie von Eiseskälte gelähmt, den Dienst versagten und er langsam auf die Treppe herniedersank.

Der kleine Bernhard dagegen, der mit der Mutter

immer besonders innig und hingebend verbunden war, stürmte, ohne für den Vater einen Blick zu haben, die Treppe hinunter und sah mit Entsetzen die geliebte Mutter wie leblos in ihrem Blute auf den Fliesen liegen.

Vom Hinterhaupte rieselte ein dunkelrotes Bächlein und bildete eine Lache auf dem Fußboden. Die Augen waren geschlossen. Ein Arm schien gebrochen. Der andere war wie zum Schutz über den Kopf gebogen. Der Großvater suchte den Oberkörper zu erheben, hielt die Hand auf die blutende Wunde und rief nach Hilfe, Wasser und dem Arzt.

Dies alles sah der kleine Bernhard in einem Nu. Es wurde ihm auch alles klar, was geschehen sei. Er hatte ja die Stimmen gehört. Er dachte: „Fort zum Arzt!?" Ja, das wollte er. - Aber er war ja im Hemd! - Er wollte nur rasch die nötigen Kleider anlegen. Ob es noch half? Die Mutter war gewiss schon tot! - Eine furchtbare, wilde Zorneswut flammte jäh in dem jungen Gemüte auf.

Er ergriff den dicken, eichernen Hackenstock, den der Großvater beim Ausgehen zu benützen pflegte und der immer hinter der Haustüre stand. Damit bewaffnet rannte er in wenigen Sprüngen die Treppe hinauf. Fasste das untere Ende des Stockes und schlug mit dem derben Werkzeuge in gewaltigen Streichen auf den immer noch tatunfähig am Boden sitzenden Vater ein und schrie mit einer gellen, kreischenden Gerichtsstimme: „Muttermörder! Lump! Lump! Muttermörder!"

Liebhardt ließ es reglos über sich ergehen. - Es war ihm eine Art Genugtuung oder Erlösung.

Erst als der junge Mann den grässlichen Zorn also ausgetobt hatte, warf er den Stock weg, eilte weiter in Schlafzimmer hinauf, kleidete sich fliegend an und stürzte fort zum Doktor, der in der Nähe wohnte. Auch Liebhardt kam nun wieder zu sich. Er stand auf, eilte die Treppe hinunter und sah mit Grauen, was er angerichtet hatte.

„Lydia!" schrie er und umklammerte sein Weib. „Lydia! Komm zu dir! Hör mich! Hör mich! Lydia! Lydia!"

Etwas anderes konnte er nicht herausbringen. Droben im oberen Gang weinten und schrien die Kinder. Auch die beiden Kleinsten waren in den Hemdchen zu Irmgard herausgekommen und hatten gehört, was geschehen sei.

Der Großvater ging hinauf, suchte sie zu beschwichtigen und schloss sie in ihr Zimmer. Dann ging er wieder hinunter, gab seinem Sohn mit leiser Stimme Anweisungen, was zu tun sei.

Und nun trugen die beiden Männer die Frau, die noch immer kein Lebenszeichen von sich gab, eine dünne Blutspur hinterlassend, die Treppe hinauf und legten sie im Schlafzimmer der Eltern auf das weiße Bett.

Der Alte holte in einer Schüssel Wasser, wusch ihr das Blut von Gesicht, Händen und Kleidern und lief nach Essig.

Der Sohn konnte nicht viel helfen. Er war am Fußende des Bettes auf einen Stuhl niedergesunken, schlug die Hände vors Gesicht und schluchzte – furchtbar ernüchtert – tränenlos in heftigen Stößen.

Inzwischen kam, von Bernhard geholt, der Arzt, ein bejahrter, silberhaariger Mann, der schon seit Jahren selber an einem schmerzhaften inneren Leiden krankte und durch diese Schule der Pein eine fein empfindende Natur und ein stiller, nachdenklicher Mensch geworden war. Er war durch Bernhard schon über das Nötigste unterrichtet und stellte nach wortloser Untersuchung eine Gehirnerschütterung, einen Armbruch und verschiedene Rippenbrüche fest. Lebensgefährlich war nur die Gehirnerschütterung. Aber die Hoffnung schien nicht verloren. Das Leben war noch da und konnte, so Gott es gab, neu gestärkt werden.

In freundlicher, ruhiger Weise tat der alte Doktor Winfried, der seine Werkzeuge mitgebracht hatte, alles

Erforderliche. Mit Hilfe der beiden Männer verband er die Kopfwunde, schiente den Arm, legte heilsame Umschläge auf die gebrochenen Rippen und flößte der immer noch Ohnmächtigen immer wieder ein Löffelchen belebender Arznei ein, welche schließlich die Wirkung hatte, dass Atem und Herz wieder in eine etwas kräftigere Tätigkeit kamen.

Was Liebhardt, der Gatte, in dieser furchtbarsten Stunde seines Lebens durchmachte, ist nicht zu ermessen. Eine Höllenflamme um die andere bestürmte ihn. - Ob sie wiedererwachte!? Ob sie ihm und den Kindern am Leben blieb!? Und ob und wie es mit ihnen beiden, Karl und Lydia, weitergehen könne und werde – nach diesem Geschehen?! - Das waren Fragen, die dumpf und wild in seinem Kopf und Herzen durcheinander tobten.

Endlich war es – gegen Morgen – soweit und Doktor Winfried konnte mit dem ruhigen Bewusstsein, dass alles Notwendige und Mögliche geschehen war, seiner Wege gehen. Er verließ das Haus, als das erste Taggrauen dämmerte und gerade die letzten unersättlichen Gäste vom Festplatz bei der Traube heimkehrten und ihren Wohnungen zustrebten.

Ja, der Mensch, dachte der kundige Mann, ist nahe an den Abgrund des Todes und des Verderbens gebaut! - Wie wenige bedenken es im Rausche des Lebens! Und wie viele versäumen um trügerischen Scheingenusses wegen das wahre, ewige Ziel dieser kurzen irdischen Daseinsspanne!

10. Kapitel

Lydia lag noch die ganze Nacht und zwei weitere Tage und Nächte bewusstlos. Wie ein Lauffeuer verbreitete sich am Morgen nach der Tat im Ort die Schreckenskunde, der Lehrer habe im Rausch seine

Frau die Treppe hinuntergestoßen, so dass sie bewusstlos und schwer verletzt sei und an ihrem Aufkommen gezweifelt werden müsse.

Alles war entsetzt. Denn allgemein liebte und achtete man Lydia als eine ruhige, besonnene, freundliche Frau, die jedermann gerne Gutes tat. Gegen den Lehrer dagegen mehrten sich die Stimmen des Unmuts. Dieses Trinken in den letzten Jahren war doch nicht mehr recht! So etwas schickte sich nicht für einen Lehrer der Jugend! Und seine Streiterei, die er in letzter Zeit mit Gott und der Welt in seinem aufgeregten Temperament anfing, das kam sicher alles auch nur vom Alkohol! - So musste das ja immer enden, wenn ein Mensch sich nicht zügeln und zusammennehmen konnte!

Die Frau, ein purer Engel, war sicher ganz unschuldig! Da hatte er, der Lehrer, natürlich nur seinen Unmut ausgelassen wegen der unsinnigen Händel mit dem Schultheiß – und so war diese entsetzliche Tat als Ausgeburt unmäßigen, argen Geistes geschehen!

Besonders auch im Pfarrhause wurden derartige Betrachtungen angestellt und Worte der Entrüstung laut. Die Frau Pfarrer war dafür, dass ihr Mann sofort einen schriftlichen Bericht an das Dekanat einzureichen habe, damit dieses die weiteren Schritte bei der Schulbehörde unternehme. Denn mit einem solchen Lehrer, der seine Frau im Rausch ums Leben bringe, könne doch unter keinen Umständen weitergemacht werden.

Pfarrer Loschmann war etwas besonnener und milderer Meinung. Er sagte, solange die Frau noch bewusstlos zwischen Tod und Leben schwebe, könne er nicht vorgehen. Das widerstrebe seinem Gefühl. Und wenn der Mann auch offensichtlich über und über schuldig sei, so müsse man doch zunächst abwarten, wie sich das Geschehnis in seinen Folgen auswirke.

Nun, dagegen war schließlich auch nichts einzuwenden, und so blieb man im Pfarrhaus sozusagen Gewehr bei Fuß.

Am Abend des ersten Tages erfuhr dann Frau Pfarrer Loschmann, die zur Erkundigung einen Besuch im Schulhaus machte, vom alten Liebhardt, der allein zu sprechen war, dass die Verletzte immer noch nicht zum Bewusstsein zurückgekehrt sei. Am zweiten Abend lautete es ebenso. Erst gegen Morgen in dieser zweiten Nacht, als der Tag graute, ließ Lydia Anzeichen des zurückkehrenden Bewusstseins erkennen.

Der Großvater hatte am Abend einen Teller frischen Obstes in das Zimmer gebracht und auf das Tischchen neben dem Bette gestellt, wundervolle Birnen und Äpfel. Und der lebendige Duft dieser Früchte schien der Kranken gut zu tun. Sie holte einige Male tief Atem, und Liebhardt, ihr Gatte, der die ganze Zeit Tag und Nacht unverweilt bei ihr gesessen, ließ kein Auge mehr von ihr. Er brachte ihr die herrlichen Früchte ganz nahe, flößte ihr auch in regelmäßigen Zeitabständen nach den bestimmten Angaben des Arztes die stärkende Arznei ein und wartete unter Bangen, Hoffen und Beben auf den seligen und doch so furchtbaren Augenblick, da sie die Lieder aufschlagen und ihn, den Frevler, erkennen werde.

Was würde sie denken – was würde sie, wenn sie es vermochte, sagen!?

War es ein Vernichtungswort für ihn und ihr ferneres Zusammenleben? Ein Todesurteil für ihr Familienglück? - Oder gab es da noch ein Verzeihen?? - Er wagte letzteres kaum zu hoffen und machte sich auf das Schlimmste gefasst, denn es war ja nicht eine einzige, einmalige Entgleisung gewesen! Dieses Trinkerunwesen war immer wieder gekommen und hatte in fortgesetzter Steigerung das ganze, einst so ungetrübte Familienleben im innersten Kern zerrüttet und schließlich fast naturnotwenig zu dieser furchtbaren Katastrophe geführt.

Er war, das wusste nun Liebhardt klar und fest, ein Trinker, ein notorischer, unrettbarer Schwächling, der immer wieder diesem Laster anheimfiel und bestimmt sich und Weib und Kinder noch zu Grunde richtete. Er war ein richtiger Lump und nun auch noch ein Verbrecher, und für ihn gab es keine Hilfe, keine Rettung und – mit Recht – auch keine Vergebung mehr!

Er wollte nur noch abwarten, bis Lydia wieder die Augen aufschlug und dann sein Urteil in Empfang nehmen. Er wollte sie nur noch gesundpflegen und dann ihres Weges mit den Kindern ziehen lassen. Seine Lehrerstellung würde er nach diesem Vorfalle ja doch verlieren. Was dann aber weiter mit ihm und Weib und Kindern werden sollte, das vermochte er sich gar nicht auszudenken. Da wurde es einfach schwarz vor ihm, da klaffte ein Abgrund ohne Boden mit Höllenflammen der Reue und Verzweiflung.

Endlich, als schon das Tageslicht zwischen den Läden und Vorhängen gespenstisch hereindrang und das verhängte Lampenlicht entbehrlich wurde, tat Lydia nochmals einen tiefen Atemzug, stieß, gleichsam wie von einer anderen, höheren Welt in dieses irdische, schwere Dasein zurückkehrend, einen Seufzer aus und schlug, ohne sich weiter zu rühren, noch matt aber hell und ruhig die Augen auf.

Sie blickte in das gespannte, von Freude, Furcht und Schuldgefühl durchpflügte Gesicht ihres Mannes, der sich, jede ihrer Regungen scharf bewachend, über sie gebeugt hatte.

„Lydia!" hauchte er mit bebender Stimme- „Lydia! Erkennst du mich?? - Kannst du mir - vergeben?" setzte er hinzu, als ihre Augen seine erste Frage zu bejahen schienen.

Lydia fühlte ihren gebrochenen Arm unbeweglich in einer Schiene liegen. Der Rücken und Brustkorb schmerzte und schien ebenfalls unbeweglich. Die Glieder waren wie zerschlagen. Auch der Nacken und Hinterkopf schmerzten brennend und konnten nicht vom Lager erhoben werden. Sie fühlte, sie war wie zermalmt.

Da füllten sich ihre Augen, während sie wortlos dalag und auf ihren von Reue und Schmerz zerwühlten Gatten blickte, langsam mit Tränen und zwei Perlen liefen über ihre Wangen hernieder in das Schlafgewand.

„Lydia! Lydia!" schrie Liebhardt auf, schlug die Hände vors Gesicht und barg seinen Kopf, indes ein gewaltiges, urtiefes Schluchzen aus ihm hervorbrach und seinen ganzen Leib erschütterte, an der Brust der Weinenden. - „Du kannst es nicht vergeben, das weiß ich", stieß er hervor. „Das weiß ich und kann's auch nicht erwarten. Aber verstoß' mich jetzt nicht! Lass mich an deinem Lager bleiben, bist du wieder gesund bist!"

Als er so schluchzte unter heftigem Beben seines ganzen Körpers und Wesens und bettelte wie ein Kind, legte Lydia ganz still und ohne ein Wort zu sprechen, den gesunden, freien Arm um seine Schultern und presste ihn stumm und schmerzvoll mit tiefer, innig fraulicher Inbrunst an sich.

Das war ein Empfinden für den armen, verirrten und verlorenen Menschen Karl Gotthilf Liebhardt! Er wähnte, in ein Flammenmeer der Reue und zugleich des Dankes, der Liebe und der Inbrunst zu versinken.

Er konnte nichts mehr sagen, nur mit tausend heißen Küssen bedeckte er Brust, Kehle, Gesicht und Hände der Geliebten.

„Es kommt jetzt ein anderes Leben, Lydia!" schwor er. „Ja", nickte sie - „mit des himmlischen Vaters Hilfe!"

11. Kapitel

Mit dieser Wendung, diesem Sieg unerschütterlicher, himmlischer Liebe war im ganzen Hause nur einer durchaus gar nicht zufrieden und einverstanden – der geheime, unsichtbare und unerbetene Gast Sauerbrot.

Er hatte alles, draußen im Wohnzimmer auf der Ofenbank sitzend, durch die offene Schlafzimmertüre mit angesehen und angehört.

Das war doch einmal eine furchtbare Gans, diese Lydia! Anstatt den elenden Lumpen bei dieser Gelegenheit sich vom Hals zu schaffen, ihn aus dem Haus ins Elend zu jagen und ins verdiente Gefängnis zu bringen, gab sie ihm nicht einmal ein einziges Wort des Vorwurfs! Als ob nichts geschehen und er ihr nur Liebes und Gutes getan hätte, legte sie den Arm um ihn und zieht ihn nur wortlos an die Brust! Das war doch die verkehrte Welt selber! Zu solch einem Narren machte die christliche Lehre den Menschen – dass er nicht mehr wusste, ob fünfe gerade sei oder ungerade, und dass er jeden Rohling und Wüstling auf sich herumtrampeln ließ!

Nein, so etwas war ihm, Sauerbrot, denn doch in seinem ganzen Leben noch nicht vorgekommen! Und dass er dies auch noch erleben musste an seinem eigenen Fleisch und Blute! Wie kam nur so ein Geist in diese Tochter? Von ihm hatte sie's doch nicht – das war ihm gewiss. Aber natürlich, seine verstorbene Selige, die Mutter Lydias, war eine ähnliche gewesen. Da war auch die Bibel von morgens bis abends auf dem Arbeitstischchen beim Fenster in der Wohnstube gelegen. Allerlei Sprüche von der Schul- und Jugendzeit her waren noch in ihrem Herzen zu Hause und nur gar zu oft, zu seinem großen Ärger, auch über die Lippen der vielbeschäftigten, vielgeplagten Frau geströmt. Da musste Lydia diesen Sinn herhaben! - Oder hatte sie es von irgendeinem Stern mitgebracht!? - Von ihm, Sauerbrot selber, das stand fest, hatte sie solch einen verrückten, die Dinge, Menschen, Verhältnisse und Gesetze dieser Welt völlig auf den Kopf stellenden Geist nicht!

Was war nun da zu machen?! - Die Törin hatte ihm das fein angelegte, schlau ausgesponnene und kühn durchgeführte Konzept ganz und gar verdorben.

Er hatte sicher damit gerechnet, dass es nun nach dieser mit Hilfe der unsichtbaren Freunde ins Werk gesetzten Tat einen scharfen, unheilbaren Riss und Bruch zwischen den Ehegatten gebe und dass sich dann das Weitere ganz von selber zwangsläufig abwickle. Der Pfarrer und die Schulbehörde konnten doch zu einem solchen nicht mehr schweigen! Man konnte diesem Unhold von Lehrer doch nicht länger mehr durch die Finger sehen, einem Verbrecher, der die eigene Frau im Rausch und Jähzorn die Treppe hinunterschleuderte, so dass nur wie durch ein Wunder ihr Leben noch gerettet wurde! Solch einem Menschen konnte man doch nicht länger die Unterrichtung und Erziehung der Jugend anvertrauen! Wo wäre denn da die nötige Achtung der Kinder gegenüber dem Lehrerstande geblieben und wo das Vertrauen der Eltern in den Geist eines solchen Jugenderziehers?!

Und nun ging diese Lydia her und tat – von mehrtägiger Ohnmacht aufwachend, noch mit frischen Wunden unbeweglich wie ein Scheit Holz im Bett liegend – als ob nichts geschehen, als ob alles in Ordnung wäre, als ob höchstens eine kleine, unschuldige Unpässlichkeit sie überfallen hätte!

Aber noch war „Polen nicht verloren!" befeuerte sich Sauerbrot in seinen wogenden, argen Gedanken.

Wenn das einfältige, dumme Weib sich diese Unflätigkeit, diese Rohheit, gefallen ließ, nun gut, so war dies für ihre Person ihre Sache. Aber er, Sauerbrot selber, wollte sorgen, dass den Dingen und Menschen in einer natürlichen Vernunftfolge ihre Gerechtigkeit widerfahre. Er wollte der gestörten Rechtsordnung einen Vergelter und Rächer machen!

Ja, er wollte sogleich hinüber zum Pfarrer gehen und diesen zu den nötigen Schritten bei den Behörden veranlassen, dass der große Rumpler für den nichtsnutzigen Lehrer und sein Haus doch noch kommen musste.

Gesagt, getan! Alsbald war Sauerbrot drüben im Pfarrhaus in der Studierstube. Dort war aber der Gesuchte nicht anzutreffen. Er saß noch oben im Wohnzimmer und schlürfte, die Morgenzeitungen lesend, den duftenden Kaffee. Die frisch zurechtgeputzte, noch jugendlich hübsche Frau Pfarrer saß ihm gegenüber und las, nachdem sie ihr Frühstück ihrer Gewohnheit entsprechend rasch beendet hatte, einige Briefe von Verwandten und Freundinnen, die mit der Morgenpost eingetroffen waren.

Da pochte es sacht an die Türe, und auf das Herein der Frau Pfarrer trat ein Bauernkind, ein Mädchen von etlichen zwölf Jahren ein und brachte die Milch für den kommenden Tag.

„Wissen Sie's schon, Frau Pfarrer," sagte das plauderfrohe Mädchen, „die Frau Lehrer ist heut' morgen wieder lebendig geworden. Sie ist auf einmal aufgewacht, und alles sei wieder ganz gut. Im Bett muss sie natürlich noch lange bleiben!"

„So, so!?" sagte Frau Pfarrer Loschmann und erkundigte sich, während auch ihr Gatte, aufmerksam geworden, die Zeitung weglegte, was das Kind weiter wisse, wie es drüben stehe im Schulhaus, was die Frau Lehrer gesagt habe, als sie zu sich kam.

Das Kind wusste darüber freilich nichts Weiteres. Die Frau Lehrer sei bald darauf wieder eingeschlafen. Sie sei natürlich sehr schwach und bedürfe der Ruhe.

„Nun ja", sagte die Frau Pfarrer. „Das kann man sich ja denken!" Äußerlich scheinbar unberührt von der Sache, gab sie dem Kind vom Tisch weg ein kleines, schmackhaftes Brötchen und entließ die knicksende Kleine mit einem wohlwollenden Kopfnicken.

Energisch wandte sich aber die erregbare Frau, als das Kind draußen war, an ihren Gatten „So, jetzt weißt du ja, wo du dran bist! Und es wird für dich Zeit sein zum Handeln! Du kannst nicht warten, bis andere rührigere und besorgtere Leute dir zuvorkommen, zur Schulbehörde rennen und diesem Lehrer Liebhardt und seinem Treiben ein Ende setzen. Oder soll auch über diese Untat Gras wachsen? Willst du es drauf ankommen lassen, ob diese gutmütige, ängstliche und jedenfalls auch etwas einfältige Frau in ihrer Art sich auch diese Misshandlung gefallen lässt und am Ende auch der Schultheiß und der ganze Ort sagt: ‚Nun, wenn die Frau nichts dagegen machen will, dann wollen wir auch nichts tun?!‘ - Soll auch dieses Wasser wieder den Bach hinunter, ohne ein Mühlrad zu treiben? - Meine Ansicht nach gehört jetzt, nachdem die Frau offenbar über die gefährliche Wende hinweg, die Sache aber noch frisch in aller Leute Mund ist, vorgegangen! Und du solltest sofort, noch heute Morgen deinen schriftlichen Bericht an das Dekanat einreichen mit der Bitte, um weitere Veranlassung bei der vorgesetzten Schulbehörde!“

„Nun ja, nun ja“, erwiderte Pfarrer Loschmann auf die eifrige Rede seiner Gattin etwas gedehnt - „gar so eilig und hitzig ist die Sache ja aber doch wohl nicht! Man soll nichts gar so heiß essen, wie es gekocht ist, das verdirbt Zähne und Magen. Und schriftlich will ich diese Sache auch nicht machen. Man braucht sich nicht unnötig und schwarz auf weiß in solch einer doch immerhin nicht gewöhnlichen und dazu hin persönlichen Sache ohne Not ein- und aussetzen.

Ich gehe heute Mittag, wo ich sowieso für einen Spaziergang Zeit habe, in die Stadt, verfüge mich selber zum Herrn Dekan und berichte ihm die Sache mündlich. Dann habe auch nicht ich die Verantwortung und liegt auch nicht auf mir das Gehässige und Unangenehme dieser Sache. Vielmehr kann dann der Dekan sich selber zu den weiteren Schritten entschließen und hat auch ganz allein die Verantwortung dafür im Innern wie nach außen. Ich selbst bin auf alle Fälle gerechtfertigt und gerettet.

Es braucht so von diesem meinem Schritt überhaupt niemand etwas zu wissen. Er ist nicht amtlich, sondern privat und führt doch zum selben Ziele. Und das ist sicher besser, als wie du in der etwas schnellen Hitze meinst. Denn wir beide legen ja keinen Wert darauf, mit dem Schulhaus in offenen Konflikt zu kommen, zumal man ja im Voraus gar nicht weiß, wie sich die Schulbehörde zu dem Falle stellt. Ob sie eine Versetzung oder gar Entlassung vornimmt oder ob sie in Anbetracht der sonstigen unbestreitbaren Fähigkeiten und Vorzüge des vielseitig beliebten Lehrers doch noch einmal ein Auge zudrückt."

„Das wäre in solch einem Falle ja noch einmal schöner!" erwiderte die Frau. Aber gegen die diplomatische Vorsicht ihres Gatten konnte sie im Grunde doch nichts einwenden. Vielmehr freute sie sich in ihrem Herzen, dass er doch auch einmal wirklich weltklug gewesen – was bei diesem Bücherwurm und Schriftgelehrten leider gar so selten der Fall war.

Dass bei ihrem Manne hinter seiner scheinbaren Diplomatie weiche, bessere Herzensregungen des Mitleids mit der Lehrerfamilie die eigentlichen Beweggründe seines zögernden Handelns waren und dass er, das eigene Wesen und die Gedankengänge, Triebe und Regungen seiner Frau wohl kennend, diese klugen Erwägungen und vorsichtigen Umwege in ihrem Sinne nur vorgetäuscht hatte, um nach seiner Art schonender vorgehen zu können, ahnte sie freilich nicht. Aber der Kleinkrieg der Ehe macht erfinderisch. Und wenn ein Ehegatte mit Gradheit und Heftigkeit rücksichtslos drauflosgeht und um seine Geltung kämpft, so muss sich oft der mehr duldende, ruhigere Teil mit irgendeiner Kriegslist zu helfen suchen.

So war denn das Ergebnis dieser von Sauerbrot vom Nähtischsessel aus belauschten Morgenunterredung im Pfarrhause das, dass sich Pfarrer Loschmann am Nachmittag nach zeitig eingenommenem Kaffee auf dem schönen Fußweg durch das Wiesental und den Wald nach dem kleinen Kreisstädtchen aufmachte, wo der Dekan seinen Amtssitz hatte und wo auch Schulrat Moser als Vorstand der Kreisbehörde wohnte.

Loschmann erzählte dem noch in mittleren Jahren stehenden Dekan, einem beweglichen, weltgewandten Junggesellen, der ein ausgezeichneter Kanzelredner und auch ein tüchtiger Verwaltungsmann war, von dem im Schulhaus in der Kirchweihnacht Vorgefallenen und verschwieg auch nicht, dass leider alkoholische Entgleisungen bei dem Lehrer Liebhardt eine häufige Erscheinung geworden seien. Im Interesse des Ansehens der Schule wie auch der ganzen geistigen Atmosphäre des Ortes könne vom Standpunkt der Kirche aus dieser betrübenden Tatsache wohl nicht ohne Weiteres mehr zugesehen werden und es sei daher dem Herrn Dekan zu überlassen, ob er ein Einschreiten beim Herrn Schulrat für zweckdienlich erachte.

Dekan Winter war über diesen Bericht hoch entrüstet. So eine bodenlose Rohheit, seine Frau Hals über Kopf die Treppe hinunterzuwerfen, dass sie zwei Tage bewusstlos liegen blieb! Da musste doch aber unverzüglich eingeschritten werden! Wenn solch ein Geist in einer Gemeinde ungehindert und ungesühnt um sich griff, wenn die Jugend an ihrem eigenen Lehrer solche Beispiele sah – wohin sollte das mit der Zeit – auch für die Kirche – führen!? Kein Wunder war das Gotteshaus immer mehr als zur Hälfte leer!

Ja, der Alkohol, das war eine böse Sache! Was forderte der in dieser Waldgegend für Opfer, wo der Kirschen- und Heidelbeerschnaps im Schwange war und aus den benachbarten südlichen Weindörfern das verführerische Nass der Reben in Fluten herüberströmte!

Der Lehrer, der bei allen Festivitäten den Oberzeremonienmeister des Höllenfürsten machte, musste nach diesem Vorfalle weg, das war klar! Hier war ein Anlass gegeben, in welchem kein anständiger Mensch der Behörde etwas entgegenhalten konnte.

Der Dekan dankte Pfarrer Loschmann für seine freundliche, gewissenhafte Mitteilung, unterhielt sich mit ihm noch über dies und jenes aus dem Sprengel, auch über sein gesundheitliches Befinden und über Familienverhältnisse und begab sich dann, als der Pfarrer sich wieder auf den Heimweg gemacht hatte, ohne Verzug zu Schulrat Moser, mit dem er schon von der Hochschule her als Bundesbruder gut befreundet war.

12. Kapitel

Die Schulratseheleute Moser, ein schon bejahrtes Paar, dessen Kinder alle aus dem Nest geflogen waren, wohnte einsam und schlicht in einem freundlichen, ihnen selbst gehörenden Landhause vor der Stadt.

Sie waren soeben daran, ein genügsames, aus selbst angebauten Gartengemüsen, Früchten und gutem Weizenbrot bestehendes Abendmahl mit bestem Appetit zu verzehren, als Dekan Winter eintrat und natürlich sofort von der überaus liebevollen, etwas stark beleibten, gutherzigen Frau Schulrat zum Mithalten freundlichst eingeladen wurde.

Diese trefflichen Gelegenheitsimbisse bei der Frau Schulrat schlug der Dekan, der als Unverheirateter auf Gasthauskost angewiesen, niemals aus, da man hier, nebst der frohsinnigen Unterhaltung, statt der ewigen Fleischkost eine mit Hilfe einer Magd von der Frau

Schulrat selbst aufs sorgfältigste zubereitete Pflanzenkost bekam.

So war denn auch an diesem Abend der sympathische Zirkel bald um die drei eng befreundeten Personen geschlossen. Und beim Nachtische, der aus prächtigen Spalierbirnen, Pflaumen und Nüssen bestand, konnte Dekan Winter in aller Ruhe und Bequemlichkeit seine große, wenn auch höchst bedauerliche Tragödie aus der benachbarten Kirchen- und Schulgemeinde auskramen.

Ganz entsetzt hörte die Frau Schulrat diese schauerliche Märe. Ja war denn so etwas einem gebildeten Mann überhaupt möglich – so eine fürchterliche Rohheit!? Seine Frau im Rausch die Treppe hinunterzuschleudern! War denn das auch noch ein Christenmensch!?

„Im Rausch", sagte der Dekan, der ein großer Gegner des Alkohols war, „ist eben alles möglich. Da wird der Mensch zur Bestie! Oder vielmehr weniger als ein Tier. Denn ein Tier folgt dem inneren Instinkt, der Stimme Gottes, und bleibt beim natürlichen Maße während der Mensch sich in satanischem Trotz und Übermut über die Gottesordnung hinwegsetzt und, indem er nach den falschen Sternen trügerischer Lust greift, in die Urgründe vormenschlicher Kreaturformen zurückstürzt – immer wieder im kleinen, menschlich-irdischen Maßstabe das im endlos Großen abgerollte Geschick Luzifers wiederholend.

„Was nun aber anfangen mit solch einem Menschen und Familienvater?" seufzte Frau Moser, indem sie ängstlich bald auf den Dekan, bald auf ihren Gatten schaute.

„Das wird die Sache ihres lieben Mannes, d. h. wohl zunächst gründlicher Untersuchung sein! Denn solch einer Geschichte können wir weder vom kirchlichen noch vom schulrätlichen Standpunkte aus ihren freien

Lauf lassen. Da erwartet jedermann mit Recht von den Behörden ein ahnendes und vorsorgliches Eingreifen."

„Du liebe Zeit – aber die Frau und die Kinder!" sagte Frau Moser, die keinen Bissen von den köstlichen Früchten mehr hinunterbrachte. „Die tun mir ja furchtbar leid. Die sind ja auch verloren, wenn der Mann infolge dieses unseligen Schrittes seine Stellung verliert! Das bedenken sie, Herr Dekan, als Junggeselle wohl gar nicht!?"

„Es muss ja nicht gleich zum Äußersten gegangen werden unter Umständen", ließ sich nun der Schulrat vernehmen, „Wir wollen auf alle Fälle sehen. Es muss natürlich der Fall streng und gründlich untersucht werden und besonders auch das ganze, dieser Schluss-katastrophe vorangegangene Vorleben. Der Mann ist sonst in der ganzen Gegend beliebt und auch ein recht tüchtiger, ja ausnahmsweise gut begabter Lehrer. Dass er leider seit einigen Jahren trinkt, ist mir wohl auch zu Ohren gekommen. Aber man hat es ihm allgemein nachgesehen im Hinblick auf seine pädagogischen, musikalischen und sonstigen Talente. Die Musikseelen haben ja alle, wie bekannt, eine trockene, durstige Kehle! Es gehört sozusagen zum Handwerk. Und wenn man so im hitzigen Getümmel des Festbetriebes steht, da geht man leicht über das eigentliche Bedürfnis hin-aus. Das kann ich nachfühlen, obwohl ich selber per-sönlich ja kein Freund von Alkohol und von derlei Mas-senbelustigungen und Vereinsfeiern bin und auch die großen Volksgefahren der leidigen Trinksitte nicht un-terschätze, sondern tiefst bedauere.

Dass es mit dem Lehrer Liebhardt gar so schlimm steht, wusste ich allerdings bis jetzt nicht. Und diese ungeheuerliche Entgleisung macht unbedingt eine Sühnung und vorbeugende Schritte notwendig. Solch einem Menschen, der sich selber so wenig mehr in der Herrschaft hat und zu solchen Exzessen und bestiali-schen Rohheiten fähig ist, kann doch die Erziehung der

Jugend nicht weiter anvertraut werden! Da ist unter Umständen bei aller Nachsicht, Geduld und Wertschätzung sonstiger Vorzüge ein straffes, rücksichtsloses Durchgreifen notwendig. Denn es ist besser, einer sterbe denn ein ganzes Volk!"

„So etwas ist mir wenigstens," fügt der Dekan beifällig an, „in meinem ganzen Leben und meiner ganzen Amtstätigkeit von einem Lehrer nicht zu Gehör gekommen, dass er in der Trunksucht sich so weit verging, an das Leben seiner Frau, der Mutter von vier Kindern, wegen nichts und wieder nichts die Hand zu legen. Da muss die Macht der Finsternis wahrlich weit gediehen sein in einer Seele, und da muss mehr faul, morsch und todgeweiht sein, als wir denken."

„Allerdings," sagte der Schulrat, „solch eine Frucht fällt von einem sehr, sehr kranken Baume!"

Unruhig und innerlich sehr durcheinander gebracht durch diese Eröffnung des Dekans schob Moser den Teller zurück und mochte an diesem Abend auch nichts weiter genießen. Es war ihm peinlich, dass die Kirchenbehörde ihm diesen Fall hatte zur Kenntnis bringen müssen und dass er selbst mit dem von ihm immer besonders geschätzten Lehrer Liebhardt besser auf dem Laufenden gewesen war. Er wollte in dieser Sache gleich in den nächsten Tagen streng nach dem Rechten sehen.

Mehr hatte der Dekan vorläufig auch nicht gewollt, und so war man rasch und ohne dass noch viele Worte über die Angelegenheit gewechselt worden wären, miteinander im Reinen.

Nur die gute Frau Schulrat seufzte, als man in der Nacht gegen zehn Uhr sich verabschiedete, noch einmal tief auf und sagte, dem Dekan die Hand drückend: „Gehen Sie mit einem verirrten Bruder nicht zu streng ins Gericht – und bedenken Sie seine Frau und seine Kinder!"

Der Dekan zuckte die Achseln und sagte ausweichend: „Wir stellen es in Gottes Hand!"

Der Schulrat aber konnte in dieser Nacht wenig schlafen. Das Schicksal eines Menschen, ja, einer ganzen Familie, lag wieder in seiner Hand und stellte ihn zwischen Gesetz und Milde, zwischen Ordnung und Nachsicht, zwischen die strengen, unabweislichen Anforderungen der Welt und die Botschaft Jesu von Nazareth. - So etwas war ihm immer das Allerschwerste und schmerzvollste in seinem ganzen, vielseitigen und weitverzweigten Amte.

13. Kapitel

An einem der nächsten Tage, in der Frühe eines herrlichen Herbstmorgens, wanderte der Schulrat auf dem gleichen Pfade, auf welchem Pfarrer Loschmann gekommen war, durch den Wald und das Wiesental nach dem Dorfe auf der Höhe. Wie köstlich war die taufrische Natur! Wohl gilbten die Bäume und war der Sommerflor dahin; aber der Prunk der herbstlichen Astern und Sonnenblumen in den ländlichen Gärten, das rotglühende Laub des wilden Weines an den Häusern und Zäunen hob sich unter dem tiefblauen, glanzvollen Himmel prächtig vom immer noch kräftigen Grün der Wiesen. Und im Walde wirkte sich das jetzt schon ganz gelbe Blättergewand der Buchen und Birken wie Goldbrokat ins ernste Samtgrün der Tannen. O wie hätte man heute, durch den lebendigen Dom der Gottesnatur schreitend, die Seele baden und zur Schönheit und Seligkeit des ewigen Ursprungs all dieser Schöpfungsgebilde erheben können!

„Aber – mein Geschäft ist heute - der Mord!" sprach bei sich der Schulrat Moser, an das Selbstgespräch Wilhelm Tells in der Gasse zu Küsnacht denkend.

Ja, so eine Dienst-Strafsache eignete sich gar nicht

in die Klarheit und den heiligen Frieden eines solchen wolkenlosen, reinen Herbsttages, an welchem der Schöpfer über alles naturmäßig Unvollkommene und Vergehende nochmals die besondere Strahlenfülle seiner Liebe wie aus einem unversieglichen Füllhorne auszugießen schien, als wollte er sagen: ‚Seid getrost, mein Wesen ist ewig und unendlich, mein Reichtum unerschöpflich, meine Macht ohne Grenzen, und selbst im Tode segne und reife ich nur das Leben, um ihm in neuen Formen die seligste Vollendung zu geben!'

Im Walddorfe angekommen, begab sich der Schulrat zuerst aufs Rathaus, um den Schultheiß als erfahrene und in solchen öffentlichen Dingen maßgeblichste Persönlichkeit über den Fall zu hören.

Der fleißige Ortsvorsteher war schon seit mehreren Stunden auf dem Amte. Er hatte neben dieser behördlichen Tätigkeit auch seiner nicht unbedeutenden Landwirtschaft zu leben, die in der Hauptsache zwar von Frau und Töchtern besorgt wurde, aber doch seine Überwachung und Mithilfe benötigte. Und so waren bei ihm in der Regel die ersten Morgen- und dann die Abendstunden dem Gemeindeamt gewidmet.

Eben war der etwa sechzigjährige, große, hagere Mann mit stark ergrautem Haar und ausrasiertem Kinn dabei, die Rechnungen des Gemeindepflegers über Ausgaben des Gemeindehaushalts nachzuprüfen, als der Schulrat eintrat.

Die beiden einander sehr gewogenen Herren begrüßten sich wie gute, alte Freunde. Und der Schulrat kam sofort auf das Anliegen zu sprechen, das ihn herführte.

Der Schultheiß hatte es sich ja auch gleich gedacht. Und so war man rasch im Bild und lenkte die Erörterung auf das, worauf es ankam.

War das betrübende Vorkommnis eine einmalige, unselige Entgleisung oder hatte das Trinken des Lehrers sich zu einer solchen Gewohnheit ausgewachsen, dass diese rohe Tat sozusagen eine zwangsläufige, naturnotwendige Ausgeburt darstellte, welche die Größe und Schwere des Lasters offenkundig machte und im Interesse der Schule nun unbedingt ein Einschreiten erforderte? - Das war die Frage, auf die der Schulrat vom Ortsvorsteher Aufschluss wünschte.

Der Schultheiß stützte in seinem Ratssessel beide Ellbogen auf die Lehne, holte tief Atem und sagte, vor sich hinschauend: „Ja, was soll man da sagen!? - Man möchte dem Mann keinen Schaden zufügen. Er tut einem leid. Er hat in mancher Beziehung sich seit Jahren hier allgemein beliebt gemacht; aber wenn ich von Ihnen, Herr Schulrat, nun in dieser Weise amtlich gefragt werde, muss ich wohl bei der Wahrheit bleiben! - Das Trinken ist bei unserem Herrn Lehrer seit mehr als zwei Jahren ein gar großes und verderbliches Laster geworden. Es vergeht kein Fest, wo er nicht mit einem kräftigen, oft gehagelten Rausch nach Hause kommt oder – gebracht wird. - Freilich ist ja für ihn auch die Versuchung groß! Alles ruft und verlangt nach ihm und nötigt ihn mit wahrer Gewalt zum Trinken! Da heißt es von allen Seiten: ‚Herr Lehrer, zu uns! Kommen Sie zu uns! Tun Sie uns Bescheid! Und helfen Sie mit! Sie müssen dirigieren!‘ - Wo Musik und Gesang ist, da holt man halt ihn schier aus dem Bett. Und wenn er grad' nicht will – er muss vorne dran! Von allen Ortschaften ringsherum – auf Stunden hin – wird er gerufen! - Er klagt oft selber darüber und könnt' gar freilich, wenn er ernstlich wollte, auch wohl einen Riegel vorschieben und sich versagen: aber dazu hat er den Willen, die Entschlusskraft nicht! Er kann nicht Nein sagen, wo er's notwendig sollte. - Und so ist er denn auf diese Weise immer tiefer in den Schwall und Trubel hineingeraten, in dem es schließlich zu dem bösen Ende kommen musste, wie wir's nun sehen. Jetzt ist es so, dass es kaum schlimmer werden kann, ja, dass die Spitze nun wohl erreicht ist."

Der Schultheiß schwieg betrübt. Es war ihm selber dies Geschick des ihm persönlich trotz allen nicht unlieben Mannes ein großes Kreuz.

„Und wie kommt er denn nun zu solch einer unerhörten, rohen Tat gegen seine Frau, die doch, wie ich sie kenne, der reinste Engel von Geduld und Nachsicht ist und ihm gewiss nicht den geringsten Grund für solch ein gräuliches Vergehen gegeben hat?" forschte der Schulrat weiter.

„Ja, das ist auch wieder so ein Kapitel!" sagte der Schultheiß. „Es heißt, und man hat es auch nicht selten beobachtet, dass der Lehrer, je mehr er ins Trinken kam, desto weniger auch der gemütliche Mann von früher mehr war. Er wurde, wie man öfter bemerkte, durch den Alkohol, das Bier und den Wein so erhitzt und reizbar, dass es bei den Geselligkeiten am Schluss wunderselten ohne Streit und Händel abging. Das tat seiner Beliebtheit zwar ziemlich Abbruch; aber die Leute brauchten und holten ihn doch immer wieder. Und je mehr es Liebhardt merkte, dass er trotz allem überall unentbehrlich sei, umso mehr nahm er sich auch heraus und wurde beim geringsten Anlass grob und gewaltsam."

Dass er, der Schultheiß selber, an der Kirchweih mit dem Lehrer zuletzt auch noch einen Zusammenstoß gehabt, berührte der gutmütige Mann nicht. Er wollte den Unglücklichen nicht noch weiter hineintunken. Der Schulrat konnte es sich ja nun vollends selber denken, wie's zu der argen Sache gekommen war.

Ja, ja, das war allerdings ein böser Fall! Das war keine einmalige, verzeihliche Entgleisung! Da war ein Geschwür an einer gar kranken Seele aufgebrochen! - Ob solch ein Mensch die Jugend weiter lehren und erziehen konnte, der sich selber so ganz und gar nicht in der

Hand hatte und zum vernunft- und zügellosen Tier geworden war!?

Kopfschüttelnd, bang und unruhig erhob sich der Schulrat zum Gehen.

„Und was sagt denn die Bevölkerung nun zu diesem Fall und dem Mann?" fragte er, bevor er sich zur Tür wandte.

„Die Leute sind natürlich entsetzt", erwiderte der Schultheiß. „Die meisten sagen, so etwas hätte nicht vorkommen dürfen. Da kann ja kein Mensch mehr eine Achtung haben, wie's für den Lehrer doch so wichtig ist! - Nur wenige, seine besonderen Freunde, zucken schweigend die Achseln. Aber für zusprechen wagen auch sie nicht. Da ist eben der Fall doch zu schwer!"

Das hatte gerade noch gefehlt in der Waagschale des amtlichen Urteils! - Schwerbedrückt ging der Schulrat nach kurzem Abschiedsgruß und verließ das Rathaus.

Unten auf dem freien Platz, in der grellen, jetzt schon nahe dem Zenit stehenden Sonne, musste er sich eine gute Weile besinnen – was nun tun? - Sollte er ins Pfarrhaus gehen? - Weitere Erkundigungen einziehen? - Oder den Lehrer Liebhardt selber, persönlich, ins Gebet nehmen?

Weitere Nachfragen waren ja eigentlich nicht Not! - Der Schultheiß hatte offenbar in aller Kürze von der Sache ein höchst klares, völlig zutreffendes Bild gegeben! - Man konnte sich den ganzen Werdegang des Lehrers und die Entwicklung seiner tragischen Katastrophe nun sehr gut denken! - Vom Pfarrer war wohl auch kaum noch Neues und Maßgebendes zu erfahren, da dieser ein zurückgezogenes Leben führte und gerade von jener Seite am wenigsten wusste, auf welcher dieses betrübende Drama spielte.

Da durchfuhr es den Schulrat plötzlich: - Wie wäre es denn, wenn er dem bedauernswerten Opfer, der Lehrersfrau selbst, die er ja persönlich kannte, einen

Besuch machte – um zu sehen, wie es ihr ging, und zu hören, was sie selbst zu der Sache sagte!?

Sollte er das Urteil über den Lehrer, ihren Mann, aus ihrem Munde empfangen? - Sie musste es am besten wissen, ob dieser Mensch noch heilbar war oder nicht!

Merkwürdig, dachte Moser, als er auf die Wohnung des Lehrers zusteuerte – was ihn nur so bestimmt zu diesem Besuch bei der Lehrersfrau antrieb!?

War es denn eigentlich nicht lächerlich – nachdem der Schultheiß ihm so deutlich seine Auffassung und die des ganzen Dorfes kundgegeben hatte, jetzt noch die Ansicht und Gesinnung der Frau ergründen zu wollen, die doch von den erlittenen schweren Verletzungen gewiss noch benommen und jedenfalls auch von Furcht vor ihrem Mann erfüllt war und für ihn, seine Stellung und die Familie bangte!?

Dennoch, - es war wie ein geheimer, innerer Zwang, dass Schulrat Moser die Schritte nach dem Schulhause lenken musste und – ohne im Erdgeschoss beim Lehrer, der dort gerade Schule hielt, sich anzumelden – sogleich in den ersten Stock zur Wohnung hinaufging.

Unterwegs sah er aufmerksam den Ort der Tat, die hohe, steile Treppe an. Und es schauderte ihn der Gedanke, dass hier ein Mann seine Frau, mit der der zehn Jahre lang in anscheinend glücklicher Ehe gelebt und mit der er vier Kinder gezeugt hatte, in gewalttätiger Absicht hinunterschleudern konnte. - Entsetzlich! dachte er. - Ein furchtbarer Sturz mochte das gewesen sein – da unten auf den harten Steinfliesen! Und ein Wunder, dass die Frau überhaupt noch lebte! - Was musste sie durchgemacht haben, wie musste sie leiblich und seelisch leiden!

Ja, ja,! - Ein grausames Spiel war doch oft das Leben auf dieser Welt.

14. Kapitel

Oben an der zur Wohnung führenden Glastüre kam der alte Vater Liebhardt zum Öffnen heraus und war nicht wenig erschrocken, als er den Herrn Schulrat vor sich sah.

Da war also schon das Schicksal in Person erschienen! Jetzt konnte es ja recht werden! - Was die himmlische Vorsehung wohl bringen würde!?

Mit diesen Gedanken führte der Alte den Vorgesetzten seines Sohnes mit Ehrerbietung, aber dennoch als Christ und Gottesmensch mit Würde und Fassung in die Wohnstube.

Der Schulrat erkundigte sich, ohne der Einladung entsprechend Platz zu nehmen, nach dem Befinden der Frau Lehrer und fragte, als er hörte, dass es befriedigend ergehe, ob der Zustand es erlaube, sie kurz zu begrüßen.

Der alte Liebhardt meinte, dass dem gewiss nichts entgegenstehe, ja, dass es seine Schwiegertochter ohne Zweifel hoch schätzen werde, mit dem Herrn Schulrat einige Worte austauschen zu können. Er bitte, ihn nur geschwind anmelden zu dürfen.

Lydia war gerade von einem Morgenschläfchen erwacht. Die Läden, gegen welche die Sonne schien, waren noch halb geschlossen, als der Großvater ihr klopfenden Herzens sagte, der Herr Schulrat sei draußen und wolle ihr „Grüß Gott" sagen.

Schnell sammelte sich die junge Frau in ihrem jäh aufgeschreckten Gemüte, ließ die Läden öffnen, überprüfte mit den Blicken noch einmal die musterhafte Ordnung des Schlafzimmers und ließ dann, nachdem ein Sessel zum Bett gerückt war, den Schulrat bitten zu ihr einzutreten.

Schulrat Moser legte außen im Wohnzimmer Hut und Stock ab und trat in das saubere, freundlich kühle Schlafzimmer. Er reichte der Leidenden die Hand und begrüßte sie mit herzlichen, teilnehmenden Worten, fragte wie es gehe, ob sie Schmerzen habe, was der Arzt sagte, ob man mit dem Fortschritt der Heilung zufrieden sein könne und so fort.

Auf alles gab ihm Frau Lydia eine ruhige, freundliche Antwort. Der Arzt, Doktor Winfried, sei recht sehr zufrieden mit dem Ergebnis seiner Bemühungen. Die Schmerzen seien erträglich. Gefahr sei nicht mehr vorhanden. Nun müsse sie sich wohl noch auf ein längeres Geduldslager gefasst machen, bis alles wieder gut sei.

Nachdem der Schulrat sich in den vom Großvater bereitgestellten Sessel gesetzt hatte und das Väterchen nach diesem Höflichkeitserweis aus dem Zimmer verschwunden war, entstand in der Unterhaltung der beiden eine kleine Pause. Keines fand so Recht den Rang, von den mehr äußerlichen Fragen und Belangen zu der eigentlichen, beider Herz und Gemüt so sehr bewegenden Hauptsache überzugehen. Lydia wollte dem Vorgesetzten ihres Mannes nicht vorgreifen. Und der Schulrat wusste nicht recht, ob er die sehr angegriffene, wachsbleiche Frau einer aufregenden Erörterung aussetzen durfte.

Da wollte es die Fügung, dass dem Schulrat das Hochzeitsbild des Ehepaares Liebhardt, das beim Bette der Frau hing und beide in innige Glücksverbundenheit zeigte, in die Augen fiel. Sie folgte seinem Blick und bemerkte dessen Ziel, errötete und senkte die Augen.

„Hätten Sie damals wohl gedacht, Frau Liebhardt, als dieses Bild hier aufgenommen wurde – dass es zwischen ihnen je so gehen könnte?" fragte der Schulrat mit Bedauern.

„O nie hätte ich damals nur denken können, dass sich unser Glück je einmal trüben könnte!" erwiderte Lydia mit leiser Stimme. „In den ersten Jahren war unsere Ehe ja auch wirklich ein wahrer Himmel!" setzte sie hinzu.

„Warum ist denn das mit der Zeit dann so anders geworden?"

„O Gott, Herr Schulrat, die Welt, die Menschen, und der leidige Wein bei den vielen Einladungen und Festen – das hat meinem Mann mit der Zeit ganz aus den Fugen gebracht!"

„Hätte er denn nicht mit etwas festerem Willen seine Persönlichkeit bewahren, mehr Zurückhaltung üben und seiner Familie und Stellung mehr Rechnung tragen können?"

„Die Menschen sind arg und gar aufdringlich, Herr Schulrat! Wie mir scheint, hier besonders, in unserer Gegend, wo so viel Versuchung ist! Sie glauben es nicht, wie man meinem Mann seiner frohen Laune und Gaben wegen von allen Seiten zusetzt! Die Verführer sind immer in Scharen um ihn her und bedenken nicht, dass sie einen Familienvater ins Verderben stürzen mit ihrem ungestümen Fordern. Wenn sie nur ihren Willen und ihr Vergnügen haben; ob mein Mann mit seinen Kräften nach und nach erliegt, ob er verwüstet und zu Grunde gerichtet wird – das ist ihnen gleich! Die Meute heftet sich an seine Fersen und saugt ihn aus bis zum letzten Tropfen guten Geistes. Und wenn dann in der Überspannung und Überreizung ein Vergessen und Vergehen stattfindet, dann will niemand die Schuld bei sich selber finden, sondern nur bei ihm – und da brechen dann die über ihm zuerst den Stab, die ihn verlockt und verleitet haben! - Glauben Sie doch nur nicht alles, Herr Schulrat", rief Lydia unter Tränen, „was über meinen Mann von Übelwollenden leichtfertig geredet wird! Die Menschen kennen ihn nur von der einen, der äußeren Seite! Ich kenne ihn, wie er im Innern ist – als wirklich nur allzu guten Menschen, der niemand etwas abschlagen kann und aller Welt gern zu Dienst und Willen ist, selbst auf Kosten seines eigenen

Wohlergehens! - Und wie er in seinem Beruf als Lehrer ist, wie gewissenhaft und verständig und darum auch bei Jung und Alt so sehr beliebt – das weiß ja der Herr Schulrat selbst am besten!"

Gewiss, der Schulrat wusste wohl, es war auch noch im letzten Jahr keine Schule auf dem Wald in einem besseren Zustand als die Liebhardts. Die Kinder hingen mit leidenschaftlicher Liebe an ihrem Lehrer, so dass selbst die kranken oft noch mit Teppichen und Kissen in die Schule kamen – und das war ja immer das beste Zeichen. Und in den Kenntnissen war nirgends eine Klasse gründlicher unterrichtet und weiter voran.

Und dass in dem Manne ein guter Gemütskern stecke musste, das hatte der Schulrat auch immer wieder mit Freuden in dem von Liebhardt erteilten Religions- und Naturunterricht gesehen. Mit welchem Verständnis für die kindliche Seele wurde von ihm die biblische Geschichte den Kleinen dargebracht, und wie führte er sie in die Wunder der Natur ein, immer wieder auf die Größe, Güte, Weisheit und Macht des Schöpfers hinweisend.

Es war jammerschade, dass gerade solch ein Mensch mit einem derartigen Fehler behaftet war.

„Gewiss", sagte der Schulrat aus diesen Gedanken heraus, „es ist ewig schade um diesen Mann mit seinen unbestreitbaren guten Gaben. Aber was sollen denn da wir, die Schulbehörde, hoffen, wenn es unter diesen Umständen mit ihm immer mehr und mehr bergab ging – bis zu solch einer Katastrophe!? - Ich habe gehört und weiß, dass Sie eine stille Dulderin sind, Frau Liebhardt, und denke, dass Sie in den letzten Jahren sicher Furchtbares durchgelitten haben in diesem Absturz aus der Höhe der vollsten Hochachtung für ihren Mann. Was musste es für ein Erleben für Sie sein, den Gatten, den Vater ihrer Kinder von Stufe zu Stufe hinuntergleiten zu sehen bis zum willenlosen Spielball seiner Leidenschaft! - Aber wenn es nun so schlimm, so hoffnungslos steht, dass Sie jetzt selbst als ein bedauernswertes Opfer hier im Bette liegen und vielleicht auf Monate hinaus einen schweren Schaden zu tragen haben – können dann wir, die Behörde, noch Hoffnung, Geduld und Nachsicht haben!? Wird eine Versetzung helfen können, wenn der arge Geist mitzieht, weil das Übel in einer leidigen Schwäche des Willens sitzt!?"

Schulrat Moser hatte dies alles eigentlich mehr zu sich selbst gesprochen, um seiner inneren Ratlosigkeit Luft zu machen und für seine notwendigen Entschlüsse die erforderliche Klarheit und Kraft zu gewinnen.

Lydia aber hatte wohl begriffen, um was es sich handelte – dass es hier um das Schicksal ihres Mannes, ihrer Kinder ging, dass in der Brust dieses Mannes, der da so undurchdringlich wie ein Gott und doch auch wie ein schwacher, unschlüssiger Mensch vor ihr saß, die Räder des Geschicks arbeiteten und die Lose des Lebens für sie und ihre teuren Lieben fielen.

Sie schaute auf, suchte mit den Augen die Blicke dieses ihr trotz aller Furcht so hochgeschätzten, liebwerten Mannes, der ja auch Ehegatte und Familienvater war, schob die Hand ihres gesunden Armes etwas vor, legte sie leicht auf die Sessellehne, auf welcher die Rechte des Schulrats aufgestützt war, und sagte in einem heiß flehenden Tone leis und eindringlich: „Vernichten Sie nicht eine ganze Familie, Herr Schulrat! - Haben Sie mit ihm ein freundliches Nachsehen und etwas Geduld! - Es wird mit Gottes erbarmender Liebe nach diesem Vorfall sicher besser mit ihm werden!"

In diesem Augenblicke wurden Schritte im Flur und dann im Wohnzimmer laut. Der Unterricht in der Schule im Erdgeschoss hatte sein Ende erreicht. Lehrer Liebhardt, vom Großvater über die Anwesenheit des Schulrates verständigt, war hinaufgeeilt und trat nun hochklopfenden Herzens, zwischen Röte und Blässe des Gesichts wechselnd, in das Zimmer.

Der Schulrat erhob sich, begrüßte ihn ernst und gemessen und sagte nach kurzer Pause: „Das sind ja schöne Geschichten, was ich da von ihnen hören – und (auf die Frau blickend) sehen muss, Herr Liebhardt!"

Aber schon bereute er den etwas scharfen, vorwurfsvollen Ton mit dem er das gesagt hatte. Denn Frau Lydia verfärbte sich und verhüllte das tränenfeuchte Gesicht mit der Hand. Und Liebhardt selbst machte einen solch tief vernichtenden, aufrichtigst betrübten Eindruck, dass der alte Menschenkenner gar wohl sah, dass hier Gericht, Urteil und Strafe schon im vollsten Maße ergangen war.

Er konnte nicht mehr viele Worte finden. Liebhardt aber bedeckte ebenfalls die Augen und fing an, vom Schulrat abgekehrt, schmerzlich zu weinen.

Endlich brachte der Lehrer, indem er sich mit aller Macht zusammenraffte, heraus: „Ich erhoffe, erwarte und erbitte keine Geduld und Nachsicht für mich selbst, Herr Schulrat – aber für meine Familie bitte ich um Gnade! Ich möchte den Herrn Schulrat und die Oberbehörde um eine Bewährungsfrist bitten. Ich verspreche mit allem, was noch an Kräften zum Guten in mir ist, dass die Frist nicht verloren sein wird! Es wird nicht mehr vorkommen, dass ich trinke! Ich werde allen Vereinen und Gesellschaften, in denen ich eine Vorstands- oder Leiterstelle innehabe, absagen und mein Amt und meine Mitgliedschaft niederlegen und habe dazu schon die vorbereitenden Schritte getan. Und es soll mit der Hilfe des Himmels und meines Weibes und aller guten Menschen anders und besser werden!"

Damit ergriff Liebhardt heiß und stürmisch des Schulrats Hand, drückte und schüttelte sie und rief: „Ich verspreche es Ihnen, Herr Schulrat! Ich verspreche und beschwöre es vor Gott! Ich bin in diesen Tagen und Nächten, als meine Frau hier zwischen Tod und Leben schwebte, durch Höllenfeuer gegangen, die mich geglüht und geläutert haben. Ich weiß, dass ich frevelhaft, verbrecherisch mit den Werten und Gütern des Lebens gespielt und im Genusstaumel den Zweck des Erdendaseins, den Weg Gottes, den Weg der Ewigkeit völlig verfehlt habe und dass ich nahe daran war, ein Mörder meiner eigenen Seele, ein Mörder meines Weibs und meiner Kinder zu werden!

Ich will umkehren, Herr Schulrat! Ich will mich aufmachen und heimkehren zu meinen Lieben!"

Mit diesen Worten stürzte sich Liebhardt vor dem Bett seiner Frau nieder, umklammerte deren Hand und bedeckte sie mit heißen Tränen und Küssen.

Der Schulrat selbst musste sich abwenden und seine große Bewegung verbergen.

Er hatte genug gehört und gesehen. Sein Urteil und Entschluss stand fest.

Er sprach sich zwar nicht weiter aus, um der Oberbehörde in ihrem Entscheide nicht vorzugreifen. Aber er reichte Frau Lydia beim Abschied ruhig, fest und trostvoll die Hand, sprach ihr Mut zu, wünschte ihr eine baldige gesundheitliche Wiederherstellung und ließ sich dann von Liebhardt die Treppe hinunter und aus dem Haus geleiten.

„Machen Sie denn nun eben einmal ruhig weiter in der Schule, bis der Entscheid der Oberbehörde kommt. Ich hoffe und denke, dass man ihrer Bitte um eine Bewährungsfrist Rechnung tragen wird. Den Rücktritt von den Vereinen führen Sie in tunlichster Bälde aus und berichten mir, sobald er vollzogen ist."

„Gewiss, gewiss, Herr Schulrat!" sagte Liebhardt eifrig.

Damit verabschiedeten sich die beiden. Der Schulrat ging zu einer Stärkung in die Traube.

Dann fuhr er mit einem kleinen ländlichen Gefährt nach Hause, tief versunken in die Geheimnisse, Irrungen und Wirrungen der menschlichen Brust. Und ein Seufzer entrang sich ihm in dem Gedanken an die

Schwäche, das ewige Fallen, Aufstehen und Wiederfallen des Menschen, die unheimliche Macht des Bösen, der sogenannten Sünde und Sündenschuld. Und er fragte sich, ob der Lehrer Liebhardt, der so heiß und inbrünstig Besserung geschworen hatte, wohl aus sich die Kraft finden werde, den heillosen Hang, der in ihm entfacht und jahrelang gepflegt worden war, zu überwinden.

Seine Gattin, die gute Frau Schulrat, vernahm von dem nach Hause Zurückgekehrten mit größter Teilnahme den Verlauf und das Ergebnis der Untersuchung. Die kundige Seele sagte: „Aus sich kann er es nicht! - Da kann nur Einer helfen – den wollen wir bitten - J E S U S!"

15. Kapitel

Ja, so war es denn auch. Die Durchführung dieser guten, so heiß und inbrünstig gefassten Vorsätze war auch einem so schwer geprüften Manne wie Liebhardt nicht möglich ohne die Hilfe von oben. Und diese Hilfe war nur zu erlangen durch das innigste Gebet aller um den Gefährdeten stehenden Getreuen.

Die Finsternismächte waren ja durchaus auch nicht still und müßig. - Was hatte doch Sauerbrot, der heimliche Zeuge all dieser Vorgänge, in leidenschaftlicher Anteilnahme an dem Geschehenden durchgemacht seit der Ankunft des Schulrats im Lehrerhause! Von der Unterredung mit dem Schultheiß hatte er freilich keine Kenntnis erlangt. Soweit reichte Sauerbrots Gesichtskreis nicht, dass er von seinem gewöhnlichen Aufenthaltsort im Schulhaus aus alles im Ort Geschehende hätte überblicken oder doch ahnend mitempfinden können. Eine solche weitreichende Fähigkeit besitzen auch im Jenseits nur die höheren Geister. Freilich war es ihm, als ob der Schulrat unterwegs sein müsse; und so war er hocherfreut, aber doch nicht eigentlich überrascht gewesen, als der Mann wirklich im Schulhause erschien.

Anfänglich war er auch mit der im Schlafzimmer zwischen dem Schulrat und Lydia sich anspinnenden Unterhaltung nicht unzufrieden. Aber dann, als er den Schulrat weich und mitleidig werden sah, und vollends, als Liebhardt kam und seine Bekenntnisse und Vorsätze sowie seinen Fristantrag mit Erfolg „zum Besten gab" - da war Sauerbrot in helle Wut geraten.

„Was!? Sollte auch diese Mine fehl gehen!? Sollte auch dieser Schulrat als ein Trottel sich übers Ohr hauen lassen!?

Richtig, die Tränen und Schwüre des Ehemannes und die stummen Seufzer der Frau schienen auf den alten Esel zu wirken! - Das war doch zum aus-der-Haut-fahren! - So ein Skandal! - So ein Kamel von einem Schulrat! So eine Blamage für eine Behörde!

Ja, was ließ sich da noch machen!? Sollte er das Feld räumen? dachte Sauerbrot, und diese Sippschaft sich selbst überlassen!?

Nein! Nie und nimmer! Jetzt erst recht nicht! - Noch war ja die Bewährungsfrist da! Noch waren das nur gute Vorsätze, was Liebhardt vorgebracht hatte. Noch war dieser ja der alte, schwache Mensch! Noch konnte da viel ausgerichtet, ja, jetzt konnte erst der Hauptvernichtungsschlag geführt werden! Denn wenn der Lehrer in dieser Bewährungsfrist auch nur ein einziges Mal fiel, dann war für ihn alles, das ganze Spiel für immer verloren. Dann konnte er einpacken und mit seiner Familie sein Brot auf der Straße suchen.

Also galt es, eifriger und nachdrücklicher als je eine jede schwache Minute, jede Anwandlung zu erspähen, in jede Ritze der Seele einzudringen, wo nur immer das Wesen des verhassten Menschen der Versuchung zugänglich erschien – so erwog Sauerbrot die Lage, das war sein Sinn und sein Ziel für die nächste Zeit.

Und dafür entflammte er auch alle jene finsteren Gesellen, die ihm in der Kirchweihnacht zu der großen Untat zu Hilfe geeilt waren.

Auch diese Rotte hatte an den Geschicken im Schulhause weiterhin ein lebhaftes Interesse genommen. Wie würde dieser feine, prächtige Schlag, den sie da in der lustigen, herzhaften Feststimmung miteinander unternommen hatten, auslaufen!? Würde er schöne Früchte für die Hölle zeitigen!? Würde man diesen kopfhängerischen Himmelsanwärtern, diesen scheinheiligen Gottesparteilern einen rechten Schlag beibringen?! – Ja, da wollte man kräftig und einmütig zusammenwirken, dass diese Geschichte zu einem guten Ende käme.

Und dass ja der einfältige Lehrer in seiner großspurig bedungenen Bewährungsfrist auf die richtigen Wege, d. h. die glänzendsten Abwege käme, die seinen Fall unvermeidlich zustande brächten – das wollte man nun mit ganzer, vereinter Macht durchdrücken! Da war ja eine schönste Gelegenheit, dem großen Fürsten der Finsternis eine ganze Familie zuzuführen!

In diesem Geiste und mit diesem Zweck und Ziele zog die arge Bande alsbald, nachdem der Schulrat sich verabschiedet hatte, geschäftigen Eifers in das Lehrerhaus ein und nahm mit Sauerbrot Wohnung in jener Kammer im Untergeschoss, von wo aus sie ihr Opfer am besten im Auge zu behalten und sicher in ihre volle Macht zu bekommen hofften.

Aber die guten Geister und Engel Gottes waren auch auf dem Plane. Denn wo die Hölle mit ihren tückischen Anschlägen rührig ist, da ist auch die andere Seite, das göttliche Lichtheer wachsam und tätig. Ja, wenn die Menschen die Hilfe Gottes in vertrauensvollem Gebet und in nimmermüder Liebe suchen, da werden die Kräfte der Himmel umso mächtiger und bereiten Wonne und Sieg denen, die eines guten Willens sind.

Auch im Schulhause fehlten diese guten Gottesmächte nicht. Lydia und der Großvater ahnten, was im Unsichtbaren nun für ein Kampf um den heißgeliebten Gatten und Sohn entbrannte. Der Großvater schaute auch mit den Augen seiner geistigen Sehe den gewaltig angeschwollenen, rabenschwarzen Schwarm, der sich dem unseligen Sauerbrot angeschlossen hatte und ihm wie eine Wolke umgab. Er bekannte es Lydia, und sie beschlossen, unablässig und inständig zusammenzustehen und die Hilfe des Himmels gegen diese Unholde, diese Eindringlinge und Belagerer herabzurufen.

Das Gebet dieser beiden reinen Liebesmenschen hatte denn auch einen großen Widerhall bei den oberen Sphären. Besonders Lydia, die still leidend, ihre körperliche Gebundenheit mit Ruhe und Frieden tragend, zu Bett lag und die ihr angetane Unbill mit so viel heiliger, unerschütterlicher Liebe erwidert hatte, wurde aus den Himmeln mit großer Gnade angeschaut. Ja um dieses Herz, um dieses vergebende, vertrauende und hingebende Weib, das voll Gläubigkeit zum Lenker der Geschicke aufblickte, stellten sich die höchsten Engel mit flammendem Schwerte. Ihr durfte nichts Böses sich schädigend nahen. Und auch den Lieben, die sie auf flehendem Herzen trug, sollte Rat, Hilfe und Kraft werden. Denn wenn auch Gottes weise Vorsehung und Erbarmung unendlich ist und allezeit über allen Wesen waltet, so schüttet Er doch über die Bedürftigen um der besonderen Liebe Seiner wahren Kinder willen zur rechten Zeit gerne das ganze Füllhorn Seiner Gnade aus.

Und was bei Menschen unmöglich erschien, ward denn auch hier in diesem Falle bei Gott und in Gott möglich. Trotz der wilden, drohenden Finsterniswolke unter dem Dache seines Hauses war es dem mit einer schwachen Natur veranlagten Lehrer Liebhardt gegeben, unerschütterlich und ohne Entgleisung und Niederlage den vorgesetzten Weg der Nüchternheit und göttlichen Ordnung zu gehen.

Er sagte allen seinen Vereinen und Gesellschaften ab. Es gab dies ja wohl einen Sturm. Die Vorstände und Ausschußmitglieder waren bestürzt und zum Teil bös und außer sich. Knall und Fall einen so im Stich zu lassen! Auch noch jetzt vor Weihnachten und Neujahr! Nein, das konnte und durfte nicht sein! Das musste sich der Lehrer noch einmal überlegen! Er sollte doch mal eine Zeit über das unliebsame Vorkommnis hingehen lassen. Es werde auch dieses Wasser den Bach hinunterlaufen. Und in einem halben Jahre, da denke kein Mensch mehr an die weinselige, dusselige Sache.

Nein, auf alle diese und ähnliche Reden ging Liebhardt nicht ein. Er blieb unweigerlich bei seiner Absage und trat aus allen jenen sogenannten Geselligkeitszirkeln aus. Nicht als ob alle derartigen Dinge und Unternehmungen unbedingt wider die von ihm nun erkannte bessere Lebensordnung verstießen und von jedermann zu meiden wären; aber für ihn waren sie eine Gefahr und eine Quelle des Verderbens geworden. Und darum gänzlich mit der Wurzel heraus und – hinweg damit. Das war und blieb – mit der Hilfe aus den Höhen – seine Gesinnung.

Die meisten Leute im Ort, und zu ihnen gehörte vor allem der Schultheiß, gaben ihm darin auch vollkommen und mit Freuden recht. Ja, das war er seiner Frau und seinen Kindern schuldig! Und es wurde der entsagungsvolle Austritt aus den alten Freundes- und Sangesbruderkreisen auch als eine Art Sühne für die an seiner Frau begangene Untat, ja als eine vollkommene Schuldtilgung angesehen. Niemand erlaubte sich nunmehr, hämisch oder richterisch urteilend davon zu sprechen. Die Sache war abgetan, die Schuld war ausgelöscht durch diesen mannhaften Schritt, der nach außenhin sichtbar einen neuen Sinn und ein neues Leben bekundete.

Eine Woche nach dem Besuche des Schulrates kam von der Schulbehörde ein von den Lehrerseheleuten längst mit Bangen und doch auch, im Hinblick auf die tröstlichen Worte Mosers, mit Fassung erwartetes Schreiben.

Es enthielt eine scharfe Verwarnung Liebhardts, machte ihn auf das Ungehörige, Unmögliche seiner Lebensführung aufmerksam, stellte im Wiederholungsfalle strengste Strafmaßregeln in Aussicht, schloss aber mit der Erklärung, dass die Oberbehörde im Hinblick auf die sonstigen Verdienste und Leistungen Liebhardts vorläufig von Weiterem absehen wolle und sich der Hoffnung hingebe, dass Liebhardt sich das Vorgefallene zur Warnung dienen lasse und zu einem seinen Amts- und Familienpflichten und seinem Ansehen besser entsprechenden Leben zurückkehren werde.

Mit glühender Scham übergoss dieser Verweis den durch seine Irrwege vor sich selbst gedemütigten Mann. Aber er war dankbar, dass der Schulrat diese Worte gefunden hatte und ihm die Einsicht, den Willen und die Kraft zur Änderung seiner Lebensrichtung zutraute. Dieses Vertrauen sollte nicht enttäuscht werden – das nahm sich Liebhardt mit heiligstem Ernste von ganzem Herzen vor. - Und auch für Lydia war es ein Ansporn, ihren Gatten noch mehr als bisher mit dem geistigen Kraftfelde ihres Gebetes zu umhüllen.

So verging der Herbst und nahte sich die Adventszeit. Im Schulhause herrschte Ruhe, Friede und stilles Glück. Die schwarze Rotte hatte keine Macht. Der Großvater sah sie sich immer mehr wie zu einer Kugel eng zusammenziehen und verdichten, gleichsam wie wenn eine eisige Kälte sie umklammerte und erstarrte. In diesem Hause war für sie leider also doch nicht mehr viel zu machen. Aber den Posten verlassen wollten sie noch nicht. Vielleicht gab es, so dachten sie, doch noch mit der Zeit eine gute Gelegenheit. Berharrlichkeit führt zum Ziel, und wer zuletzt lacht, lacht am besten. Der Lehrer würde, wenn die Weihnachts- und Neujahrsfestlichkeiten herankamen oder schließlich gar der Karneval, doch noch weich werden – das war ja gar nicht anders zu erwarten. Mensch bleibt Mensch und vor allem am meisten so ein schwacher!

Aber auch diese Hoffnungen und Träume der Schwarzen erfüllten sich gottlob nicht. Als die Weihnachtszeit herannahte, berief der Lehrer die besten Sänger und Sängerinnen des Ortes, soweit sie auch ernste, gediegene Menschen waren, eines Abends zu sich ins Schulhaus und unterbreitete ihnen den Vorschlag, einen Kirchenchor zu gründen, der bisher im Dorfe fehlte und der die kommende Feste verschönern und auch sonst das Jahr über in der Kirche edle, geistliche Chöre zum Vortrag bringen sollte.

Damit war alles herzlich gerne einverstanden. Mann hatte eine große Freude, dass der Lehrer seine guten Gaben in den Dienst einer solch schönen, guten Sache stellen sollte. Und gleich am selben Abend noch begann Liebhardt mit den ihm wohlbekannten Stimmen die Einübung klassischer Chorgesänge, indem er für den Anfang die einfachsten Tonstücke der großen Meister wählte.

Ah, das war nun eine ganz andere Auswirkung der Kunstpflege für die Herzen der Menschen! Während bei den früheren, weltlichen Gesangsproben ein leichtfertiger, oberflächlicher Geist geherrscht und dem Leiter viel Mühe und manchen Verdruss, den Teilnehmern außer spaßiger, zeitausfüllender Unterhaltung aber keinen tieferen, nachhaltigen Gewinn gebracht hatte, trugen aus diesen, von himmlischen Klängen, Gedanken und Empfindungen durchglühten Übungsstunden Leiter und Sänger eine große innere Bereicherung und eine nachhaltige Erquickung mit nach Hause. Auf das ganze Denken, Wollen und Streben der Woche strömten diese neuen Gesangsproben, diese enge, lebendige Verbindung mit dem reinen Seelenleben großer, dem ewigen Urquell verbundener Tonschöpfer ihre beglückende, klärende und belebende Wirkung aus.

Man sah und fühlte: alles – auch die Musik und der Gesang – kann auf zweierlei Weise getan und geübt werden – auf eine ungesegnete oder eine gesegnete, eine widergöttliche oder eine göttliche, eine weltliche oder eine himmlische – je nachdem der Mensch sich einstellt, je nachdem er das Tier oder den Gott in seiner Brust zur Geltung und zum Worte kommen lässt. An sich ist kein Ding und kein Tun böse oder gut. Entscheidend ist nur die Liebe, die da als Kernmacht darinsteckt. Ist diese widergöttlicher, höllisch selbstsüchtiger Art, so wird auch das Werk und dessen Auswirkung böse und verderblich. Ist die Liebe göttlicher, selbstlos reiner Art, so wird das Werk gut aufbauend und beseligend.

16. Kapitel

Eine besondere Freude machte die Gründung des Kirchenchores dem Pfarrer Loschmann wie auch seiner Frau, die eine gute Sängerin war und sich gerne gleich angeschlossen hätte, wenn nur die Beziehungen zwischen dem Pfarrhaus und dem Schulhaus engere und bessere gewesen wären.

Als im Laufe der letzten Wochen die beiden sich überzeugt hatten, wie sehr der Lehrer Liebhardt sein früheres, ausschweifendes Leben und seinen Fehltritt bereute und es ihm ernst war mit der neuen, besseren Einstellung – da wurde es ihnen doch recht leid, damals nach dem unheilvollen Geschehen bei der Behörde sozusagen den Angeber gemacht zu haben. Besonders der Pfarrer war sehr bedrückt von diesem für ihn jetzt beschämenden Gedanken. Hatte er nichts Besseres tun können, als diesen irrenden Menschen gleich bei den Vorgesetzten zu verschwatzen und auch noch in einer verdeckten, unaufrichtigen und unmännlichen Weise!? War solch ein Verhalten, solch ein Angriff aus dem Hinterhalt, der die Vernichtung der ganzen Familie nach sich ziehen konnte, nicht auch eine Art Mordversuch, ja durch die kühl überlegte Ausführung vor den Augen des ewigen Richters, dem Gotte der Liebe, vielleicht schlimmer als die unüberlegte, in der Hitze und Trübung der Seele vorgenommene, jähe Zornestat des Lehrers?!

Den also sich selbst anklagenden Pfarrer suchte seine Gattin zu trösten und zu rechtfertigen. „Du hast doch nur, und zwar in der mildesten und schonendsten Form, deiner Amtspflicht genügt!" sagte sie. „Konntest du wissen, dass der Lehrer sich aus dem Vorgefallenen eine Lehre ziehen, sein zügelloses Leben und Wesen bereuen und sich auf die Umkehr machen werde!? Das war doch damals noch durchaus nicht zu erkennen und anzunehmen! Denn solche Trinker sind tief und fest verwurzelt in ihrem Hange. Und wenn sie zeitweilig nach großen Ausschweifungen auch bessere Vorsätze fassen, so gelingt ihnen meistens die Ausführung und Durchhaltung nicht, und bei nächstbester Gelegenheit fallen sie wieder zurück in ihre Untugend. Dass es wirklich bei Liebhardt in diesem Falle anders ist, wollen wir zwar herzlichst wünschen und hoffen, aber bestimmt wissen können wir es leider wohl auch heute noch nicht. Und noch viel weniger konnte man es damals sagen, als du mit dem Bericht der ohnedies bald allbekannten Sache zum Herrn Dekan gingst. Nach der damaligen Sachlage musstest du einfach so handeln, wenn du nicht gegen dein Amt dich einer Lässigkeit schuldig machen wolltest!"

„Ich hätte noch warten, hätte, statt auf Menschenwort und die eigene Stimme des blinden Weltverstandes zu hören, die Stimme des Herzens, die Stimme von oben erbitten und erlauschen sollen!" erwiderte Loschmann. „Dann wäre ich nicht zum Angeber und Richter geworden an einem schwachen und im Grund höchst bedauernswerten Mitbruder, dem nunmehr der Herr sichtlich so wunderbar hilft, und den Er mit Klarheit erleuchtet und mit Kraft ausgerüstet hat, dass sich jedermann nur freudig verwundern muss. Wir Menschen sollten immer mehr nach dem Herzen, nicht nach dem Verstand leben! Dann wären wir auch immer viel enger und gesegneter mit den himmlischen Mächten und Heerscharen verbunden und würden den Weg durch die irdischen Wirrnisse leichter und fröhlicher finden und am Ziele eine viel größere Fülle des Segens antreffen können."

Gegen diese Überzeugung konnte Frau Pfarrer Loschmann ihrem Gatten nichts Weiteres entgegnen. Die Erlebnisse der jüngsten Zeit hatten auch sie bedenklich gemacht, ihr manche Untergründe ihres eigenen Wesens tiefer erschlossen und ein neues Licht in ihr Denken und Fühlen geworfen. Wie stand doch der selbstsichere Mensch, auch der klügste, begabteste, jederzeit so nahe am Abgrund! War es nicht doch höchst notwendig, immer wieder nach der Hand Dessen zu greifen, der gesprochen hatte: „Ich bin der Weg, die Wahrheit und das Leben" - und der durch und durch nur reine, nimmermüde Liebe und Aufopferung uns Menschen vorgelebt hatte!?

War es denn nicht handgreiflich – konnte irgendeine andere Wahrheit und ein anderer Weg in das Himmelreich, das Reich der höchsten, allumfassenden, niemand richtenden Liebe führen – als eben jener opferbereite, unermüdliche, reine Geist, der im Gottmenschen Jesus von Nazareth so unaussprechlich herrlich in vollkommenster Fülle sich verkörpert hatte, den Menschen dieser Erde und den Engeln und Wesen aller Welten zu einem unvergleichlichen, hinreißenden Beispiele!?

Ja, das Beispiel Jesu, der die Ehebrecherin nicht verdammt, den Schächer selig gesprochen hatte – das gab zu denken!

Als die Nachricht sich verbreitete, dass der Lehrer einen Gesangchor ins Leben gerufen habe, der in der Kirche singen wolle, ging Pfarrer Loschmann, noch bevor ihm der Lehrer auf Grund der ersten Aussprache mit den Sängern eine förmliche Mitteilung machen konnte, eines Nachmittags in das Schulgärtchen hinüber, wo er den rüstigen, wieder froh gestimmten Mann mit Gartenarbeit beschäftigt sah. Er setzte sich mit ihm in die Laube und eröffnete ihm hier sein Herz – dass es ihn so sehr bedrücke, damals bei der Untersuchungssache den Angeber im Dekanat gemacht zu haben.

Liebhardt ließ den Geistlichen nicht ausreden und sagte: „Lieber Herr Pfarrer, das war ja einfach Ihre Amtspflicht. Und in Wahrheit haben Sie mir damit nur einen großen Dienst geleistet. Dadurch kam der Schulrat Moser gerade zu der Zeit und in der rechten Weise, wie es damals für mich gut und nötig war, zu mir, um mich vollkommen zu klären und mir zum Durchbruch zu verhelfen. Die Dinge werden oft von höherer Warte aus besser gelenkt, als wir Menschen es ahnen und sogleich beim Geschehen begreifen. Erst hinterher geht uns ein Licht auf und verstehen wir, dass wir da und dort, wo wir es nicht glaubten, ein Werkzeug höheren Willens sein durften."

„Sie sehen, was ich getan habe, sehr freundlich an!" entgegnete Pfarrer Loschmann. „Aber ich bin nun doch sehr froh, mich mit Ihnen jetzt ausgesprochen und Ihnen gesagt zu haben, was mich bedrückt. Das Verhältnis zwischen dem Pfarr- und dem Schulhaus, in welchem ich keine Trübung sehen möchte, scheint mir nun geklärter und die gute Beziehung wieder gefestigter. Und ich möchte nun vor allem auch meine Freude zum Ausdruck bringen über die mir bekannt gewordene Neuigkeit, dass Sie einen Chor für Kirchengesang gründen wollen."

„Damit wollte ich eigentlich," sagte Liebhardt, „sobald die Sache sich als durchführbar erwies, zu Ihnen kommen und ihnen unsere Mitwirkung bei den kommenden Weihnachtsfestlichkeiten und auch zur Verschönerung des sonstigen Gottesdienstes anbieten – in der Hoffnung, dass Ihnen in dieser Form und zu diesem Zwecke die musikalischen Darbietungen nicht unwillkommen sein würden."

„Sie erfüllen damit einen von mir und besonders auch von meiner Frau längst gehegten Wunsch! Und meine Frau hat mich beauftragt, Ihnen zu sagen, dass sie mit ihrer recht guten Sopranstimme gerne mitsingen würde, wenn Sie sie zu den schon vorhandenen Sängerinnen noch brauchen können."

„Natürlich, mit tausend Freuden!" rief Liebhardt.

Und so wurde denn auch Frau Pfarrer Loschmann ein Mitglied des neuen Gesangchors und eine Schülerin von Liebhardt. Auch der Pfarrer, der freilich keine hervorragende Stimme hatte, tat mit – allerdings mehr als ein Vertreter des allgemeinen guten Willens der Bevölkerung und als Leiter der geschäftlichen Angelegenheiten des Chors.

Auf diesem glücklichen Wege wurde das Verhältnis zwischen dem Pfarrhaus und dem Lehrerhause nach und nach ein wirklich enges und herzliches.

Anfang Dezember, als Lydias Verletzungen unter der Pflege Doktor Winfrieds fast ganz ohne Narben geheilt waren, galt der erste Ausgang der wieder aufblühenden Frau dem Pfarrhause, dessen Bewohner sie mit großer Freude begrüßten und aufnahmen.

Jetzt ergab sich zwischen den Häusern auch ein enger Familienverkehr. Die kinderlose Frau Pfarrer fühlte in sich eine warme Liebe für die hübschen, wohlerzogenen Kinder der Lehrersleute erwachen. Was war es doch eine Wonne, wenn die lebenswarme junge Schar zu ihr herüberkam und ihre Weihnachtsgeheimnisse mit ihr durchplauderte, sie um Rat und Hilfe anging in ihren Arbeiten für die Eltern und andere liebe Leute.

Besonders der älteste, nun beinahe neunjährige Bernhard, der in der geweckten, lebendigen Art seines Vaters schon ein merkwürdig ritterliches Wesen an den Tag legte, erregte Frau Pfarrer Loschmanns Aufmerksamkeit und Zuneigung. Mit einer seltsamen Lust hörte sie von Lehrer Liebhardt eines Tages, dass dieser Junge mit dem Stock des Großvaters ihn unmittelbar nach der Tat damals die verdiente Strafe durch eine kräftige Tracht Prügel gegeben habe. Da musste sie wirklich lachen, als der Vater noch hinzufügte, wie ihm die Prügel in jenen furchtbaren Augenblicken geradezu eine Labsal gewesen seien. Für die Frau Pfarrer selbst waren jene Stockschläge des jungen Helden auf Rücken und Haupt seines Erzeugers auch irgendwie – sie wusste es eigentlich selbst nicht recht wieso – eine Genugtuung. Denn diesem Liebhardt, diesem Mann, der alle Frauen, wenn er so recht im Feuer war, entzückte – dem gehörte schon einmal so eine rechte Lektion als Buße für seine Beunruhigung des schwachen, weiblichen Geschlechts.

Ja, der kleine Bernhard, der junge Held, hatte recht getan! - Und nun war alles gut.

Frau Pfarrer Loschmann war durch diese in den früheren Jahren des nachbarlichen Beisammenwohnens nie erreichte günstige Wandlung der Gefühle auch in so mach anderer Hinsicht mit ihrem Lose zufriedener geworden. Sie war nicht mehr so einsam. Sie konnte sich nun mit Lydia, deren Wert sie immer mehr schätzen lernte, von Herzen über alles, was sie bewegte, aussprechen und auch so manches mit ihr ins Werk setzen. So vereinbarten die beiden Frauen miteinander eine Bescherung im Pfarrhaus für die Armen und für die alten, gebrechlichen Leute im Ort und beschlossen auch, eine Krankenküche für den ganzen Winter einzurichten. Und dies und ähnliches gab immer mehr Anlass und Stoff zu freundschaftlichem Zusammenleben und Zusammenklingen, gesegnet von der unverwüstlichen, echten Freude der Nächstenliebe.

Aber auch an ihrem Ehemann, Pfarrer Loschmann, durfte Frau Gertrud, wie sie sich von Lydia nennen ließ, neue erfreuliche Triebe und Seiten entdecken. Es war, als ob ein lange Zeit etwas dürrer Baum durch Zufuhr frischen Wassers ein neues Leben empfinge und neue Knospen, neue Zweiglein triebe, um sich in ein frisches Grün zu hüllen.

Während bis dahin in den Predigten Pfarrer Loschmanns das Lob und die Anpreisung des Glaubens weitaus die Hauptsache, ja fast das einzige Thema gewesen war, trat jetzt das Wort „Liebe" mehr hervor. Es war dem Manne der theologischen Bücher und Begriffe endlich ein Licht darüber aufgegangen, dass die Botschaft Jesu an die Menschen doch in Wahrheit eine viel einfachere, schlichtere, aber zugleich auch innigere und tatfröhlichere gewesen war, als sich viele studierte Christen dachten.

Was hatte denn der Heiland zum reichen Jüngling gesagt, als dieser ihn um den wahren, sicheren Heilsweg anging mit der Frage: „Rabbi wie erlange ich das ewige Leben?!" (Mt. 19,19ff) - Der große, göttliche Meister des dies irdischen wie des jenseitigen Lebens hatte ihm nichts von Glaubenssätzen und Bekenntnispunkten gesagt. Nicht einmal den Glauben an Jesus Christus, denn Gottgesandten und an Sein am Kreuz zu vergießendes Blut hatte Er verlangt - sondern dem Fragenden nur erwidert: „Halte die Gebote!" - Und als der irdisch reiche junge Mensch weiterfragte: Herr, welche Gebote?! - da nannte der Heiland und Erlöser der Welt das ewige Grundgesetz des Gottesreichs: „Liebe deinen Nächsten wie dich selbst!" - und alle davon abgeleiteten Sondergebote!

Auf die Liebe kam es also an, wenn man zu Gott und

zum ewigen Leben wollte! Denn Gott, der Allschöpfer und Allbehalter, ist in Seinem eigentlichen, tiefsten Grundwesen ja Selber die Liebe und nichts als Liebe, Liebesweisheit und Liebestatkraft! Und nur wer in der Liebe ist und bleibt, der ist und bleibt in Gott und Gott ihn ihm. Wie aber sollte ein Mensch Gott lieben, den er nicht sieht!? - Demnach, so fühlte und dachte Pfarrer Loschmann, ist die Liebe nicht nur die Frucht, sondern auch die Wurzel des echten, wahren Glaubens. Nur ein Liebesherz kann die tieferen Glaubenswahrheiten Gottes überhaupt fassen und begreifen. Denn es gilt nicht bloß, was ein großer Dichter aussprach: ‚Du gleichst dem Geist, den du begreifst!' Es ist auch umgekehrt richtig: Du begreifst nur den Geist, dem du gleichest!" - Und so hatte es denn Jesus klar und wahr ausgesprochen und verheißen: „Wer Meine Gebote der Demut und Liebe hält, der ist's, der Mich liebt... ihm werde Ich Mich offenbaren!" (Joh. 14,21)

Die Liebe zum Nächsten als Pforte und erste Stufe zum rechten segensvollen Glauben wollte Pfarrer Loschmann daher nun künftig in erster Linie predigen und natürlich reger und besser als bisher selber vorleben: die Nächstenliebe in allen durch die Ehe, die Familie, das Berufs-, Wirtschafts- und Volksleben gebotenen Formen! Dann würde schon Jesus, der Herr kommen und ihm helfen, in seiner Gemeinde auch die rechten, immer höher in das Reich göttlicher Erkenntnisse führenden Glaubensanschauungen in die Herzen zu pflanzen. - Dieser tiefwahre, echte Grundgedanke des Evangeliums entfernte aus Pfarrer Loschmanns Herz auch alle Härte und Ungeduld gegen erkenntnismäßig anders Gerichtete und im Glauben Unreife. Wenn man die Menschen nur auf dem Wege tätiger Liebe sieht, dann, so dachte er nun, würde nach der Verheißung der Schrift solchem Trachten zur rechten Reifezeit der Seele ja schon alles Übrige, auch die höchste Glaubenserkenntnis zufallen! Dieser große Gesichtspunkt machte ihn getrost und ruhig.

Und so entfaltete denn auf diese und andere Weise der Umschwung des Lehrers Liebhardt im Laufe der Zeit seine verschiedenen Auswirkungen mehr und mehr zum Nutzen der ganzen Gemeinde.

Wie reich und glücklich fühlten sich die geheimen Beter, Lydia und der Großvater, als sie diese Wandlung ersahen. Und wie selig trat man in den heiligen Kreis der Weihnachtstage.

Das Licht scheinet in der Finsternis! (Joh. 1,5) Diese Worte wollten durch die schmerzlichen aber doch so weisen und liebevollen Führungen – trotz der Anstrengungen dunkler Mächte – offensichtlich Wahrheit werden!

17. Kapitel

Nie wohl hatte es im Schulhaus je ein so frohes, inniges und dankerfülltes Weihnachten gegeben.

Nach der überaus seligen Bescherung der Kinder ging die ganze Familie zur abendlichen Feier in die Kirche. Zwei liebevoll geschmückte, fast bis zur Decke reichende Tannenbäume prangten im Lichterschmuck links und rechts vom Altare. Das Gotteshaus war gedrängt voll. Liebhardt spielte die Orgel. Und Pfarrer Loschmann sprach warm und zu Herzen gehend.

Dann erhob sich auf der Galerie der Chor und sang eine himmlische Weise. Wie Engelsgesang schwebten die Frauenstimmen über den kraftvollen Tonlagen der Männer. Die ganze Gemeinde lauschte hingerissen der Botschaft aus den Höhen, die da auf Meisterklängen wie aus überirdischen Sphären herniedertaute.

Ja, das war eine wahrhafte Speise der Herzen und Gemüter!

Da bekam man eine Ahnung von einem ewigen, seligen Reiche, erhaben ob dem wirren, wüsten Alltag dieser Erde!

Wahrlich, dort oben, im Lichte – da musste ein großer Gott, ein Schöpfer und Vater wohnen, der nur Liebe – nichts als Liebe war und von uns nur Liebe wollte!

Ehre sei Gott in der Höh' und Friede auf Erden!

So verhießen es einst die Engel – und so klang es auch von der Orgel hernieder aus dem Munde und dem Herzen all jener Männer und Frauen, welche wie durch eine höhere Macht aus dem Staube des irdischen Lebens hier in erhabene Sphäre des Daseins gerückt waren.

Und dankend schloss nach dem Gottesdienste die Gemeinde draußen vor der Kirche – auf dem weiten Platz mitten im Dorfe – unter den funkelnden Sternen diese weihevolle Feier mit dem gemeinsamen, wie ein Zeugnis in alle Gassen und Winkel schallenden Gesang des ewigen Liedes von der stillen, Heiligen Nacht.

In dieser selben Stunde jedoch, eben als auf dem Kirchplatz unter der Leitung des Lehrers Liebhardt von der ganzen Gemeinde das Weihnachtslied gesungen wurde, geschah im Schulhause eine arge Sache.

Während man vor der Kirche unter freiem Himmel, wenn auch in dunkler Nacht, die Geburt des Lichtes freudig beging, ballte sich im Hause des Lehrers die Macht der Finsternis zu einem letzten verruchten, in unversöhnlichem Hasse ausgeheckten Gewaltstreiche zusammen.

Großvater Liebhardt war an diesem Abend allein zu Hause geblieben, so schwer es ihn auch angekommen war, mit der Familie nicht zur Feier gehen zu können. Er war durch eine ziemlich schwere, fiebrige Erkältung ans Bett gefesselt und hatte wieder recht beschwerlich mit dem Husten und dem Atem zu tun. Aber da eine Gefahr nicht zu bestehen schien, hatte er es nicht geduldet, dass seinetwegen jemand vom gemeinsamen Kirchgange zurückblieb.

Als alles fort und das ganze Haus bis auf das Stübchen des Großvaters von Menschen leer war, begann es in der Obstkammer, die Sauerbrots und seiner Genossen Aufenthaltsort war, verdächtig sich zu regen und lebendig zu werden. Die unheimlichen Gesellen hatten diese Stunde für geeignet erachtet, ihrer lange angestauten grässlichen Zorn- und Rachsucht endlich einen gehörigen, durchschlagenden Ausdruck zu verleihen.

Der Alte, der ihnen allen der größte Stein des Anstoßes und ein Gegenstand wildesten Abscheus geworden war – das sie ihn für die wirkungsvollen Gegenzüge der guten Schicksalsmächte verantwortlich machten – sollte für alle Zeit einen vernichtenden Denkzettel bekommen.

Jetzt, wenn er so allein in seinem Stübchen da oben lag und beim matten Schein eines Krankenlichtes vor sich hindämmerte, konnte man am besten über ihn herfallen und ihm, wenn möglich, die Kehle zuschnüren oder das elende Herz abdrücken. Er musste um die Ecke gebracht, ohne Gnad' und Barmherzigkeit kalt gemacht werden, damit man diesem Hause doch wenigstens auf diese Weise noch einen rechten Verdruss und Schaden antat und mit einem kräftigen Schreck die dumme Festfreude verdarb – wenn man schon unter diesem Dache aus sonst zu keinem rechten, der Hölle erfreulichen Ergebnisse mehr zu gelangen schien.

Wenn die Leute von der Feier heimkamen und der Alte tot und kalt und mit verdrehtem Genick im Bette lag – das musste ihnen doch in die Knochen fahren! Und jedermann würde den Angehörigen mit Recht vorwerfen, dass man einen kranken, alten Mann gerade auch in der Weihnacht nicht allein zu Hause liegen lasse.

Also heraus aus der Kellerspelunke und hinauf zu dem Alten in die Kammer!

Großvater Liebhardt hatte eben mit vieler Mühe unter Husten und Atemnot, aber doch mit großem Herzensgenuss die Weihnachtserzählung des Lukas gelesen, hatte sich, das Nachttischlämpchen wieder mit einem leichten Flor verhüllend, zurückgelegt, um mit gefalteten Händen über das Gelesene nachzudenken – da füllte sich plötzlich das Stübchen in der Nähe der Türe mit dunklen Schatten, die sich jäh zusammenballten. Und Liebhardt sah aus dieser heftig wogenden Wolke wütende, funkelnde Hassblicke auf sich niederblitzen.

„Aha", dachte er, „da ist ja die Sippschaft!" - Sein Herz schlug wohl etwas schneller und härter, aber warum sollte er sich fürchten? War er nicht in eines Höheren Hand?! Wohnte in seinem Herzen nicht Der, der allen Geistern wie allen Engeln und Welten zu gebieten hatte?! Dem Namen Jesus konnte doch keiner dieser unsinnigen Brüder widerstehen!

So ließ er die Mordgesellen ruhig ihren bösen Willen sammeln und ihre Machenschaften entfalten und wartete nur aufmerksam ab, was geschehen werde.

Zunächst erlosch mit einem Schlag das elektrische Licht. Die Verschwörer stellten mit ihrem Willen den Strom ab. Dann nahten sie sich mit einem unheimlichen Brausen, das sich wie Waffengeklirr und Meereswogen anhörte, und mit seltsamen, scharf pfeifenden Tönen seinem Bette und hingen plötzlich im ungewissen, dämmerigen Mondlicht, das durchs Fenster drang, wie ein riesiger Raubvogel mit meterlang ausgebreiteten Schwingen, feurigen Augen, scharfem, mächtigem Schnabel und furchtbaren Fängen über dem Alten.

Nun stieß Liebhardt doch einen Schreckensschrei aus, hielt aber unverwandt den Blick scharf und fest auf das Ungetüm gerichtet und legte die Hände zum Gebete gekreuzt über die Brust.

Da ließ sich der einem übernatürlich großen, schwarzbraunen Adler oder Geier gleichender Vogel mit blitzenden Augen langsam tiefer und tiefer auf ihn herab. Und nun setzte er sich mit einem fühlbaren Ruck mit seinen eiseskalten Fängen auf die gekreuzten Hände des Greises.

Der furchtbare Schnabel öffnete sich, und heraus kam aus einem glühenden Schlund eine gespaltene, wütend gerollte Zunge. Und eine Stimme wie Flammengischt rief: „Bekenne, Mensch, dass du ein Sünder bist am Fürsten dieser Welt, von dem du gezeugt und geboren bist und den du verleugnet und verlassen hast um jenes willen, der nie und nirgends je eine Macht hatte, dich in der Stunde der Not zu retten! Bekenne, dass du ein Abtrünniger, ein Verräter und Frevler bist! Und flehe um eine milde Straf- und Todesart! Denn deine Stunde ist gekommen!"

So tönte diese Stimme. Und dabei bohrte der Riesenaar seine Fänge immer tiefer in die Hände und Brust des schwer nach Atem ringenden Alten. Und der Schnabel schien im nächsten Augenblicke zum mächtigen, tödlichen Hieb auszuholen, um dem Opfer das hochpochende Herz aus dem Leibe zu reißen.

Da sprach der gefolterte Mann mit keuchender, aber furchtloser Stimme: Jesus, die ewige Liebe ist Sieger!"

Da krächzte das Tier fürchterlich auf, schlug mit den Flügeln und schrie: „Nenne den verhassten Namen nicht mehr, Unglücklicher!"

Aber der Alte wiederholte ruhig: „Sieger ist in Zeit und Ewigkeit die göttliche Liebe in Jesus Christus, dem Gekreuzigten!"

Da tat das Tier einen gewaltigen Riss. Es wollte das Herz des Mannes mitnehmen, aber seine Krallen und Fänge griffen wie durch die Luft. Es war ihm keine Macht gegeben über diesen Glaubensstarken. Und mit einem grimmigen, heulenden Getöse und Gezische stürzte das höllische Gelichter, das sich zur Schreckensform dieses mörderischen Vogels geballt hatte,

davon und flüchtete in den Kellerraum im Untergeschoss, wo es sein Standquartier innehatte.

Ein stickiger Geruch, der das Zimmer des Alten
während der Anwesenheit der argen Brut erfüllt hatte,
wandelte sich in einen wunderbaren Duft von Rosen.
Das Licht ging wieder an und verbreitete seinen däm-
merig friedlichen Schein. Und der Alte lag ruhig da mit
gefalteten Händen und geschlossenen Lidern. Er atmete leicht und froh und ein Lächeln umspielte seine
Züge.

Er wusste, dies war der letzte Vorstoß dieser unseligen Horde. Jetzt hatten sie genug von diesem Hause!

Und in der Tat, drunten im Untergeschoss ging's
grimmig zu.

Die Schwarzen beschuldigten einstimmig die zitternde und bebende Seele des unglücklichen Sauerbrot, dass er an allem Ungemach schuld sei. Warum
habe er sie auch in dieses verfluchte Haus hereinge-
lockt und ihnen Wunder was für eine Beute zugesagt!?
Nichts sei es geworden, weil er, Sauerbrot selber, eine
Memme, ein Tropf, ein halber Verräter, ja im Grunde
auch so ein verlarvter Gottesbruder sei, der sie hier
nur habe festhalten und unschädlich machen wollen.

„Hinunter mit ihm in die unterste Hölle!" schrien
sie. Und dabei stürzten sie sich auf die jämmerlich
heulende Seele und rissen sie in rasendem Wirbel mit
sich in den Abgrund der Tiefe.

So wurde das Haus des Lehrers Liebhardt frei von
dieser üblen Bewohnerschaft.

Als die Familie erhobenen Herzens von der Feier zurückkehrte, fanden sie ihr Heim durch himmlische
Mächte von allem gereinigt. Und so blieb es fürderhin.

In diesen Tempel zog in jener Nacht, wenn auch für
Menschenaugen unsichtbar, so doch für die Gemüter
aller Bewohner fühlbar, Derjenige mit Seiner Heer-
schar ein, den der alte Liebhardt den Sieger in Zeit und

Ewigkeit genannt hatte und dessen Name war und ist:
Rat, Kraft, Vater von Ewigkeit und Friedefürst.

18. Kapitel

Nur einem konnte die siegende Liebe nicht so
schnell helfen, weil in ihm zu viel vom Trotze Kains
vorhanden war – jenem Unglücklichen, den die
schwarze Rotte mit sich in die unterste Tiefe der Finsternis gerissen hatte.

Aber auch für ihn wusste der heiligste Lenker, Vollender und Wiederbringer Mittel und Wege.

In jenen tiefen, finsteren Bereichen der Mitternacht
verging der Seele Sauerbrots die ihr zeitweilig gegebe-
ne Sehe für die irdische Welt. Und sie sah und fühlte
sich wieder bloß noch in ihrer eigenen, höllischen
Phantasiewelt. Hier war in dem furchtbaren, sie durch
und durch beherrschenden Rachezorn nichts mehr für
sie zu sehen und zu fühlen als Zorn und Rache.

Die ganze, in ihrer inneren Vorstellung sich entwi-
ckelnden Welt war für sie voll von eben solchen, ganz
gleich gearteten, nur von Zorn, Rache, Hass, Gewalt-
sinn und erbarmungslosester Grausamkeit strotzen-
den Geistern, mit denen Sauerbrots Ich einen fortge-
setzten, wahrhaft höllischen Kampf Tag und Nacht
ohne Rast und Ruhe zu kämpfen und bis zur scheinbaren gegenseitigen Vernichtung auszufechten hatte.

O wie brannte diese von der eigenen Bosheit und
Gehässigkeit geschaffene geistige Hölle! Wie musste
Sauerbrots Seele da in und an sich selbst erfahren, wie
furchtbar, wie vernichtend in ihren letzten Ausmaßen
und Auswirkungen diese Wesenseigenschaften sind,
die sie so selbstliebig zeitlebens in sich hochgehalten,
gehegt und gepflegt hatte!

Gab es denn da keine Rettung, war da kein Ende,
kein Ziel und Ausblick mehr zu finden!?

Ja, es gab freilich einen Ausweg, eine Rettung! Auch in Sauerbrots Seele lebte ein „Wurm, der nicht stirbt", oder besser gesagt, ein Funke, der ewig nie verlischt!

Es war jener göttliche Hauch, den einst der Schöpfer aus Seinem Heiligst-Innersten in die aus den feinsten Lebenselementen der Erde herangebildete Seele des ersten Menschen gehaucht hatte und wodurch Adams Seele zu einer „lebendigen Seele" geworden war.

Einen solchen Gotteshauch, unmittelbar aus dem reinsten Wesen Gottes, hat ein jeder Mensch in seiner Seele als innersten Brennpunkt, als Haupt-Lebensgrundmacht, als geheimen Aufbauer, Lenker, Reiniger und Vollender. - Und so war es auch bei Sauerbrot.

Wohl kann die Seele diesen göttlichen Geistesfunken, statt ihm mit seiner wahren Lebensspeise, dem heiligen Feuer der Gottes- und Nächstenliebe zu nähren – auch darben und kümmern lassen und ihn zuschütten mit den trüben irdischen Fluten der Selbstsucht und des Hochmuts. Der Funke, welcher der Seele ihre heilige Willensfreiheit auf dem Erfahrungswege des irdischen Schul- und Probelebens gewähren muss, wird sich dies alles lange gefallen lassen - damit die Seele durch eigene Schuld die harten Folgen der Eigenmacht und die bittere Hefe des Selbstliebe-Kelches zu schmecken bekomme. Zu Tode betrüben, hinausquälen oder vernichten kann die Seele den ewig glühenden Gottesfunken aber nicht. Und gerade dann, wenn in der Seele durch ihre eigene Torheit und Bosheit alles eigene Licht erloschen ist und völlige Finsternis sie umhülllt, dann leuchtet ihr als einzige Hilfe und Rettung die unvertilgbare Leuchte dieses Geistes und redet dessen Stimme zu ihr warnende, mahnende und lichtbringende Worte.

Wohl der Seele, die in den Flammen und Qualen des selbstbereiteten geistigen Fegefeuers endlich auf diese Stimme hört und diesem inneren Rettungslichte folgt!

Bei den meisten genügt diese stille, innere Leuchte freilich leider nicht. Und es muss solchen Seelen die Gottheit besondere Boten der höchsten und reinsten Liebe senden, die es wagen können und wollen, solchen unglücklichen Wesen in der untersten, teuflischsten Hölle zu nahen und ihnen das Evangelium der Himmel als Weg zu besseren Zuständen zu bringen.

Und so war es auch bei Sauerbrot der Fall.

Er konnte der zarten, inneren Warnungs- und Mahnstimme seines Geistfunkens nicht Glauben schenken. Er fand zu dem von ihm zeitlebens misshandelten, zurückgeschraubten und verhöhnten Geiste der göttlichen Liebe im Zentrum seines Herzens kein Zutrauen. Und so wurde es nötig, ihm einen Freund zu senden, den er als wahr und kraft- und machtvoll kennengelernt hatte.

Wo war aber dieser Freund, der als Himmelsbote für den unseligen Geist brauchbar war?

Es war nach Gottes weisem, wunderbaren Ratschlusse eben jener Mensch, der ihm und seinen vereinigten Genossen so unerschrocken, so geradezu übermenschlichen Widerstand geleistet und sie alle mit einem einzigen Worte in die Flucht geschlagen hatte. In ihm musste helfende, rettende Wahrheit und eine die ganze Hölle besiegende Macht und Kraft sein!

Ja, und darum gefiel es dem allmächtigen, allweisen und allliebenden Gotte, den alten Vater Liebhardt am zweiten Christfeiertage sanft und still zu Sich hinüberzunehmen in die geistige Welt!

Die Krankheitsbeschwerden des von den unseligen Feinden misshandelten Greises hatten merkwürdigerweise noch in jener Weihenacht zwar stark nachgelassen und waren am ersten Festtage fast ganz verschwunden, so dass der Großvater nachtmittags aufstehen und mit seinen Enkelkindern noch etliche gar frohe Stunden verleben durfte.

Als er aber gegen Abend, müde von Freude und Liebe, zu Bett ging, sagte er zu Lydia und seinem Sohne: „Kinder, ich darf nun bald, bald heim! Grämet euch ja nicht! Ich bin ja so glücklich und froh darüber und freue mich aufs Ablegen dieses Erdenkleides und aufs himmlische Jerusalem als auf den größten Festtag meines Lebens! - Ich werde diesen Rock da nicht mehr anziehen. Schenket alle meine Habe den Armen! Und wenn ich morgen nicht mehr unter euch bin, so gedenket dessen, dass ich euch drüben alle ewig liebhabe, und gönnet mir das Licht und die Nähe meines Heilandes!"

Sohn und Tochter wollten des Vaters Prophezeiung natürlich nicht gelten lassen. - Aber es half nichts.

Am Morgen lag der alte, zarte, fast kinderleichte Mann entschlummert im Bett und öffnete für diese Erde nie wieder die Augen seines Leibes. Den Hinterbliebenen war es ein herber, schwerer Verlust.

Aber die Trauer verklärte eine zuversichtliche Gewissheit. Man wusste: von diesem getreuen Knechte war bei der zwei Tage später erfolgten Bestattung wenig Irdisches mehr im Sarge zurückgeblieben und der Erde übergeben. Geist und Seele und wohl auch das meiste des durchläuterten Leibes war eingegangen in die Herrlichkeit des Herrn.

Und in der Tat, Vater Liebhardt hatte bei seinem Heimgang ein wunderbares Erleben.

Ihn nahm es nicht, wie Sauerbrot, als der Todesengel die Löse vollzog, abwärts in ungewisse, dunkle Tiefen – ihn trug es empor, einem unbeschreiblichen Lichte entgegen. Waren es Engel, die ihn hoben? Schwebte er selber durch eigene, in ihm lebendig werdende Kraft? Er hätte es nicht zu sagen vermocht.

Oben aber, über weißem, endlos wogenden, schneeig strahlendem Gewölk, in blauen Himmelshöhen, umgeben von einem weiten, weiß, rosig und golden strahlendem Kranze unzähliger Engel , stand jener

Eine, wie Liebhardt ihn nach seinen Vorstellungen zu sehen gewohnt war, in einem Gewande von sanftest strahlender, köstlicher Helle.

Jener Eine und Einzige, dem seine ganze Liebe je und je gegolten, reichte ihm mit einem Lächeln, dessen Milde Berge schmelzen mochte, beide Hände entgegen und sprach zu ihm: „Du bist über wenigem treu gewesen, du sollst über Großes gesetzt werden!" (Mt. 25,21)

Mit diesen Worten zog der erlösende Heiland ihn, den sündig geborenen Menschen, zu Sich empor und ließ ihn die ganze Herrlichkeit Seiner Liebe kosten.

Mit Schaudern des tiefsten Entzückens durfte der Selige empfinden und erleben, was es heißt, ein Kind des Höchsten zu sein.

Die Himmel taten sich über ihm auf. Er schaute die verklärten Lichtwelten der Engel.

Und auch in die tiefer gelegenen Sphären der Geisterwelt öffnete sich ihm die Sehe. Es traten ihm aus den Paradiesen, jenen Gefilden der zu den Himmeln aufsteigenden besseren Seelen, so manche schon vor ihm ins Reich der Geister hinübergegangenen lieben Anverwandten und Freunde entgegen und grüßten ihn mit hohen Freuden des Wiedersehens.

Zu ihnen, diesen Bewohnern der Paradiese, verwies ihn der Herr.

Im Geleite eines herrlich leuchtenden Engels zog der wunderbar Erlabte in unsagbar festliche Räume, wo unzählige Scharen seliger Geister den Worten des großen Engels lauschten. Von der Liebe Gottes, des Vaters, sprach der beredte Mund. Und ein Wonnestrom der himmlischen Liebe ging in Fluten von dem hohen Boten aus – dass Freund Liebhardt, der Sohn der kargen Erde, sich wie trunken fühlte in dieser Fülle des göttlichen Lichtes.

Wie träumend ließ er sich, nachdem der Engel seine belehrende und befeuernde Rede geschlossen, aus den Hallen des Tempels hinausführen und gelangte mit neuem Staunen in einen Garten, der an einem sanften Hange sich anscheinend endlos ausdehnte und in welchem ihm Herrlichkeiten nie geschauter Art entgegentraten.

Da waren schimmernde Alleen, zu beiden Seiten gesäumt von hohen, schattenspendenden Bäumen, den Zedern gleich, die er im irdischen Leben einst auf Bildern geschaut. Da waren schmale Wege, die in lauschige Gehölze oder über lachende, blumige Wiesen zu hellschimmernden Seen voll Friedens und himmlischer Ruhe und Weihe führten.

O wie selig ergingen sich an diesen Ufern die Geretteten! Wie dankbar sangen und jubelten sie dem Herrn und Erlöser, der sie durch Nacht und Not und irdische Wirrsal hierhergebracht!

Auch den Pilger Liebhardt ergriff dieses Jubeln und Danken und erfüllte ihn ganz. „Nur Jesus,! Nur Jesus!" Das war seines Herzens einziges Gefühl und einziger Gedanke schließlich. Und in diesem Empfinden hätte er alle diese Brüder und Schwestern, welche er hier sah, umarmen, an sein Herz ziehen und die ganze Fülle seiner selig glühenden Liebe kosten lassen mögen.

Auch in die von seinem Edenhügel weit draußen in der Ferne wie in dämmrigem Dunste liegenden Sphären der weniger glücklichen, nicht so gottesnahen Geister schweifte sein Blick. Man unterrichtete ihn über die Bedeutung dieser Mittelreichsgebiete der noch ungläubigen und gottesfremden Seelen und ließ ihn von einem höheren Orte des Gartens aus in weitester Tiefe und Ferne auch die nächtig schwarzen, wie von finsterem Qualm überlagerten, dann und wann auch von roter, vulkanischer Glut durchzuckten Sphären der Hölle oder Mitternacht schauen und beschrieb ihm die selbstbereitete Pein jener Wesen des Hasses und der Verachtung alles Göttlichen und Himmlischen.

O dieser Anblick – dieses Gedenken an die Verlorenen und Irrenden, die doch auch Geschöpfe und Kinder des einen, allliebenden Gottes und Vaters und mithin Brüder und Schwestern der Seligen waren – das schnitt dem gutherzigen Paradiesbewohner tief ins Herz. Das war ihm doch eine starke Trübung dieses lichtvollen Gartens und Lebens! Zumal da er dort unten, in jenen dunstigen Mittelreichsbezirken und unter dem höllischen, rabenschwarzen Qualme der Mitternachtswolke so manche Seele aus den eigenen Verwandschafts- und Freundschaftskreisen von den irdischen Lebenszeiten her wusste!

Dort, ja dort in der düsteren, höllischen Esse musste auch Sauerbrot, der Unglückliche sein! - Was war mit seiner Seele!? O Gott – in welchen Tiefen weilte und litt sie mit ihrem Zorn und Hass!?

Bedrückt wandte sich Liebhardts Gemüt von diesem Bilde schauervoller Verirrung und eigensinnig selbstbereiteter Qual ab und überdachte es, ob denn keine Möglichkeit bestehe, dieses Gericht Gottes zu durchbrechen, die Gnade auch dorthin zu tragen und auch jenen Allergeringsten und Allerärmsten das Licht der Himmel, die Botschaft der ewigen, allumfassenden und allerbarmenden Liebe zu bringen.

Sollte wirklich die Kluft zwischen hier und dort – zwischen „Abraham" und dem „Weltprasser" - wie es im Gleichnis des Herrn anscheinend ausgesprochen war, „unübersteiglich" und unüberwindlich sein?

Sollte es denn hier – im Reiche der ewigen Liebe – Grenzen geben der göttlichen Erbarmung?!

Oh, Liebhardt konnte es in dem reinen, göttlichen Lichte seines seligen Zustandes nicht mehr glauben! - Der Eine, Einzige, der ihm nach seinem Heimgang bei der seligen Auffahrt oben über dem irdischen Gewölke so unendlich mild und gütevoll entgegengetreten war – diese königliche, in Jesus dem Erlöser aller Wesen verkörperte ewige Liebe – dieser Vater der Ewigkeit und Unendlichkeit - dieser Rat, Sieger und Friedefürst konnte doch Geschöpfe und Wesen Seiner Schöpferhand und Seines Gottesherzens, die er Selbst geformt nach Seinem Ebenbilde, nicht auf alle Zeiten in ewiger Pein und Verdammnis lassen – weil sie in ihrer Unvollkommenheit und Blindheit Ihn nicht erkannten in Seinem wahren, göttlich-väterlichen Wesen und Ihn aus Unverstand verachteten und hassten.

Nein, nein! - Das mochte dem warmherzigen Liebhardt nun, nachdem er das Antlitz der ewigen Liebe in der unermesslichen Freundlichkeit Jesu geschaut und die Wonne der Paradiese geschmeckt hatte, durchaus nicht mehr glaubhaft und wahr scheinen. Das war einfach nicht möglich – dass der Erbarmung eine Grenze gesetzt war durch einen unversöhnlichen Groll der verletzten Heiligkeit Gottes!

Hatte denn nicht Jesus alles versöhnt auf Golgatha!? Hatte Er nicht den ganzen Abgrund zwischen Himmel und Hölle überbrückt – eine neue Bahn jedem reuigen und bußfertigen Sünder gemacht – ob dieser nun noch auf Erden weilte oder im geistigen Jenseits seine Reife und Vollendung suchte!?

„Siehe, Ich mache alles neu!" (Offb. 21,5) - Alles – hatte der Herr gesprochen. Und Sein letztes Wort am Kreuzesstamm war gewesen: „Es ist vollbracht!" (Joh. 19,30)

Ja, vollbracht die Sühnung und die Wegbereitung für alle, die Ihm, sei es dort oder hier im irdischen oder im geistigen Leben, in der Demut und in der Liebe nachfolgen wollten.

Nur das Nachfolgen auf seiner Spur, der gute Wille, das Kreuz-auf-sich-nehmen, die Demut und die selbstlose, unermüdliche Liebe, welche wir an Ihm, dem großen Sühner, Pfadbereiter und Erlöser sehen – das war die Bedingung der Vergebung, der Befreiung aus den Banden und Qualen des Gerichts und das vom Menschen zur Gewinnung des ewigen Heils zu Erfüllende!

Diese Wahrheit wurde in ihrer für Zeit und Ewigkeit, fürs irdische wie fürs geistige Leben unbegrenzten Bedeutung dem sinnenden, forschenden und beobachtenden Gemüte Liebhardts immer klarer und klarer.

Es war, als spräche eine innere Stimme zu ihm und beleuchtete ihm diese Frage von allen Seiten.

Und welche eine unbeschreibliche Wonne war es für ihn, als nach einer ihm etwa wie Jahresfrist dünkenden Zeit, welche er mit den Seligen im Paradiesgarten verbracht hatte, der große Engel wiederkam und, in der hohen Halle abermals sprechend, die Ansichten, welche sich Liebhardt über die ewige Verdammnis und die unbegrenzte Erbarmung des Vaters gebildet hatte, bestätigte.

Laut und klar, mit erhobener Stimme und inbrünstiger Glut sprach es der hohe Bote aus, dass die ewige Liebe des Vaters keine Grenzen hat und ein jeder Sünder ewiglich nur so lange unselig und verdammt ist, als seine Selbstherrlichkeit und Selbstsucht ihn selber von Gott trennt und in die qualvolle Gottesferne treibt.

Ach, waren das erlösende, befreiende, erquickende Worte! - Wie konnte der Engel mit überströmendem Munde unter Tränen der Inbrunst es dartun, wie des Vaters Liebe ewig und immer wieder auszieht in alle Räume der Schöpfung, um zu suchen das Verlorene und wiederzubringen alles, was auf den Weltkörpern, den Sonnen und Erden, auf ihrer belebten Oberfläche wie auch in ihren lichten, geistigen Sphären oder auch in ihrem finsteren Innern sich erlösen und zur Freiheit und Herrlichkeit der Gotteskinder bringen lässt. Alle Kreatur aus ihrem Seufzen zu befreien und zur himmlischen Vollendung im Göttlich-Guten zu reifen – das ist ja der ewigen Liebe Ziel! Und Jesus, der Vater, der gute Hirte, verfolgt Seinen Willen und heiligen Schöpfungsplan allüberall und immer! Und es sind keine Grenzen Seiner göttlichen Erbarmung und Macht! Alles wird noch heim und ans Ziel gebracht – selbst aus der Hölle Brand! Es wird kein Verbanntes mehr sein! Und vor Ihm, dem Allgütigen und Allmächtigen, werden sich in Schauern der Demut und Liebe noch beugen alle Knie!

O wie entbrannte bei solchen Worten des Engels unseres Pilgers Herz! Wie erglühte in ihm der Sehnsuchtswunsch, hinunterzuwallen in jene tiefen, dunklen Sphären in der Ferne, in jene Nacht- und Qualmgebirge, unter welchen mit so vielen auch Sauerbrot schmachtete – und ihnen diese herrliche, diese unerschöpflich tröstliche Botschaft der höchsten Himmeln zu bringen!

Er stürzte dem Engel zu Füßen, in Tränen und in stummem Gebete die Knie umschlingend.

Dieser aber hob ihn sanft auf, zog ihn an seine Brust und führte den Verklärten aus dem Garten des Paradieses hinan auf eine neue, höhere Ebene der geistigen Welt.

19. Kapitel

Dem in den paradiesischen Gefilden geläuterten Geiste Liebhardt eröffnete sich nun der Himmel in seinen endlosen Stufen der Vollendung und Seligkeit. Je mehr der neue Bürger durchglüht ward von dem einzigen Gefühle der Liebe zu Jesus und allen gottgeschaffenen Wesen, desto höher stieg er in ein unsagbar herrliches Licht des Erkennens, in welchem sich ihm das Wesen und Walten Gottes und Seiner erhabenen Engelsheere immer reiner und voller aufschloss.

Und schließlich durfte er nach einiger Zeit voll überschwänglicher Eindrücke sich dem heiligsten Bereiche nahen, jenem allerhöchsten Liebehimmel, in welchem Jesus, der Herr und Vater Selbst, Sein Wohnen hat unter Seinen vollendeten Kindern und von wo aus Er die ganze Schöpfung, die ganze Unendlichkeit überschaut und ihres Lebens waltet.

Hier trat dem nun seligst gereiften Geiste, der einst bei seinem Erdenwandel den Namen Liebhardt getragen hatte, abermals der Herr entgegen – einfach und schlicht, wie ein Familienvater in seinem Hause, begrüßte ihn mit einem neuen himmlischen Namen als Freund und Bruder und führte ihn in jene Stadt der goldenen Tore, welche man das himmlische Jerusalem nennt.

Ein unsagbares Staunen und Wundern erfüllte unseres seligen Freundes Herz. Wie war er solcher Gnade und Herrlichkeit würdig!? Ah, das war zu viel – zu viel!

Aber der Herr an der Spitze vieler Engel und vollendeter Kinder führte ihn in Sein Haus, welches da stand inmitten der ewigen Stadt.

Nachdem Er ihn dort durch ein mit zahlreichen Himmelsgästen gefeiertes Mahl auf das köstlichste gespeist hatte, trat der Herr zu ihm und richtete an den demütig Zerknirschten die Worte:

„Mein Sohn und Bruder! Ich gewahre in deinem Herzen eine brennende Glut, die dich nicht zur Ruhe kommen lässt, selbst in diesem Hause des Friedens. Du bist ein wahrer, rechter Nimmersatt der himmlischen Liebe und Wonne und möchtest sie allen, allen Seelen mitteilen, selbst den verworfensten. - So muss ich dich denn ziehen lassen von Meiner Seite, Mein geliebter Freund! Trage Du Meine Ehre und Meines Erbarmens Ruhm und Ruf in jene äußersten Finsternisse, wo Heulen und Zähneknirschen herrscht. Und gehe suchen deinen Bruder, nach dem dein Herz zielt und brennt. Und führe jenen Ärmsten, seinen schwachen Kräften entsprechend, von Stufe zu Stufe empor auf lichtere Höhen des Erkennens und Lebens! Engel werden dich begleiten und dir mit Rat und Tat zur Seite stehen."

So wurde der getreue, liebeglühende Knecht und nun Engel Gottes, durch den demutsvollen, heißen

Funken der Erbarmung in seinem Herzen ein Sendbote und Rüstzeug des Herrn in den Tiefen der Hölle.

Es war nicht leicht, sich dem flammensprühenden Zorn- und Hassgeiste Sauerbrot zu nahen. Aber der hohe Engel, der nebst einem jüngeren Gefährten dem Sendboten als Führer beigegeben war, fand ihn bald – zerfetzt und aus tausend Wunden blutend wie ein zu Tode gehetztes Wild in einer nachtschwarzen, felsigen Gebirgskluft liegen, umstellt von Feinden, die ihm den Rest zu geben brannten.

Es war dieser düstere, höllische Schacht nicht etwa ein Ort auf der Erde oder einem anderen Gestirne. Vielmehr war diese ganze, ängstigende und peinigende Erscheinungswelt Sauerbrots mit ihren wilden, blutdürstigen Bewohnern eine Schöpfung und Ausgeburt der eigenen, teuflisch entarteten Einbildungskraft des unglücklichen Höllengeistes, der mit dem von ihm selbst beschworenen Hass- und Rachegenossen gleichsam wie in einer argen Traumwelt leben musste. Ewigkeiten schienen ihm in dieser äußersten Finsternis schon vergangen. Was hatte er schon Fürchterliches durchgemacht! Auf eine Tafel so groß wie die Sandwüste Sahara konnte man es schreiben, wie die Geschöpfe seiner eigenen Phantasie und Zornesglut ihn gehetzt, verfolgt und zerfleischt, ja in Stücke, die sich immer wieder zusammensetzten, gerissen hatten.

Jetzt stand wiederum das Äußerste der Feindeswut bevor. Das sah er an den glühenden Spießen und Zangen, welche die schwarzen Schreckensgestalten von allen Seiten herbeitrugen. Ein König, ein Bezwinger hatte er ihnen allen sein wollen. Jetzt hatten sie sich wiederum gegen ihn verschworen, um ihn diesmal endgültig, für alle Zeiten zu zerreißen und zu vernichten! O warum hatte er, Sauerbrot, sich dies alles selber durch eigene Schuld zugezogen!?

Schon stürzten die Horden von der Höhe der Felsen rings hernieder. Ihre sprühenden Werkzeuge schwingend, umkreisten sie ihn mit ohrenbetäubendem Geheul. Da erfüllte plötzlich ein lichter Schein, der sich rasch zum blendenden Glanze steigerte, die Kluft. Und vom Eingange her nahten drei Männer in strahlenden weißen Gewändern.

Mit einem einzigen, grellen Schrei des Schreckens und Abscheus stiebte die Höllenrotte auseinander und verschwand in den Felsen und Schluchten, als hätte sie der Erdboden verschlungen.

Sauerbrot, der Unselige, richtete sich aus der Erdspalte, in welche er sich verkrochen hatte, auf. Er hatte in einem der drei Männer seinen einstigen, verhasstesten Feind, den alten Liebhardt, wiedererkannt. - Was wollte der hier? - Sich an seinem Elend weiden!? - Dann sollte ihn doch gleich der feurigste Blitz der untersten Hölle erschlagen!

O nein! - Dazu waren diese drei in Jesu Christ Namen nicht gekommen! - Sie wollten ihn befreien und erretten aus dieser Gruft – und ihn einem lichtvolleren, glücklicheren Dasein entgegenführen!

Sauerbrot, noch ganz benommen von den ausgestandenen unsagbaren Nöten und Schrecken, lauschte wie träumend den guten, tröstlichen, hoffnungsfreudigen Worten, die von den Lippen der drei Gottesboten wie Balsam strömten.

Kann er denn dem allem trauen, das alles glauben? - Auch ihm sollte ein Licht, eine Vergebung, eine Gnade noch winken!? - Er war doch in Zeit und Ewigkeit verdammt von jenem Gott, den er auf Erden zeitlebens geleugnet, missachtet und verspottet und Dessen Diener und Kinder er verfolgt hatte!

Wohl hatte er sich in der geistigen Welt mit Furcht und Zittern von dem Dasein und Walten eines allgegenwärtigen und allmächtigen Gottes überzeugt. Galt doch der ganze Kampf der Hölle stündlich diesem einen, auf Erden von den Menschen oft geleugneten Gott! Und wie oft hatte Sauerbrot es nunmehr in der

Geisterwelt erleben müssen, wie dieser Mächtig-Gewaltige alle Anläufe und Stürme der Unterwelt siegreich zurückschlug!

Ja, ein Gott, ein gar mächtiger und gewaltiger, war nicht zu leugnen und zu bestreiten – das war ihm hier in der Hölle gewiss geworden! - Aber konnte man mit Ihm, den man als Erdenmensch geleugnet und über die Maßen verworfen und verhöhnt hatte, Frieden machen im Jenseits? Konnte man je noch auf Seine Gnade hoffen!? Stand es denn nicht schon in frühester Jugend zu lesen in der Heiligen Schrift: „Wehe den Gottlosen! Ins ewige Feuer der Verdammnis mit ihnen!" (2.Petr. 3,7) - Da war doch ewig nur Strafe und Gericht zu gewärtigen – und darum zwischen diesem Gott und der Hölle nur ewige, tödliche Feindschaft!

Über diese irrtümlichen Gedanken, die des armen Höllenbewohners Gemüt flammenartig durchzuckten, klärten nun die drei Lichtmänner den unglücklichen Geist aber mit so überzeugenden, warmherzigen Worten auf, dass Sauerbrot empfinden musste: Hier ist doch etwas daran echt und wahr!

War es denn nicht doch besser, er folgte diesen wohlmeinenden Ratschlägen und stieg mit den Gekommenen aus diesem Abgrunde, diesem Feuervulkan der Nacht und Qual, wo ihn doch ewig nur Feinde umkreisten!?

Oder sollte er weitere Ewigkeiten lang solch wahrhaft unerhörte Höllenqualen durchmachen!? - Ja wirklich, er war, wie die Schrift es ausspricht, in einer wahrhaft ewigen Verdammnis gewesen. Er hatte Zeiträume hindurch, die ihm endlos schienen, geschmachtet in äußerster Finsternis, wo Heulen und Zähneknirschen ist! - Sollte er denn nicht doch endlich sich eines Besseren besinnen und umkehren und Frieden machen mit dem allmächtigen Gott, den er und die ganze Hölle ja doch ewig nie bezwang!?

Die Werbeworte der drei Himmelsboten klangen zu

verlockend! -. Ja – gut! - Er wollte es einmal versuchen! - Er wollte den drei Boten trauen und sich von ihnen führen lassen! - Er warf sich sogar auf die Knie, erhob auf dem nachtschwarzen Boden seiner Hölle zum ersten Male in seinem lichtlosen Leben seine Hände zu dem vielverkannten, verhöhnten Gott und schrie aus seinen Flammen der Furcht und Reue: „Gnade! - Erbarmen!"

„„Gnade! - Erbarmen!" - Die Felswände schienen es widerzuhallen. Es pflanzte sich der Ruf fort in die Tiefe der Erdmitte, zum Sitze des finsteren Fürsten der vergänglichen Welt und hinan zur Höhe des gütevollen Schöpfers und Allvaters der Ewigkeit.

Da geschah ein Donnerschlag und ein Einsturz der ganzen, erschrecklichen Unterwelt des reuigen Sünders – als wie von einem Erdbeben. Vor seinen bestürzten Augen versanken die rußschwarzen, starren Felswände. Ein ebenes Land zeigte sich. Noch immer in Dämmerung und gänzlich kahl, eine Steppe oder Wüste gleich. Nur ein niederes, moosartiges Gewächs sprosste da und dort. Aber es war doch eine leichtere Luft. Es atmete sich hier besser. Es war, als ob man aus einem brennenden Bergwerksschachte endlich ins Freie und auf ein wenn auch steiniges Erdreich gelangt wäre.

Wirklich – hatte dieses der Ruf nach Gnade und Erbarmen vermocht!? - Hatte der große, allmächtige Gott solch Wunder getan und die Kerkerwände der entsetzlichen Hölle vernichtet!?

Da konnte man also den Boten am Ende doch wohl trauen! Und es hatte der alte Liebhardt doch Recht, wenn er heute wie schon zu Leibeslebzeiten von der großen Erbarmung des mächtigen Gottes sprach!

Ah, wie ging dies erquickende Aufatmen durch des befreiten Unterweltsgefangenen ganzes Wesen! Er hätte den Erlösern mögen um den Hals fallen.

Aber was nun? - War hier Sicherheit in diesen Gefilden? – Wo war hier eine Möglichkeit, sich weiter zu erheben in glücklichere Sphären des Lichtes?

In dem so furchtbar und so lange Zeit eingekerkert und verdammt Gewesenen erwachte jetzt sein brennendes, unersättliches Verlangen nach Freiheit, Luft und Lebensglück. Und er war bereit, alles zu tun, was man ihm sagen würde – nur um endlich zu anderen, besseren Verhältnissen und Daseinsbedingungen zu gelangen.

Aber der älteste und, wie ihm schien, würdevollste der drei Himmelsboten sprach zu ihm:

„Freiheit und Lebensluft hast du nun hier, und als Sinnbild deiner besseren Erkenntnis fließt und murmelt hier auch ein Quell reinen Wassers aus dem Felsgrund über das steinige Erdreich. Ein höheres, dauerndes Lebensglück musst du dir auf dem erreichten Standpunkte nun aber selber schaffen!

Siehe, hier diese noch ziemlich dürftige, kahle, lebensarme Gegend mit dem mageren Erdreich auf dem harten Felsgrund – sie gleicht genau deinem Innern. Deine Seele, dein Gemüt ist auch noch solch ein unbebautes, raues Öd- und Wüstland. Und es braucht zu der Belebung und Fruchtbarmachung deines geistigen Erdreiches nun noch genau so viel Liebe, Arbeit und Fleiß wie zur Urbarmachung und Bebauung des dir hier sichtbaren Grund und Bodens.

Aber fürchte dich nicht! Hier dieser dir seit langem wohlbekannte Bruder – (dabei wies der Engel auf den in seinem Äußern sehr verjüngten Vater Liebhardt) - wird dir ein treuer Gefährte, Ratgeber und Helfer sein. Und unter seiner liebvollen Leitung und Obhut wird es dir bei ernstem Fleiße gelingen, aus dieser Wüste bald einen blühenden, fruchtbringenden Garten und eine traute, vom Vater des Lichts freundlich gesegnete Heimat zu bereiten!"

Nach diesen Worten verabschiedete sich der würdevolle älteste mit dem begleitenden jüngeren Engel

und ließ nur den Vater Liebhardt mit dem etwas ent-
täuschten Sauerbrot in der Wüste zurück.

20. Kapitel

Ei! Hier also bleiben und ausharren!? - Und diese
Felswüste zum Fruchtland und zur Heimstätte machen
– das war des himmlischen Helfers Rat und Wille!? - Es
hätte nicht viel gefehlt, so wäre der kaum der Hölle
entronnene, noch sehr gemütsschwache Mann in den
alten Unmut, Zweifel und Zorn zurückgefallen; denn
hier in dieser Öde sich einsam und mühsam abrackern
und ein Felsgebiet urbar machen, das wollte ihm
durchaus nicht einleuchten und zusagen. Aber Vater
Liebhardt, der jetzt etwa wie ein rüstiger Vierziger
aussah, legte so munter und hoffnungsvoll die Hand
an, holte aus einer Felsnische Hacke und Spaten hervor, die hier schon lange bereitzustehen schienen, und
begann sofort unter frohem Reden den Boden umzu-
graben und die Steine auszulesen, so dass Sauerbrot
selber schließlich von Herzen Lust bekam, diese Arbeit
mit ihm zu teilen.

Ah, das gab bald einen schönen Durst, dieses emsi-
ge Graben! Und wie mundete da die Quelle! - Liebhardt
hatte auch einen großen Beutel mit Brot bei sich, der
für die fleißigen Arbeiter stärkende Zehrung gab und,
soviel man ihm auch entnahm, nicht leer werden wollte.

Neben diesen Stärkungen des seelischen Leibes
spendete Vater Liebhardt aber auch aus seinem reichen Herzen eine Fülle von Aufklärungen über all die
vielen Fragen, mit welchen Sauerbrot bei der Arbeit
wie bei den Erholungspausen nun zutage trat.

Er belehrte ihn, dass bei ihm, Sauerbrot, im Erdreich seines Herzens bisher das Hauptelement, die
Liebe, fehlte. Die Liebe sei das Grundwesen Gottes und

darum auch die Grundkraft alles Lebens. Wo die Liebe fehle, da fehle die Wärme und das Licht. Und wo keine Wärme und kein Licht sei, da könne nach allgemeiner, altbekannter Erfahrung auch kein Leben sich entwickeln und zur Höhe sprießen.

Ja, das hatte Sauerbrot in seinem bisherigen Dasein freilich nur allzu reichlich erfahren! - Wo war er gelandet – ohne Liebe? - In einer allen wahren, glücklichen Lebens baren Hölle! - Das war schon unbestreitbar gewiss! - Aber das sollte und musste nun ganz anders werden!

Mit Sämereien, welche Liebhardt aus seiner Wandertasche zog, besäten sie nun die urbar gemachte Fläche. Und siehe da – in wunderbarer Bälde wogte hier, wo noch eben eine steinige Wüste gewesen, ein lieblich schwellendes, lichtgrünes Saatfeld. Gesträuche sprossten und bekleideten die Hänge mit Grün. Junge Laub- und Fruchtbäumchen wuchsen empor. Ja, es fehlte auch nicht lange am Schmucke der Blumen, dem lieblichen Kleide der Flur.

Und inmitten dieses werdenden Paradieses fing Vater Liebhardt an, die Grundmauer zu einem Häuschen zu legen. Mit freudigem Eifer half Sauerbrot die nötigen Steine herbeizutragen, zu bearbeiten und einen an den andern zu reihen zum sinnvoll ausgedachten Baue.

Ah – kaum war, dem Gefühle Sauerbrots nach, ein Sommer dahingegangen, da stand das liebliche Heim schon fertig inmitten einer fruchtbaren, blühenden Oase! - Wie war das alles so schnell und glücklich vonstatten gegangen?

Ja, die himmlische Liebe in des guten Freundes Auge und Wesen hatte einen sichtlichen Segen!

Als es Herbst werden wollte, konnte man viele Früchte vom Feld und Garten und von den Sträuchern ernten und in der kleinen Vorratsscheune unterbringen, die Vater Liebhardt unweit vom Hause vorsorglichen Sinnes ebenfalls erstellt hatte.

Aber wozu erntete und heimste er denn nur so viel ein? - So viel brauchten sie zwei ja gar nicht! - Das war ja Speise für eine ganze Schar! - Auch das Häuschen war eigentlich viel zu groß für zwei Menschen!

„Wenn doch nur", sagte eines Tages Sauerbrot, „auch noch ein paar so arme Schlucker aus der Unterwelt hier vorbeikämen – so etliche recht arme Tröpfe! Damit wir von unserem Hab und Gut ihnen auch etwas geben und unter unserem Dache sie beherbergen und bewirten könnten! - Das fehlt eigentlich noch hier in diesem Winkel!"

Oh, auf die erste Regung wahrer Liebe im Herzen des zum ewigen Leben erwachenden Bruders hatte Liebhardt mit heißer Sehnsucht gewartet!

Nicht lange stand es denn auch an, da eilte Sauerbrot, der am Rande des kleinen Gütchens ein neues Stück Land umgrub und nutzbar machte, hocherregt herbei. Und schon von weitem rief er dem Freunde, der vor dem Hause tätig war, zu: „Es kommen zwei! Es kommen zwei! Ein Weib und ein junger Mann! - Alle beide, wir mir scheint, zu Tode erschöpft!"

Schnell nahm er den von Väterchen Liebhardt aus Ton geformten, in der Sonne gebrannten Krug und eilte nach frischem Wasser zur Quelle, indessen die Angemeldeten näher kamen und von Liebhardt empfangen und in das Häuschen geleitet wurden.

Als Sauerbrot mit dem gefüllten Kruge raschen Laufes zurückkehrte, saßen die Fremden schon am runden, aus einer schönen Steinplatte geformten Tisch. Und als Sauerbrot sie nun zum ersten Male so recht aus der Nähe ins Auge fasste, fuhr er zurück und starrte sprachlos die Erschienen an.

Wie!? - War denn das nicht Martha!? - Sein Weib!? - Sie, die ihm lange Jahre zuvor in die Ewigkeit vorangegangen war!?

„Karl!" rief denn auch schon das Weib und sprang

von ihrem Sitze auf. - „Bist du es?! - Mein Gott, wie kommst du hierher? - Kennst du mich noch?!"

„Martha!" rief Sauerbrot und stürzte auf die Wiedergefundene mit offenen Armen zu, sie freudig an die Brust zu ziehen.

Nie hatte er je im irdischen Leben sein Weib so stürmisch und ehrlich umarmt. Und Tränen der Rührung und Freude stürzten beiden Gatten über die Wangen ob solch unerwarteten, wunderbaren Wiedersehens.

„Wen aber hast du denn hier?" sagte Sauerbrot endlich, auf den jungen Mann schauend, der mit erstaunten, ernsten Mienen reglos am Tische saß und die Begegnung der beiden mit Zweifel und Misstrauen zu beobachten schien.

„Wer dieser ist?" sagte Martha. - Kennst du nicht mehr – unseren Sohn Albert!?"

„Was!? Der Albert!? - der Ausreißer!? - der mir auf und davon ging nach Amerika – kaum das du im irdischen Leben die Augen geschlossen hattest! - Was schafft der hier? Was tut er im geistigen Reich da herüben?"

„O Gott", seufzte Martha in jähen Tränen, „der hat mir bitteren Kummer gemacht und schwere Sorgen, die mir im Seelenreich keine Ruhe und keinen Frieden ließen. O, was hab' ich um ihn ausgestanden! Um meine Seligkeit hat er mich gebracht!"

Entrüstet blickte Sauerbrot auf den ungeratenen Sohn.

„Er hat damals drüben, im fremden Land", fuhr Martha fort, „kein Glück gefunden und ist mit der Zeit in böse Gesellschaft gekommen. Im Spiel wollte er gewinnen, was ihm das Leben versagte und Arbeit ihm nicht bringen wollte. Und als auch da das Glück ihm nicht hold war, nahm er seine Zuflucht zur Gewalt. Mit einem Gesellen lauerte er dem Spielgewinner auf und schlug ihn nieder in finsterer Nacht und raubte ihm die

Barschaft, die er bei sich hatte. Doch blieb die Tat nicht verborgen. Der andere Geselle, mit dem er seinen Raub nicht teilen wollte, verriet ihn dem Richter. Und so kam unser Sohn unter das Beil des Henkers und musste sein junges Leben aushauchen! - O Gott, was war das für mein Herz – als ich aus dem Licht in der geistigen Welt dieses Schicksal unseres Kindes mitansehen musste! - Wohl sagten mir Engel und gute Geister, dass Gott dies alles aus weisen Gründen zugelassen habe, um unseren Sohn durch Erfahrung zu läutern. Auch dass Gott ihn in Seinem Reich der Seelen nun weiterführe und dies hier sogar besser möglich sei als in der argen, irdischen Welt.

Doch mir war dies alles ein schwacher, schlechter Trost. Ich konnte es nicht glauben, nachdem es auf der Welt gar so schlimm mit dem Sohne gegangen war. Und so machte ich mich auf in Kummer und Sorgen, ihn in der ganzen Geisterwelt zu suchen.

Weinend barg die unglückliche Mutter ihr Gesicht in den Händen, von ihrem Erleben tief erschüttert. Betrübt und stumm verharrten die Zeugen. - Dann fuhr sie unter Schluchzen fort:

„O Gott, wie ging mir's aber da! - Meinen ganzen Frieden, alles Licht und meinen Heiland verlor ich! In endloser Nacht irrte ich durch Wüsten. Und immer finsterer und finsterer wurde es um mich her. Und so viel ich auch zum Himmel Gebete schickte – es zeigte sich nichts! Kein Licht! Kein Engel, kein guter Geist trat mehr zu mir und führte mich hin zu meinem Kinde! Nur Schreckensbilder umgaukelten mich. Gleich wie in einem schweren Traum sah ich den Sohn in immer neuen Nöten und Gefahren die entsetzlichen Qualen der Verdammnis leiden.

Endlich, endlich, eines Tages – da finde ich ihn! Hier, in dieser Gegend, vor den Pforten der Hölle! Da lag er in einer glühenden Wüste, verschmachtend, dem Tode nah, an einem leeren, ausgetrockneten Brunnen!

Aus einer kleinen Flasche, die ich bei mir hatte, netzte ich den Ohnmächtigen mit den letzten Tropfen. Dann gingen wir weiter und suchten einen Weg aus dieser entsetzlichen Gegend des Schreckens und Fluches. Aber nirgends war ein Ausweg, nirgends zeigte sich ein Ort, an dem es Wasser, hoffnungsgrüne Bäume und gastfreundliche Geister und Hütten gab. Schon meinten wir alle beide, zu verschmachten und zu verderben. Da – Gott sei Dank! - sahen wir heute von der Spitze eines Sandberges diesen lieblichen Garten, wie eine grüne Insel in der dürren, wasserlosen Wüstenei. Der himmlische Vater hatte mein Flehen erhört! Und nun sind wir hier, mit heißem Dank, durch des Himmels Gnade dem Entsetzen entronnen!"

Erschüttert vernahmen Sauerbrot und Liebhardt diesen Bericht der im Übermaße der Muttersorge aus der Ordnung gläubigen Vertrauens gewichenen und in der Wüste der Eigenmacht verirrten Frau. - Und, nach dem Sohne blickend, fuhr diese fort:

„Mit Mühe nur brachte ich diesen von Furcht und Reue gefolterten Ärmsten hierher. ‚Ich bin doch verdammt – ich will in die Hölle zu den anderen Spielern und Raubmördern!' - Das war sein ständiges Wort und einziges Begehren. Und nur mit Gewalt, indem ich ihn nicht mehr von der Hand ließ, brachte ich ihn hierher in dies rettende Heim!"

„Ja", sprach der junge Mann, von seinem Sitz sich erhebend, „und nun lasset mich weiter! Ich bin nicht geschaffen für solch eine fromme Betbruderklause! - Was tust denn auch wohl du hier, Vater!? Du gehörst doch auch nicht hierher – sondern in die unterste Hölle! Hast doch du mich auf den Weg nach dem Feuerpfuhl befördert! Was drückst du dich hier noch herum bei dem frommen Seelenfänger in seiner flauen Wüstenklause bei Wasser und Brot!? - Da schlag doch gleich das Wetter drein! Du, der mich in die Fremde, in den Tod gehetzt, lebst hier gemütlich! Und ich muss irren ohne Rast und Ruh' als ein Mörder, ein Kain! Und ich muss an den Toren der Hölle pochen – nur dass ich einen Ort finde, wo ich Ruhe und Frieden habe!?! - Fort! - Weg! - Lasst mich raus aus diesem Spitzbubenquartier! - Ich muss zur Hölle, ich Spieler, Räuber, Hurer und Mörder! Zur Hölle!"

21. Kapitel

„Höre, mein Sohn", mit diesen Worten trat da nun Vater Liebhardt zu dem verzweifelnden Sünder und Haderer, „hier ist kein Muss in diesen Räumen! Weder musst du bleiben, noch musst du in die Hölle – dein freier Wille allein bestimmt auch hier in dieser Welt dein Los und Geschick.

Willst du zur Hölle in die Feuer deiner eigenen bitteren Gesinnung fliehen – nun so gehe! Alles steht dir frei im geistigen Reich unseres himmlischen Vaters! - Aber bedenke, dass du dort in der Gottesferne nie und nimmer etwas anderes finden kannst, als deiner eigenen Seelennacht finsteres, rast- und ruheloses Grauen. Nie noch hat in der Hölle ein Geist Licht, Leben und Frieden gefunden! Das ist dir ja gewiss auch klar!

Willst du aber Licht, Ruhe, Glück, Frieden und Leben – so musst du – wie jedes Kind dir sagen und beweisen kann – es dort suchen und dich dorthin wenden, wo solche Güter zu finden sind – wo der große Quell ist des Lichtes, der Wahrheit, des Friedens und des Lebens! - Siehe, hier in dieser Hütte ist ein Teil – ein kleiner, winziger Teil jenes großen Reiches der oberen Sphären des göttlichen Lichtes und der himmlischen Liebe! - Inmitten der Wüste, an den Pforten der Hölle, ist dieser kleine Garten von uns erschaffen mit des ewigen Allvaters Hilfe und aus Seinen Rat. Und wie gibt schon dieser kleine Himmelsfleck, dieses Stückchen Grün mit der erfrischenden Quelle dir ein Zeugnis von dem Geiste des großen, einigen, heiligen Reiches, das du unglückseliger Ärmster willst fliehen wie die Pest!

Komm, bleibe bei uns und genieße mit uns, was der Himmel uns bietet! Nie und nirgends findest du Rast und Ruh - als in Gottes Hut und im Strahle Seiner Liebe!"

„Wie kann ich, an dessen Hände Laster, Mord und Blut klebt, bei euch Frieden finden!?" entgegnete der junge Mensch finster mit wirren, unstetem Blick, „mich verfolgen die Erinnerungen, die Geister der Rache! - Da! Siehst du ihn nicht, den erschlagenen Freund! - Da steht er am Rande des Gartens – mit der Keule in der Faust! Und hinter ihm eine ganze Rotte seiner Gesellen! Lass ich nur einen Augenblick mich nieder zur Rast, so kommt er geschlichen, mich zu erschlagen! In der Hölle nur habe ich Ruhe vor ihm – da getraut er sich nicht hinein! Da bin ich vor ihm sicher!"

„Mein Freund", erwiderte Vater Liebhardt, „was du dort schaust, ist nur ein Wahngebilde! - Geh mit mir hin! Überzeuge dich! - Sieh – ich darf nur winken mit der Hand so ist es verschwunden – weggewischt! Für immer – wenn du nur, was ich dir sage, glaubst! - Siehe, Gott unser Herr ist kein Gott der Strafe und der Rache! Ein Gott der heiligsten Liebe ist Er, der selbst den Kain, der seinen Bruder Abel erschlug, mit Erbarmung anschaute und der ewig darüber sinnt, wie Er auch den Ärmsten, der sich an seinem Nächsten verging, noch ins Licht und in das Reich der Liebe führe, auch ihn noch vollende zum Ebenbild und selbst im Mörder Sich ein Kind, ein Wesen reiner Liebe reife.

O glaube mir – gerade dich – dich will Er hier retten und aus der Wüste, vom Rande des Abgrundes zu Sich in Sein Himmelslicht ziehen! Dich will Er frei von Furcht und Not – dich rein und gut und selig machen! - Ja, die Er aus der tiefsten Tiefe hebt und birgt – die eben hat Er besonders ersehen – sie will Sein Vaterherz durch Nacht und Grauen zum seligsten Genuss des Lichtes tragen und eben ihnen einst am Ziel das Herz mit unsagbarem Danke füllen. Denn wer durch Wüsten, Nacht und Höllen ging – der wird dereinst es umso heißer fühlen, wie herrlich Gottes milde Nähe ist mit ihrem Licht und ihrem seligen Leben!

Komm denn, mein Sohn – sieh, jener Keulenmann ist fort, samt allen seinen Rachegeistern! Die Luft ist frei und rein! Und nur von Frieden fühlst du hier alles, was da lebet, atmen!"

„O Gott – wahrhaftig!" sagte der junge Mensch, nachdem er sich durch etliche Schritte in den Garten davon überzeugt hatte, dass wirklich alle seine Peiniger verschwunden waren. „Beim Himmel – die Meute ist fort! Ich bin erlöst! . . . Dank, dank dir, guter Mann – wer du auch seist, Vater Klausner! - Dein Bannspruch hat gewirkt! - Könnt ich doch jetzt nur glauben, dass wirklich selbst ein Raubmörder noch Vergebung finden kann im Jenseits! - Ich bin doch nun tot! Der Henker hat mir den Kopf abgehauen! Ich lebe aber noch! Das heißt man doch das Jenseits!? Und wenn man da einmal ist und hat sein Leben verfehlt in der Welt – dann ist es doch aus, dann ist man verloren! Da gibt's ja doch nur noch das Jüngste Gericht und die Posaune der großen Engel und die Strafe der ewigen Verdammnis!? Wie soll's denn da nachher mal mit mir aufwärts gehen und ein Vergeben und ein seliges, ewiges Leben winken! - Für mich gibt's nur die Hölle, nur die Hölle, Klausner! Das sagt ja einem jeder Pfarrer!"

„Albert!", sprach da, näher auf den Sohn zutretend, Sauerbrot, der inzwischen mit seinem Weibe Martha in wortlosem Staunen und Wundern beiseite gestanden - „Hör! Das ist ja – Gott dem allmächtigen und allerbarmenden sei Dank – alles Fabel und Märchen, ja eine schwarze Lüge, was du da sagst und was da behauptet, geschrieben und gegeifert wird – von einem unerbittlichen, unversöhnlichen Gott! Ich habe es selber erfahren und erlebt! Mich hat Er ja aus der allerdicksten, dunkelsten Hölle geholt hierher ans Licht! Und Er wird mich in Seiner endlosen Gnade und Erbarmung noch weiter heben, führen und tragen! Glaub es, Albert, glaub es! Er holt uns Sünder - aus der kochenden, brüllenden Hölle holt Er uns! Und hat uns schon geholt! Und was die Menschen von Ihm faseln, von Seiner unerbittlichen, erbarmungslosen Strenge gegen die lichtlos Abgeschiedenen – das ist ja alles Unsinn, das ist ja alles ganz anders! - Ja, ja – wohl ist Er heilig, überheilig – und auch streng in Seiner Ordnung, die ja auch notwendig ist in diesem großen, weiten Reich. Aber größer als Seine Heiligkeit und weiser und herrlicher als des Menschen ausgedachte, harte Richt- und Strafordnung ist Seine grenzenlose Liebe und Erbarmung, die selbst unsereins noch fertig machen und ausreifen will und zu einem rechten Bürger in Seinem seligen Reiche!"

Während Sauerbrot mit zunehmendem, heiligen Feuer also redete, staunte sein Weib und auch der Sohn über und über. - Sie sahen, wie ein seltsames Licht aus dem einst so nächtigschwarzen Seelenherzen ihres irdischen Gatten und Vaters hervorbrach. Und je hinreißender er sprach, umso herrlicher ward von dem inneren Lichte die ganze Gestalt des feurigen Redners mit einem strahlenden rosafarbenen Scheine umgossen.

War das der harte, kaltherzige, arge Selbstling noch, der einst mit seinem bedauernswerten Wesen so viel Ungemach über die Familie und über seine ganze Umgebung gebracht hatte!?

Großer Gott, dachte Martha, hier ist ein großes, heiliges Wunder geschehen – ein Meisterstück der ewigen Liebe! So etwas kann nur ein ganz, ganz großer und herrlicher Gott – ein heiliger, überheilig guter weiser und mächtiger Vater! Ein Schöpfer und Vollender ohne Enden und Grenzen.

Wie klein, wie arm und wie nichtig dünkten ihr da die Menschlein, die nach ihrer eigenen Seele kleinem Maßstab in solch einem Falle, wie hier bei ihrem Gatten, sich nur noch ein ewiges Verdammungsurteil und eine ewige, namenlose Strafpein in der Hölle denken konnten! Hier sah sie etwas ganz anderes aus einem unvollkommenen, man durfte wohl sagen – argen und scheinbar gänzlich verlorenen Menschen hatte der himmlische Hirte, Gott und Vater noch im Jenseits einen Bekehrten, einen feurigen Lobredner der ewigen, göttlichen Erbarmung, einen Anbeter der Herrlichkeit des Herrn und einen liebenden Mitbruder im Reiche der Engel gemacht!

„Aus Steinen kann Gott dem Abraham Kinder erschaffen" (Mt. 3,9) - diese Worte, deren Sinn Martha früher so oft dunkel und unglaubwürdig vorkam, sie traten nun in einem neuen, hellen und wonnigsten Lichte vor ihre Seele. Und im Überschwang ihrer Empfindung stürzte sie auf die Knie, hob die gefalteten Hände und rief:

„Vater, Vater und Gott im Himmel! Sei auch mir gnädig und barmherzig! O vergib, vergib, dass ich nicht auf Dich ganz allein mich verlassen, nicht Dir alles anheimgestellt und anvertraut habe! Dass ich glaubte, selbst hier in diesem Reiche es besser machen zu wollen als Du! Dass ich Deinen Himmel verließ und in meiner törichten Sorge dem Wahne nachlief, für meinen Sohn besser sorgen zu können! Hab Dank, dass Du mich so tief belehrt hast in diesem Nacht- und Wüstenwandern, in welchem ich meine Ohnmacht und meine Torheit erkannte! Und hab Dank, dass Du mir auch den Ehegatten nun wiedergegeben hast, den ich für gänzlich verloren hielt! Auch da habe ich Dich und die Größe Deiner Liebe, Erbarmung und Macht unterschätzt! Du aber hast es wunderbar und herrlich gemacht und hinausgeführt! - Gott und Vater, Du bist wahrlich herrlicher, als wir Armen uns denken können!

Du bist herrlicher und mächtiger – ja und viel, viel heiliger in Deiner Größe, Liebe und Weisheit und Macht als je Menschenverstand fassen und Engelsmund aussprechen kann! Dir all unser Danken und all unsere Liebe in Ewigkeit!"

„Amen!" fügten Vater Liebhardt und Sauerbrot hinzu und führten den ebenfalls ganz durch und durch erschütterten Sohn Albert, der keine Worte finden konnte, vom Garten wieder in das Häuschen und zum Tische.

22. Kapitel

Hier im friedlichen Rettungsheime der beiden Wüsteneinsiedler sollte nun ein einfaches Mahl, das die beiden aus den aufgespeicherten Vorräten zusammenstellten, alle stärken.

In schlichten, aus getrocknetem Ton geformten Schüsseln stellten Liebhardt und Sauerbrot die guten Speisen in reichlicher Menge vor die seligen Gäste. Frohen Herzens nahmen alle Platz. Und Väterchen Liebhardt erhob die Hände und sprach:

„Komm Herr Jesu, sei unser Gast und segne in Deiner ewigen Liebe und Gnade uns Deine herrlichen, unverdienten Gaben! Wir Arme sind nichts ohne Dich und haben auch nichts ohne Dich! Und Du bist ewiglich unser ein und alles! Wo Du nicht bist, ist Not und Tod. Und wo Du nahst und weilst, ist Licht und Segen! - Dein sind wir in Ewigkeit! - Sei Du auch unser!"

Als Väterchen Liebhardt diese Worte gesprochen hatte und alle am Tische sie mit einem herzlichen Amen bekräftigten – da wurde es auf einmal Licht unter dem Eingange der Hütte. Es ertönte eine Stimme: „Sehet, Ich bin bei euch alle Tage!" Und unter der Türe erschien eine himmlisch-herrliche Gestalt mit rotem

Leibrock, blauem Mantel und segnend gebreiteten Händen.

Liebhardt sprang auf, stürzte hin und lag – ehe die anderen auch nur zu Besinnung kamen – dem Angekommenen schon zu Füßen. Er konnte nach einem jähen Rufe freudigen Erkennens nur stammeln: „Mein Jesus! Mein Herr! Mein Heiland! Mein Gott! Mein Vater!"

Da sprangen auch die anderen vom Tische auf. Aber keines getraute sich näherzutreten zu dem von zartestem Lichte umflossenen Herrn, der in unbegreiflicher Milde hier vor ihnen stand, als wäre Er ein altbekannter Freund des Hauses.

Da wandte Sich der Herr an Martha, die wie in heißem Schuldgefühl nach der ersten Freude zurückgeschreckt war: „Meine Tochter, kennst du Mich nicht mehr, den Freund der Seele, den du schon als Kind in deinen Gebeten gesucht und zu dem du so viel gefleht hast als Weib, Gattin und Mutter!? – Siehe, hier bin Ich endlich vor dir! – Und du scheust dich vor Mir?! – Ich habe deine Schuld in den Sand geschrieben, weil es ja doch Liebe um dein Kind war, die dich zweifeln und sündigen ließ an Mir, Meiner Liebe und Meiner Macht! Siehe, Ich mache alles neu und gut! Und meist, ja fast immer, auf ganz anderen Wegen und in ganz anderer Weise, als die Menschen es sich denken. Erst auf der Höhe ihrer Vollendung verstehen sie so recht auch Meine Wege und Weisen und sind dann umso dankbarer und liebevoller gegen ihren Schöpfer und Führer! – Komme an Meine Brust und hole dir hier für die Ewigkeit Stärkung, Frieden und Kraft!"

Da stürzte auch Martha hin zum Vater und barg an der heiligen Heilandsbrust ihr Gesicht mit Strömen von Dankestränen und wortlosem Weinen. Überwältigend war ihr Schmerz und ihre Reue, dieses Vaterherz auch nur einen Augenblick in ihrem Vertrauen verlassen und durch Zweifel entheiligt und betrübt zu haben!

Und wie unbeschreiblich selig war die Wonne der Vergebung, dieses Gefühl des Friedens und unvergänglichen, tiefsten Glückes an dieser Brust!

Ja – Er – der Eine und Ewige – hatte ihr den Gatten und den Sohn gerettet, indes sie ohnmächtig und verzweifelnd sich gemüht hatte! - Nie, nie mehr wollte sie wanken und weichen! Ewig sollte ihr Dank und ihre Liebe glühen!

Da traten auch Sauerbrot und, hinter ihm, sein Sohn hinzu, und sie konnten die Wahrheit und Wirklichkeit des Geschehenen immer noch nicht richtig fassen. Jesus – der Herr und Heiland – der Gott und Schöpfer der Unendlichkeit – bei ihnen – mit ihnen unter einem Dache!? - Nein, das konnte nicht sein! - Ein Traum, der sie äffte, um sie nach seligem Hoffen und Glauben umso tiefer in die Nacht der Höllenqual zu stürzen!

Da wandte der Herr nach ihnen das himmlische Angesicht. Und aus Seinen tiefen, in unergründlichem Blau erstrahlenden glutvollen Gottesaugen traf ein Blick zuerst in Sauerbrots, dann in des Sohnes Augen und Herz, dass ihr Innerstes zerschmolz und eine Hülle verging und wie ein schwerer Traum ins Meer des Nichts versank.

Beide, der Vater und der Sohn stürzten auf ihre Knie nieder. Zu Ihm, den Herrn, hinzuzueilen, getrauten sie sich mit ihrer Sündenlast noch immer nicht.

Aber der Herr trat zu ihnen, reichte ihnen die Hände und sprach: „Erhebet euch alle! Ich bin nicht gekommen, um zu richten, sondern um zu suchen die Verlorenen und frei und selig zu machen die Gebundenen und Gefangenen! - Setzet euch zu Mir und stärket euch mit Mir! - Ich bin hungrig vom großen Wege, den Ich zurücklegen musste aus Meinem himmlischen Hause, um euch verirrte Weltwanderer in der Fremde und Wüste zu finden. Und es dürstet Mich nach eurer Liebe und den Speisen, die euer Herz Mir bereitet."

Damit setzte der Herr Sich an den Tisch in dem schlichten Häuschen zu den überseligen Seinen und verzehrte mit ihnen das genügsame Mahl.

„Sehet", sprach Er dabei, „Ich bin euch nicht ein ferner, unnahbarer Gott! Viel näher bin Ich den Meinen zu jeder Stunde eures ewigen Lebens, als ihr es euch denken könnt; denn Ich, die ewige, siegreiche Liebe, bin überall, auf Erden wie im Himmel – selbst in der Hölle bin Ich! Ja, dort, wo Meine schwächsten Kinder sind, in den Schlünden der Nacht und des Grauens – da bin Ich am allernächsten und reiße mit Meinem geistigen Arme so manchen aus dem Feuerbrand, um aus ihm eine Leuchte zu machen, die mit gewaltiger Glut und hellstem Glanz Gottes selbsterfahrene, heilige Liebesbotschaft in die Ferne trägt und den Menschen und Geistern kundmacht. Da erst begreifen dann gar viele Seelen, dass Gottes Liebe wirklich ohne Grenzen ist, wenn sie's von einem vernehmen, der selber als tiefgefallener Sünder im Feuerpfuhl des Höllenfürsten in harten Reuequalen gelitten und durch des Hirten ernstes Suchen aus Not und Pein gerettet wurde. - Ja, ja, so freut euch denn auch ihr, dass euch der Hirte fand und ihr den Hirten! Und lasset nie mehr das Band der Liebe reißen! Der Wahn, pflegt ihr zu sagen, ist kurz, die Reue lang. Doch ewig selig ist und bleibt das Glück der Kinder, die auf dem Weg der Liebe heimgefunden!"

Danach erhob Sich der Herr, hielt über jeden noch einmal die Hand mit tiefem Blick und sprach: „Folget Mir nach im Geiste! Verlasset nie mehr Meine heilige Ordnung, so werde Ich euch nicht waisen lassen. Ewig und unendlich ist Meine Liebe denen, die Mich lieben und festhalten!"

Nach diesen Worten verschwand, zur Türe schreitend, der Herr aus ihrer Mitte - unversehens, wie Er gekommen.

Väterchen Liebhardt aber, der Ihn hinausgeleitet,

stieß draußen einen Ruf freudiger Verwunderung aus. – Was war denn das? – Der ganze Garten prangte in höchstem Flor und weit, weit, so fern das Auge schweifte, war Herrlichkeit über Herrlichkeit.

Eine Landschaft mit Hügeln, Wäldern, Seen und lieblichen Wohnstätten erstreckte sich ringsum, wo vordem Wüste gewesen. Und Tempel ragten da und dort auf Bergeskuppen. Eine unsagbar wonnige Sonne glänzte über dem ganzen, paradiesischen Lande. Und es war dem Hocherstaunten zu Mut in diesem Bereiche wie damals, als er selbst – an der Hand des Engels – in jenen Edengarten getreten war, in welchem das Licht der Seligkeit sich ihm zum ersten Male erschlossen hatte.

Ah, war das eine Überraschung auch für die anderen! Wie kam dies alles nur? Wie konnte dies geschehen?

„Das kommt durch des Herrn unermessliche Gnade alles aus uns selbst, aus unserer größeren, inwendigen Liebe!" erklärte Liebhardt. „Sie, die ein Teil von Seinem Gotteswesen ist, zaubert uns diese geistige Welt vor unser Angesicht als Spiegelbild der eigenen Seele! Wie einst die höllische Unterwelt, wie die Wüste und unsere selbsterschaffene Oase – ist auch dieses Paradiesland eine Schöpfung unseres inwendigen Geistes, mit göttlicher Hilfe ausgebreitet vor unserer Seele!"

„Siehe", fuhr er fort, „da kommen schon liebe Gäste in das neue große Haus! – Sind es nicht jene beiden Engel, die mich damals an jenen finsteren Ort geleitet haben, wo wir den guten Freund im Elend fanden – und die uns unsere Stätte in der Wüste wiesen, wo wir zu unserem Heile schließlich fanden, was das Herz begehrte!? – Ei, Gott zum Gruß, ihr teuren, teuren Brüder!"

Damit schloss der freudentrunkene Vater Liebhardt die hohen, lichtstrahlenden Gäste in die Arme. Und nachdem die beiden Boten des Himmels auch die andern drei Bewohner des neuen Heimortes begrüßt hatten, traten sie näher vor das Haus, von dessen Schwelle man nun eine überschwänglich herrliche Aussicht genoss. Und der Ältere sprach:

„Nun, ihr lieben Freunde! Nachdem ihr durch des Vaters Liebe und Gnade bis hierher gebracht worden seid – blicket zurück auf euren Weg aus der Tiefe! Schauet, wie der Herr und Meister des Lebens euch geistig reifen ließ! Blicket in euer Inneres und ersehet, wie Er euch aus erstorbenen, erloschenen Lebenskeimen des gefallenen, großen Lichtgeistes erstehen ließ! Wissend um eure Schwäche und Not gab euch der Herr in euer Herz einen Funken Seines allerreinsten göttlichen Lichts und ließ euch wandeln nach den Trieben eures Wesens, an der Hand euch leitend zu Seinem ewigen Ziele. Wohl seid ihr gestrauchelt und in eurer Schwäche oft und viel gefallen; aber die Geduld der ewigen Liebe und ihre Erbarmung halfen euch immer wieder auf und geleitete euch weiter durch alle Klippen. Und nun seid ihr hier – dank Seiner unaussprechlichen Gnade!"

Da fielen alle, wie sie dastanden, in dem gesegneten himmlisch strahlenden Garten auf ihre Knie und dankten inbrünstig dem Schöpfer, Führer und ewig unbegreiflich gütevollen Vater.

Und Väterchen Liebhardt, an der Seite des hohen Engels vor Dankesfreude glühend, sprach: „Was sollen wir nun tun? Wie können wir unsern Dank und unseres vollen Herzens Liebe Ihm erzeigen?"

„Es ist euch selbst anheimgestellt," sagte der Engel, „hier in diesem wahrhaft himmlisch schönen Heime zu verweilen und in Dank und Anbetung euren Schöpfer und Gott zu verehren – oder in emsiger Tatfreude mit Ihm zu wirken am großen Werke der Erlösung und Vollendung eurer Brüder und Schwestern, die noch in den Banden der Materie schmachten. - Wozu das Herz euch drängt – das sei und ist euer Teil!"

Da öffnet Sauerbrot, der bis dahin vor heiligster Ehrfurcht keinen Laut über die Lippen gebracht, den Mund und sagte: „Wenn es erlaubt ist, hoher Bote unseres himmlischen Vaters – was machen unsere Lieben auf der Erdenwelt? Sind sie alle auf dem guten Wege? - Das ist unsere Sorge! Wohl wissen wir, dass Gott der Herr ja alles aufs Beste lenkt und leitet, und doch möchte unser Herz dort weilen, wo die Lieben sind – und ihnen auch etwas von diesem seligen Licht und Leben bringen, das uns hier so im Übermaße erquickt!"

„Wohl, wohl!" erwiderte der Engel - „Gern höre ich dich also reden! Und wisse, ich habe eben darauf gewartet! - Ja, Freunde, dies möge denn euer Amt sein, dass ihr als Schutz- und Segensgeister nun darnieder steiget ins Tal der Erde und um eure Lieben wachet, die noch im schwersten Erdenkleide wandeln und durch die Finsternisse jener Welt zum heiligen Ziele unseres Lichtes wollen. Du Bruder," wandte sich der hohe Engel an Liebhardt, „gehe den andern als Führer voran! - Begebet euch ins Schulhaus im freundlichen Dörflein auf dem Walde und umsorget eure Lieben mit guten Lehren, die ihr ihnen mit sanfter Stimme ins Herz flüstert als himmlische Führung! Nötiget sie aber nicht in ihrem Willen, tuet alles ohne Zwang, so wird des Vaters Segen über eurem Walten sein. - Alsogleich machet euch auf den Weg! - Hier dieser mein Engelsgefährte, den ihr ja noch kennt, wird euer Heim oben indessen verwalten und euch von dieser reinen Höhe aus in eurem neuen Amte auch treulich leiten. - Damit seid denn der Obhut unseres himmlischen Vaters befohlen! - Wenn ihr des schwierigen Schutzamtes müde seid, dann ziehet euch zur Ruhe hierher zurück in dieses euer wohnliches Heim. Auch die Geister und Engel Gottes brauchen Rast und Ruhe, wie ja auch der Herr Selbst einen Sabbat hat, um nach großen Schöpfungstaten in Seinem innersten Herzen neue Gedanken und neue Kräfte zu reifen. - So sammelt und stärket auch ihr euch nach reichen Wirkungsstunden hier oben im himmlischen Lichte und lasset Arbeit und Rast in weisem Wechsel sich folgen!"

Als der hohe Bote diese Worte kaum gesprochen, war er wie auf ein Zauberwort entschwunden.

Der jüngere Engelsgefährte aber geleitete die vier neuen Schutzgeister hinab in das Schulhaus im weltentlegenen Walddorfe zur Ablösung der dort bisher beschäftigten geistigen Freunde und Wächter des Hauses.

23. Kapitel

Wie staunten sie, hier in der alten Heimat der Lieben alles so hell und wonnevoll anzutreffen.

Die Erdenluft freilich empfanden sie als drückend und schwer, etwa wie ein Taucher in der Tiefe des Wassers die wuchtende Last des nassen Elements verspürt. Ah, das war ein sehr sonderbares Gefühl, hier in der alten irdischen Welt – allem so greifbar nah – und doch nicht mehr im stofflichen, sichtbaren Leibe! Innig im selben Hause vereint mit seinen Lieben – und doch von ihnen getrennt durch eine Scheidewand, eine geistige, unübersteigbare Kluft!

Zuerst sahen sich Sauerbrot und sein Weib nach ihrer Tochter Lydia um. Wo war sie nur? - Sie gewahrten sie nirgends im Hause!

Da lenkte der freundliche junge Engel, der sie herniedergeleitet hatte und noch immer in ihrer Gesellschaft verweilte, ihren Blick hinaus auf den nahen, kleinen Friedhof beim Walde.

Da erschauten sie die Gesuchte an einem blumengeschmückten Grabe, über dem auf einem schlichten, hölzernen Kreuze der Name des entschlafenen Väterchens Liebhardt stand.

Lydia hatte neue Blumen gepflanzt, Geranien und

Astern, und stand nun sinnend vor dem wohlgepfleg-
ten Hügel, der die irdischen Reste des geliebten väterlichen Freundes barg.

Wo weilte wohl sein unvergänglicher Teil, seine
Seele, sein Geist? In lichten Gefilden gewiss! - Das waren ihre betenden Gedanken.

O wie durchschauerte es Sauerbrot, als er bei diesem Anblicke zurückdachte an jenes andere Mal, als er
Lydia bei seinem ersten geistigen Besuch im Schul-
hausgarten mit seinem kalten Hauche erschreckt hatte!

Auch jetzt eilte er zu ihr hin in unwiderstehlichem
Drange. Er wollte es ihr sagen, wie selig und erlöst und
wie glücklich er nun sei.

Aber die Scheidewand der irdischen, stofflichen
Hülle war da. Es fehlte der Tochter die geistige Sehe
und das volle geistige Gehör. Nur unvollkommen konnte der hochbewegte Geist des Vaters sich ihr bemerk-
bar machen.

Es überkam die sinnend in ihre Gedanken Versunkene plötzlich ein lebhaftes Erinnern. Sie gedachte
ihres eigenen, einst so unglücklich aus dem Leben ge-
schiedenen Vaters. - Wo war er wohl? - Wie ging es
ihm?

„Oh – Gottes Erbarmen und Gnade hat keine Grenzen!" hörte sie da mit einmal ganz klar und laut in
ihrem Innern reden.

Was war das für eine Stimme gewesen? - Niemand
war doch auf dem leeren Friedhof in dieser Morgenstunde!

Ja, das musste ein Engel gewesen sein – der hier
diese Trostesbotschaft mit solch starker Kraft in ihre
Seele gehaucht und ihrem Herzen zugejubelt hatte! -
Diese Worte durfte und wollte sie glauben! Das war sicher himmlische Wahrheit! Auch die einst so blinde
Seele des Vaters hatte die Gnade und Erbarmung der
ewigen Liebe in Jesu, dem Heiland der Ärmsten, gefun-

den! - Sie wollte nun nicht mehr weinen und trauern! Christ ist erstanden – auch für ihn, den ihr Herz nun fürder suchen mochte im Frieden, nicht mehr im Dunkel und Elend!

Seltsam gestärkt eilte die treue Tochter beflügelten Schrittes nach Hause zurück.

Sie traf ihren Gatten – da soeben eine kleine Unterrichtspause war – unter der Türe des Hauses. Eine seltsame Freude leuchtete auch ihm aus den Augen.

Als Lydia die Stufen zur Haustüre leichten Fußes hinaufstieg, fasste er sie plötzlich mit beiden Armen um den Leib, zog sie festen Griffes an die Brust und drückte ihr einen Kuss auf die vom raschen Gehen leicht gerötete und befeuchtete Stirne.

„Lass doch!" sagte sie etwas verlegen - „wenn es jemand sieht!"

„Was tut's!? - Wen geht es etwas an!?" erwiderte der Gatte. „Aber wisse, wir sind nicht mehr allein im Schulhaus! - Der Vater ist da – der meine und der deine – samt anderen Lieben!"

In maßlosem Erstaunen sah ihn Lydia an: „Wieso? - Was meinst du damit?"

„Er hat es mir gesagt!"

Damit führte Karl Gotthilf sein erstauntes Weib nach der Bank unterm alten Birnbaum im Garten und erzählte ihr in fliegenden Worten:

Soeben hatte er an der Tafel den Kindern eine Aufgabe zum Rechnen angeschrieben und die Kinder waren zur Lösung der Arbeit in ihre Schreibhefte vertieft, da hatte plötzlich eine sonderbare, fremde Macht seine Hand, welche noch die Kreide hielt, ergriffen und unten auf der Tafel – so dass die Kinder es nicht sehen konnten – die Worte geschrieben: „Lieber Karl, wir sind hier und grüßen herzlich! - Vater Liebhardt, Vater Sauerbrot, Mutter Martha, Albert Sauerbrot."

„Höre", fuhr Karl Gottfried fort, während Lydia vor Staunen keine Worte fand, „ist denn das nicht wunder-

143

bar?! Ist das nicht ganz einzigartig groß und herrlich!? - Da wäre also", setzte er im höchsten Freudenfeuer hinzu, „auch dein Vater als Gefährte der anderen – selig!?"

„Ja, das müsste wohl stimmen!" sagte Lydia und erzählte nun auch ihr eigenes, soeben am Grabe des Großvaters Liebhardt gehabtes Erlebnis.

„Das ist doch höchst seltsam!" rief Karl Gotthilf. „Es ist also doch etwas dran – an der geistigen Welt, und dass sie sich uns kundtut! Noch nie hatte ich ein solches Erlebnis! - Aber ich glaube es nun und denke, es kommt noch öfters so etwas. Der Vater wollte mir noch mehr sagen oder schreiben – das fühlte ich deutlich; aber der Schulklasse wegen – da ging's nicht, weil die Kinder es am Ende gemerkt hätten."

„Gott, Gott!", sagte Lydia, „welch ein Wunder! Wie sind wir glücklich! Welche Gnade! Wie gut ist der himmlische Vater! Lässt uns von den teuren Lieben Kunde zukommen! - Und was für eine frohe, selige Botschaft!"

Sie fiel nun ihrerseits dem beglückten Ehegefährten um den Hals und weinte an seiner Brust seligste Tränen.

Die Unterrichtspause war inzwischen zu Ende gegangen und Karl Gotthilf musste wieder an seine Arbeit. - Auch Lydia eilte zu ihrer Pflicht in die Küche zum Mittagkochen.

Was für eine himmlische Freude erfüllte beide und verklärte ihnen ihr Tun! Hatten sie doch nun zum ersten Male eine so ganz unmittelbare Verbindung mit der rätselhaften geistigen Welt erfahren!

Wie war es so machtvoll überzeugend in diesen wenigen Worten von jener Seite auf sie eingedrungen! - Ja, ihre Lieben lebten und waren froh und glücklich! - Und sie waren hier und umschwebten und umsorgten sie!

O Gott sei Dank für dieses Zeugnis aus den Himmeln, für diese frohe Botschaft eines unvergänglichen ewigen Lebens! Der Tod war besiegt! Es gab jetzt durch ihn keine Schrecken der Trennung und Vernichtung mehr. Das Leben ist ewig! Das Leben ist Sieger! Und über allem Leben waltet im ewigen Lichte ein ewiger Gott, ein Vater der Menschen, ein Lenker der Geschicke und Vollender der Seelen voll heiliger Weisheit, Kraft, Macht und Liebe!

Das war nun unumstößlich gewiss! - Das war nicht mehr nur Glaube! Das war erlebt – erlebt! - Nun konnte kommen, was wollte!

24. Kapitel

Bei Tisch, als die ganze Lehrerfamilie beisammen saß, erschauten die unsichtbaren, geistigen Freunde nun auch die vier Kinder des Lehrerehepaares.

Bernhard war in der Zeit seit Großvater Liebhardt Tod sehr gewachsen. Er war ein flotter Junge geworden. Auch die anderen drei jüngeren, zwei Mädchen und ein Knabe, waren offenbar recht gesund und munter. Und wenn es in der kleinen Schar auch laut und herzhaft zuging, so waren sie doch alle sichtlich wohl erzogen.

Da gab es kein unartiges, keckes Benehmen am Tische; auch kein launisches Nichtessenmögen. Ein strammes Regiment wurde vom Vater geführt. Und die Mutter sorgte voll Liebe für das Bedürfnis eines jeden.

Das Gebet vor und nach dem Mahle sprach der kleine Bernhard, indem er sich von seinem Stuhle erhob, die Hände faltete und einen schönen, sinnvollen Tischspruch mit Ausdruck vortrug. Die ganze Familie schloss mit einem ernsten Amen.

O wie freute dieser fromme, in Gott wohlgeordnete Brauch die stillen jenseitigen Zuhörer!

Hier in diesem Familienkreise, das empfanden sie,

konnten sie leichten Zutritt zu den Herzen finden. Hier waren keine undurchdringlichen Mauern und Hindernisse zu überwinden, um zu dem zarten inneren Hörorgane der Seele zu gelangen. Hier konnte die lärmende und verführende Welt ihre betäubende Macht nicht über die Menschenkinder entfalten. Und auch die unsichtbare dämonische Welt und das Heer der ungeläuterten Geister des niederen Seelenreiches konnten hier nur einen geringen Einfluss ausüben.

Freilich war auch dieses Haus, wie jede menschliche Stätte auf Erden, umschwärmt von jenen dunklen Scharen und Wolken der in den unteren Zonen des Erdluftkreises hausenden, den Menschen zum Bösen verlockenden unseligen Geister. Alle jene Seelen, die nach ihrem Abscheiden aus dem leiblichen Leben in ihrer Weiterentwicklung nicht geistig den Weg nach oben, das heißt zu der wahren, reinen Gottes- und Bruderliebe einschlagen, bleiben ja auch örtlich in den unteren Regionen des irdischen Luftkreises. Und wenn ihnen auch im allgemeinen die Sehe für die alte irdische Welt in dem Traumleben, in welchem Gott sie weiterreift, fehlt, so sind doch immer auch gar viele, die so heftig und hartnäckig nach der verlassenen Erdenwelt zurückdrängen, dass ihnen der Herr des Lebens auf Grund Seines großen Gesetzes der Willensfreiheit schließlich die Sehe, wie einst dem Geiste Sauerbrots, eröffnet, um ihnen durch Erfahrung die Nutzlosigkeit ihres törichten Strebens zu erweisen.

Diese unseligen Wesen und jene gar schlimmen Urdämonen, die aus hartnäckiger Bosheit überhaupt noch niemals zur Erlangung der Kindschaft Gottes im Menschenfleische waren – sie alle trachten mehr oder minder heiß und bös, sich der noch im Fleischesleibe lebenden Menschenseelen zu bemächtigen, um deren Herzen in ihr eigenes Böse zu verkehren und sie zu Sklaven ihrer höllischen Herrschbegierden und sonstigen Leidenschaften zu machen.

Solche Rotten unseliger Dämonen und Geister umlagern jeden Menschen und jedes Haus. Besonders wo viel Verkehr stattfindet, sammeln sie sich an, auf Beute lauernd. Auch ein Schulhaus, wo viele junge und auch ältere Menschen aus- und eingehen, ist das Ziel ihres besonderen Strebens. Und wehe den Kleinen, wenn nicht um sie die weise Fürsorge Gottes auch eine besonders starke Wehr in Gestalt wirkungsmächtiger Schutzengel gestellt hätte!

So war es denn nun auch im Hause des Lehrers Liebhardt. Und die Hauptaufgabe der neuen Ankömmlinge aus den paradiesischen Sphären war es, mit treuliebendem, wachsamem Willen dem schlimmen, verführenden Einflusse jener Umlagerer zu begegnen.

Und wie die mächtigen Scharen des verderblichen Gegenpols mit ihren Einflüsterungen und ihrem Willenshauche um die Gewinnung der Seelen ringen, so hatten sie, die Diener und Boten der himmlischen Höhe, durch die innere Stimme des Herzens ihren teuren Schutzbefohlenen das Licht des göttlich Wahren und Guten einzuflößen.

Jeden Angriffes mussten sie stündlich gewärtig sein. Und da galt es nicht nur in dem Augenblicke, wenn irgend ein unseliger Geist oder gar ein finsterer Dämon sich einem der Ihren nahte, zu wachen und dessen Eingebung mit einem guten, ermahnenden Gegenworte zu überwinden, es mussten die Herzen der Lieben ständig, auf Schritt und Tritt, im Wachen und im Schlafe, belehrt, bestärkt und im Voraus gefestigt werden – damit, wenn der Böse kam, für ihn keine Möglichkeit des Heran- und Hineindringens bestand.

„Wir kämpfen nicht nur mit Fleisch und Blut", hatte einst Paulus, der große Bote Gottes, gesagt, „sondern mit den unsichtbaren, finstern Mächten und Geistern in der Luft." (Eph. 6,12) - Wie klar und wahr erwiesen sich diese Worte des erleuchteten Apostels den neuen Schutzgeistern im ländlich-stillen Schulhause! Und wie standen die Menschen fast blind und taub zwischen den beiden Lebenspolen des Guten und Bösen!

Aber auch das wurde den liebevollen Dienern Gottes bei der Ausübung ihres Amtes völlig klar, dass nichts Weiseres und Zweckvolleres sich denken lässt als diese Erfahrungsschule der irdischen Welt mit ihren versuchenden und behütenden Mächten. Zwischen den beiden gegensätzlichen Polen ersahen sie der Menschen Herz und Willen in freier Schwebe. Und es war gar wohl begreiflich, dass nur auf solche Weise der Mensch befähigt werden konnte, selbstständig nach dem rechten Licht zu suchen und den Weg des Lebens nach der erlangten Erkenntnis frei, sei es nach oben oder nach unten, einzuschlagen.

Durch Erfahrung allein, und nicht durch irgendwelchen inneren oder äußeren Zwang, reift so der Mensch schließlich, wenn auch oft erst nach langen Fahrten des Irrens und Ringens, zu göttlicher Vollkommenheit, Freiheit und Herrlichkeit der seligen Bürger des Himmels!

Ja, Gottes Wege und die Schulen, durch welche Er Seine Menschenkinder zum heiligen Ziele Seines Vaterherzens führt, sind wunderbar über wunderbar!

25. Kapitel

Am Abend dieses hochbedeutsamen Tages, der auch als Geburtstag Lydias von der Familie besonders festlich begangen ward, saßen die Eltern, nachdem die Kinder zu Bett gebracht waren und friedlich schliefen, beim Lampenscheine in der Wohnstube beisammen.

Plötzlich legte Karl Gotthilf die Zeitung, in welche er ziemlich achtlos mit abwesenden Gedanken seine Blicke geworfen hatte, beiseite und sagte: „Hör mal, Lydia, diese Schrift auf der Tafel heute Morgen – das kommt mir den ganzen Tag nicht mehr aus dem Sinn.

Wenn ich nur wüsste, wie das zuging!? Die Hand wurde mir ganz deutlich geführt! Es war wie eine fremde Macht! Ganz bestimmt war es nicht mein eigener Wille! Und wenn ich es Dir sagen darf – mir ist nun immer wieder, als müsst' ich noch einmal etwas schreiben! Das ist doch sonderbar!"

„So nimm doch ein Blatt Papier und einen Stift!" sagte Lydia und reichte ihm schnell aus dem Schreibtische das Benötigte, selber ganz erregt von der fremden Macht, die auch ihr Herz gleich einem elektrischen Strome erfüllte.

„Hier nimm und schreibe! Vielleicht sagt uns der Großvater noch mehr?!"

Und Liebhardt setzte sich vor das Blatt, legte den Stift an und sprach laut und mit fester Stimme:

„Wenn es Gottes Wille ist, so schreibe nochmals, Vater, und gib uns Kunde von deinem Sein und Leben im andern Reiche drüben!"

Eine gute Weile wartete er so, und atemlose Stille erfüllte den Raum. Lydia betrachtete mit größter Aufmerksamkeit und einer gewissen bangen Spannung den Schreibstift in des Gatten Hand.

Aber nichts erfolgte, nichts bewegte sich. Die Hand lag reglos auf dem Papier.

War denn doch alles nur eine Täuschung gewesen? - War jene vermeinte Botschaft aus dem Jenseits nur eine trügende Innenstimme der eigenen Seele?

Unter diesen Gedanken war es dem Harrenden plötzlich, als würden in seinem Herzen lichte, klare Worte zu ihm gesprochen. - Er vernahm deutlich seinen Namen. Und die Stimme rührte an sein Gemüt, wie einst in früherer Zeit die ruhige, freundliche Stimme seines Vaters. „Mein Sohn Karl!", hieß es, „achte, was ich dir sage! - Schreibe meine Worte auf das Blatt Papier nieder, denn sie sind auch für die anderen. - O glaubet, wir sind euch alle treulich nah! Wir alle, die ich dir heute Morgen angab. Und über uns allen wacht und waltet Einer – Jesus Christus, der Gekreuzigte, der alleinige Herr und Gott.

Nachdem Karl Gotthilf diese Worte mit heiligem Schauern staunend in sich vernommen, schrieb er sie nieder auf das Blatt. Und dann fuhr er nach der Einsagung der Stimme fort, zu schreiben und zu sprechen:

„O ihr Kinder unserer Liebe! Wie selig sind wir, dass wir durch des himmlischen Vaters Gnade und Seine endlos weise und liebevolle Führung nach langer Lehr- und Wanderfahrt bei euch sein dürfen zu eurer Beschützung und Belehrung. Glaubet, ihr seid nicht allein! Wir sind um euch bei Tag und Nacht. Und ihr dürfet nur das Ohr und Auge eurer Seele nach innen auf den Geist Gottes in eurem Herzen richten, so können wir durch ihn reden und euch in allen Vorkommnissen des Lebens mit unserem Rate lenken und leiten. - O glaubet, die Liebe Gottes ist herrlicher, als der Mensch sich denken und vorstellen kann. Und das Ziel, zu welchem Er uns alle emporführen will im irdischen wie im geistigen Leben, ist nichts als Licht und Wonne bei Ihm!

O fasset es doch recht, begreifet doch tief und voll den Sinn eures gar so schnell dahineilenden irdischen Lebens! Es ist in dieser Schule der harten irdischen Welt so sehr Hohes und Großes zu erreichen: die wahre volle Kindschaft unseres ewigen, unermesslich erhabenen Gottes und himmlischen Vaters. Der Weg aber ist der, den Er, der Allmächtige und Alliebende Selbst, gegangen ist in Seiner irdischen Gestalt als Jesus – der Weg der Demut, Sanftmut, Reinheit und der brennendsten Liebe zum göttlichen Vatergeiste und zu allen Seinen Geschöpfen! - O lernet diese sanfte, demütige und zu jeder selbstlosen Tat bereite Liebe! Dann machet ihr Ihm Freude, der durch uns schwache Werkzeuge Seiner unermessenen Gnade und Huld über euch wachet.

Gehet nun heute zur Ruhe, wohlbehütet und im Segen des treuen Vaters in den Himmeln. Morgen kommet wieder und höret unsere Worte! Es grüßen euch für heute mit einem innigen Gott-befohlen eure lieben Getreuen."

Ah, das waren wunderbare, geheimnisvolle und wahrhaft himmlische Worte!

Lydia war ganz bestürzt und konnte keinen Ausdruck ihrer wirbelnden Gedanken finden. Nur ein hilfloses: „O Gott – o Gott – ist das möglich!?" entrang sich ihrem Munde.

Auch Karl Gotthilf war tiefst erschüttert. Das konnte doch nicht aus ihm selbst gekommen sein! Das hatte doch nicht er gedacht und innerlich in sich selber gesprochen! Das konnte doch aus seiner eigenen Seele, auch aus unbewussten Tiefen, nicht kommen! Denn an solch eine Botschaft hatte er auch im Traume nie und nimmer gedacht!

Das musste denn also wirklich von wo andersher, von außen oder vielmehr von oben kommen, aus der geistigen Welt, in welcher der Vater Liebhardt mit den anderen ja nun weilte.

O das war ja unerhört, das war ja wunderbar groß – solch eine Botschaft von den Heimgegangenen!

Und sie waren hier – hier in derselben Stube – sie, die man gar soweit und ferne gesucht hatte! Sie waren schützend und leitend da! Und durch des Herzens Geistespforte war ein Weg, mit ihnen in gesegnete Verbindung zu treten!

Morgen sollte man von ihnen weiter hören!

Hochbewegten Gemütes, voll seligsten Hoffens, gingen die beiden Gatten zur Ruhe. Lange floh sie der Schlaf. Aber endlich lösten sich die selig erglühten Seelen von den Banden des Leibes und erhoben sich in das geistige Reich, um dort bestätigt zu finden, was im mühseligen, schweren Fleischesgewande des irdischen Leibes nur so gar mühsam der Seele begreiflich zu machen war.

Wir wissen ja, wenn um die stille, störungslose Mitternachtsstunde der Leib im Tiefschlafe liegt, wandeln die Seelen in einer ähnlichen Gestalt wie im tageswachen Leben zur geistigen Welt hinan und verkehren mit den für das fleischliche Auge des Menschen unsichtbaren Geistern wie mit ihresgleichen. Auch die teuerlieben Schutzgeister finden und sprechen wir da, wie auch dann und wann die herniederkommenden höheren Engel des Herrn.

In diesem Verkehr mit den guten geistigen Freunden des sogenannten Jenseits empfangen wir aus den reinen, kräftigen Lebensausstrahlungen dieser Paradieses- und Himmelsbewohner im Tiefschlafe des Leibes jene wunderbare Stärkung, die wir alle kennen als eine unentbehrliche Gabe Gottes, ein tägliches oder vielmehr allnächtliches Brot der Seele, das uns der Herr des Lebens spendet im Schlummer. Ganz besonders empfangen es diejenigen Menschen, die schon im Tageswachen den Segen Gottes, des himmlischen Ernährers und Erhalters, bittend suchen. Und es sagt denn auch, da die Stärkung des Schlafes eines der höchsten Lebensgüter ist, mit Recht der Volksmund: „Den Seinen gibt's der Herr im Schlaf!" ′(Ps. 127,2)

Beim Erwachen zurückkehrend in den schweren irdischen Leib verliert freilich nach Gottes Willen und Ratschluss die Seele die bewusste Erinnerung an das im Tiefschlafe erlebte. Nur jene unbewusste Stärkung darf sie mit sich nehmen in den Kampf des Tages, um – ohne völlige Gewissheit – frei zu sein in ihrem Suchen, Forschen, Wollen und Handeln. Nur ausnahmsweise, dann und wann, nimmt sie in einem hellen Morgentraume noch etwas mit hinüber in den Tageskreis, um an dem seltenen Licht aus höherer Welt zu zehren.

So war es auch bei den Lehrersgatten. Als sie des Morgens in der Frühe erwachten, hatten sie keine Erinnerung mehr an das in der Nacht im Tiefschlafe mit ihren lieben Verwandten und Freunden im geistigen

Reiche erlebte köstliche Wiedersehen. Nur Lydia, die oft helle Morgenträume hatte, konnte erzählen, dass sie in einem wunderbaren Garten war mit einem schönen Haus auf einem Hügel, von wo man in ein märchenhaftes Land mit herrlichen Ebenen, Seen, Wohnstätten und Tempeln hinausschaute.

Oh, dachten die Gatten, wie ist doch die Welt und das Leben so sonderbar! - Was ist Wirklichkeit? Was Traum? - Ist denn nicht eigentlich jene andere, jene geistige Welt wirklich und wahr - und dieses Leben im irdischen Alltage ein Traum, obzwar es dem Menschen sogar wirklich erscheint? Ist denn nicht hier auf dieser Erdenwelt, die so braust und prangt, alles vergänglich? Und sind wir denn hier nicht in einer wahren Nacht der Seele befangen, ohne Kenntnis von den allerwichtigsten Dingen des Seins und des Lebens?!

Jene geistige Welt, von der die geheimnisvolle Botschaft des verstorbenen Großväterchens meldete und die sich so wunderbar und licht im selig-stillen Traume gezeigt – war denn nicht am Ende sie das wahre Leben – und dieses irdische Dasein nur eine kurze mühselige Vorstufe?!

„Wir wollen es abwarten," sagte Lydia, „einmal wird der Tag kommen, da wir schauen, was wir glauben!"

26. Kapitel

Den Lehrer Karl Gotthilf Liebhardt ließ das Vernommene und Erlebte in seinem Innern nicht mehr zur Ruhe kommen.

Als der Abend nahte, konnte er es kaum erwarten, bis die Kinder zu Bett und zur Ruhe gebracht waren. Da holte er schnell wieder das Heft hervor, in welches er den Tag über die Botschaft vom gestrigen Abend unter Schilderung der dabei stattgehabten näheren Umstände eingetragen hatte.

Mit dem Schreibstifte in der Hand setzte er sich wieder zum Tisch, während Lydia, ihre Handarbeit zur Seite legend, dicht zu ihm rückte, um über seine Schulter hinweg sogleich zu lesen, was seine Hand nach einem stillen, inneren Gebet in klaren Zügen niederschrieb.

Diesmal war es der Vater Sauerbrot, der zu ihnen sprach. Mit einem herzhaften „Gott zum Gruß!" begann er seine Rede. Er stockte aber bald, als er damit beginnen wollte, seine jenseitigen Entwicklungswege und Erlebnisse zu schildern. Seine Kraft war offenbar noch nicht gefestigt genug, um in der bitteren Erinnerung an die überstandenen schweren Erfahrungen und Schulen die Verbindung mit dem Geiste seines einst so leidenschaftlich gehassten Schwiegersohnes aufrechtzuerhalten.

An seine Stelle trat Vater Liebhardt. Er gab als Wortführer der ganzen geistigen Gesellschaft einen lebendigen Überblick über die jenseitigen Schicksale aller Mitglieder ihrer kleinen Schar und versprach dann, in der Folge alles von jedem einzelnen Erlebte eingehend zu schildern zur Belehrung und geistigen Aufbauung der auf Erden Hinterbliebenen.

Und so empfingen denn Karl Gotthilf und Lydia in den folgenden Abenden ein großartiges Bild von den Wegen, auf welchen der himmlische Vater jene teuren Menschen in den geistigen Schulen des jenseitigen Lebens gereift und teilweise aus den unseligsten Bereichen der Hölle und ihrer Pforten errettet hatte.

Des Staunens der beiden Ehegatten war kein Ende. - So gut und groß war unser Gott!? Und so unbegreiflich und unermesslich Seine Erbarmung und die Liebe und Weisheit Seiner Wege!?

O wie wollten sie nun aber das Leben schon in diesem vergänglichem, irdischen Sterbekleide noch viel ernster und wichtiger nehmen!

Wie viel Pein und Not konnte der Mensch sich er-

sparen, wenn er den hohen Sinn dieser irdischen See-
lenschule recht erfasste und sich alle Mühe gab, dem
vorgesteckten Ziele, der Herzensvollendung, im göttlichen Geiste der demütigen, reinen Liebe nachzukom-
men!

„Jahre, Jahrzehnte, ja Jahrhunderte der Pein und
Mühsal im Jenseits", sagte Vater Liebhardt, „kann ein
Mensch sich ersparen, wenn er in seinem irdischen
Leben das im Worte Dargebotene ergreift und danach
wandelt und lebt."

So heilig die beiden Gatten das zu nächtlich stiller
Stunde auf diese Weise Vernommene als ein seliges
Geheimnis in sich zu verschließen sich vornahmen, so
konnte es doch freilich den vertrauteren Freunden des
Hauses nicht auf die Dauer verborgen bleiben, dass die
beiden glückstrahlenden Menschen etwas Neues und
ganz Besonderes in sich zu verarbeiten und unterzu-
bringen hatten.

‚Wes das Herz voll ist, des geht der Mund über!' (Lk.
6,45) - so lautet ja ein Bibelwort. Und schließlich meinte Karl Gotthilf, dass man eine so wichtige Kunde,
selbst auf die Gefahr hin, für einen Schwärmer oder
Narren gehalten zu werden, seinen nächsten Mitmenschen nicht vorenthalten dürfe.

„Wie gut", meinte er zu Lydia, „wäre es doch z. B. für
einen Geistlichen, wenn er von solchen Dingen auch
eine Wissenschaft hätte, damit er sich eine wahre und
segensvolle Vorstellung vom Jenseits machen könnte;
hat er doch die Menschen so oft darauf hinzuweisen!
Und ist es nicht zum Gotterbarmen, dass im Allgemeinen die Kirchenleute und Christen auf Grund der Heiligen Schrift davon nur eine so dürftige, ja meist gänzlich falsche Vorstellung haben!?"

„Da hast du wohl recht", entgegnete Lydia ein wenig
erschrocken; „aber bedenke, wie wird der Herr Pfarrer
es auffassen – dass wir mit den Verstorbenen, den so-

genannten Toten, verkehren! Das ist ja doch gegen die Heilige Schrift!"

„Ei was – gegen die Heilige Schrift!?" - erwiderte Liebhardt - „wie kann das gegen die Schrift sein, wenn Selige kommen, von den Engeln geleitet, und künden uns vom ewigen Leben in Gott und von dem Reiche der Engel und rufen uns mit Worten des Glaubens und der feurigsten Liebe auf den Weg des Heils in die Arme Jesu Christi!? Kann das gegen Gottes Wort und Lehre sein?! - Niemals! - Höchste Gnade des Himmels ist das!

Und - offen und ehrlich gesagt", fuhr er mit Feuereifer fort, „jeder wahre, echte Priester sollte in solcher Verbindung mit dem Himmel und seinen Bürgern ständig stehen, um ein rechter Diener Gottes unter den Menschen sein zu können! - Was nützt ihm das Lesen und Studieren der Schriften, wenn nicht die Engel mit ihnen reden in ihren Herzen!? Da bleibt ja alles doch tot, wenn der kalte, armselige Verstand nur forscht und urteilt! - Da wird das Jenseits freilich dunkel, verschlossen und leer! - Und wenn die Schrift mit Recht das Rufen und irdisch gewinnsüchtige Benützen unseliger Geister und Dämonen verbietet, so heißt das doch wahrhaftig nie und nimmer, dass wir auch den segensvollen Verkehr mit den seligen Wesen des Lichts, den guten Geistern und Engeln, nicht suchen sollen und dürfen!

Gott sei Lob und Dank, dass der himmlische Vater auch in unserer Zeit solche Verbindung noch zulässt wie einst in alten biblischen Zeiten, wo Er im Traum und im Wachen den Menschen Seine Engel sandte und selbst dem tiefgefallenen, in blutigem Gewaltgeist verirrten König Saul bei der Hexe von Endor durch den Geist des Sehers Samuel eine große, wahre, wenn auch todestraurige Botschaft erteilte!

Nein, Pfarrer Loschmann soll es wissen, dass auch heute noch Gott mit den Menschen redet und ihnen durch Seine seligen Geister und Engel Seine Botschaften sendet! Es soll keine Menschenfurcht mich mehr abhalten – wie früher. - Lass uns die Welt diese große Wahrheit und Tatsache verkünden, die wir auf so wunderbare Weise unter dem eigenen Dache erfahren durften! - Noch heute will ich unseren Freund darauf aufmerksam machen! Und dann ist es ja seine Sache, wie er sich dazu stellt.

27. Kapitel

Dieser überzeugungsvollen Rede ließ der Lehrer denn auch, trotz der bangen Besorgnisse Lydias, bald die Tat folgen.

Gegen Abend, als er den Pfarrer bei leichter Arbeit in seinem Gärtchen wusste, ging er hinüber.

Auch Frau Pfarrer Loschmann war da und bepflanzte ein Beet mit einem in dieser schon herbstlichen Jahreszeit zum Überwintern bestimmten Gemüse.

Nachdem unter gemeinsamer Handanlegung dieses kleine Geschäft rasch beendet war, verfügten sich alle drei nach der Laube inmitten des Gartens, in welcher sie oft des Abends als gute Freunde zur Unterhaltung und Aussprache beisammen saßen.

„Ich möchte Ihnen heute etwas ganz Besonderes mitteilen", sagte Liebhardt, indem sie in die Laube traten.

„So? - Sie machen uns gespannt!" entgegnete Frau Loschmann.

„Sagen Sie aber einmal zuerst, Herr Pfarrer – was halten Sie davon: Redet Gott auch heute noch zu uns Menschen - oder war dies nur in alten, biblischen Zeiten beim Volke Israel der Fall?"

„Selbstverständlich redet Er auch heute noch!" erwiderte Loschmann, indem er seine Gartenschürze an einen Nagel hängte und sich auf die in der Laube rings an den Seiten hinziehende Bank setzte - „Wo wären denn wir Menschen, wenn nicht Gott in unseren Herzen durch die Stimme des Gewissens oder des Geistes oder wie man das nennen will, ständig zu uns spräche! Er muss uns doch führen auf Schritt und Tritt – sonst sind wir ja verloren! Wie sollten wir denn vom Fluche der Erbsünde, diesem alten Feind in unserm Herzen, loskommen, wenn uns Gott nicht ständig durch eine innere Stimme belehrte!"

„,Ihr müsst alle von Gott gelehrt sein!' heißt es ja in der Schrift" (Joh. 6,45), fügte Frau Loschmann hinzu - „und wen der Sohn, das lebendige Wort Gottes, nicht zieht, der kommt nicht zum Vater!"

„Ja, so denke ich auch", sagte Liebhardt, „und an einer Stelle heißt es ja auch noch ausdrücklich: ‚Wer Meine Gebote hat und hält, der ist es, der Mich liebt – ihm will Ich Mich offenbaren!' (Joh. 14,21) Das gilt doch sicherlich für alle Menschen auch heute noch!"

„Gewiss, ohne Zweifel!" - bestätigte mit überzeugtem Brustton Pfarrer Loschmann.

„Und bei Seinem Scheiden", fuhr Liebhardt fort, „hat der Herr den Jüngern und allen, die Ihm als solche nachzufolgen guten Willens sind, verheißen: ‚Ich will den Vater bitten, dass Er euch einen andern Berater und Helfer sende – den Heiligen Geist! Der wird euch in alle Wahrheit leiten und euch alles dessen erinnern, was Ich, Jesus der Herr, zu Meinen Leibeslebzeiten vor euch gelehrt und getan habe.' (Joh. 14,26) So etwa lautet doch auch jenes wichtige, für alle Zeiten und Menschen gültige Abschiedswort des Herrn. - Oder nehmen Sie an, dass diese Worte nur für die damaligen Jünger und Apostel galten?"

„Gewiss gelten sie", erwiderte Loschmann, „für alle Zeiten und für alle Menschen, die eines guten Willens sind – da sie vom Herrn ohne jede Einschränkung gesprochen sind und es überdies ja auch selbstverständlich ist, wenn man bedenkt, dass Gott, unser himmlischer Vater, keinen willkürlichen Unterschied unter

Seinen Kindern macht, sondern Seine Liebe und Gnade jederzeit allen denen zuwendet, die Ihn rein und wahrhaft lieben und Seinen Willen tun."

„Also dürfen wir glauben", schloss Liebhardt den auf Grund der Schriftstellen durchlaufenen Gedankengang, „und als biblisch bezeugt annehmen, dass auch heute noch Gott durch Seinen Heiligen Geist und Seines Geistes Träger und Boten wie zu alten, biblischen Zeiten zu den Menschen redet und ihnen Sein Wesen aufschließt und Seinen Willen kundtut?"

„Man wird es nicht in Abrede stellen können!" sagte Loschmann überzeugt, doch unverkennbar auch etwas gedehnt, da er immer noch nicht recht wusste, auf was Liebhardt eigentlich hinaus wollte.

„Und zu unserm wahren, großen Heile!" ergänzte mit warmem Eifer Frau Loschmann, die mit ihrem, allem Mystischen abholden, nüchteren trockenen Gatten über diese Dinge schon manchmal ziemlich gegensätzliche Aussprachen gehabt hatte.

„Wenn dem nun aber unzweifelhaft so ist", sagte Liebhardt jetzt etwas zögernd, indem er die Mienen seiner beiden Zuhörer beobachtete, „was denken und sagen Sie dann darüber, dass wir in der letzten Zeit im Schulhause einige ganz merkwürdige und wunderbare Belehrungen und Botschaften dieser Art gehabt haben, die nach ihrem erhabenen, göttlichen Inhalte wirklich nur aus reinen Sphären sein können!?"

„Wie!?" riefen beide Pfarresleute wie aus einem Munde - „Sie haben Botschaften – aus dem Jenseits?!"

„Das ist ja wohl – Spiritismus?!" setzte der Pfarrer mit leichtem Spott hinzu.

„Spiritismus?!" entgegnete Liebhardt - „Nun, sie werden es ja wohl mit diesem Schlagwort nicht gleich erschlagen wollen?! - Wir haben die sonderbare Verbindung mit der geistigen Welt ja nicht neugierig gesucht; sondern die Boten der Höhe sind unvermutet zu uns gekommen und haben uns mit ihrer himmlisch-herrlichen Kunde, ohne dass wir es ahnten, beglückt!"

„Was sie da sagen!" rief immer noch ungläubig lächelnd der Pfarrer.

„Das wäre ja etwas ganz Märchenhaftes!" sagte sehr interessiert und mit Feuer seine Frau. - „Erzählen Sie uns doch bitte mal!"

Und nun berichtete Karl Gotthilf Liebhardt alles, was Lydia und er in den letzten Zeiten erlebt hatten, welche Wunder göttlicher Führung ihnen durch die Worte der teuren geistigen Freunde erschlossen worden waren und was sie auf diesem Wege über die jenseitigen Zustände und Entwicklungswege erfahren durften.

Die Pfarreseheleute staunten und konnten es nicht fassen.

Der Lehrer war ihnen doch bekannt als ein nüchterner, prüfender Mann, der nicht so leicht auf eine täuschende Irreführung hineinfiel und sicher weder sich selbst noch seiner geliebten Frau irgendein Märchen vormachen wollte. - Das waren doch wirklich sonderbare Rätsel!

Pfarrer Loschmann schüttelte das Haupt hin und her und konnte beim besten Willen nicht zurechtkommen.

Seine Frau konnte viel eher glauben. Sie erinnerte ihn an alles, was er soeben auf Grund der Schrift über das Reden Gottes und das Ergehen Seines lebendigen Wortes an die Menschen gesagt hatte.

„Aber durch Geister – durch Geister doch nicht!" rief Loschmann - „Davon steht doch in der ganzen Schrift nichts, dass Er auch heute noch Seelen Verstorbener sendet, um den Menschen Kunde zu geben von den jenseitigen Dingen! Vielmehr ist in der Schrift aufs deutlichste und ausdrücklich verboten, die Toten aus ihrem Schlummer zu rufen!"

„Aber lieber Mann", warf Frau Loschmann ganz erregt ein, „das ist doch wahrlich kein Rufen der Toten, wenn sie von selber kommen und einem eine allhöchst beseligende, himmlische Botschaft bringen!"

„Gewiss", sagte Liebhardt dazwischen, „das ist doch sicher etwas ganz anderes, als was die Heilige Schrift bei den alten Israeliten ausschließen wollte! Man muss doch unterscheiden: Damals wie heute betrieben gewisse schwarzmagische Menschen aus gewinn- oder herrschsüchtigen Absichten das Rufen der Toten, um von ihnen irdische, nur in weltlichem Sinne bedeutsame Auskünfte zu erlangen – um Schätze zu heben, Feinde zu verderben oder dergleichen gotteswidrige Zwecke zu verfolgen. Ein solches Rufen der Toten ist selbstverständlich gegen Gottes Willen und von der Schrift verboten! - Aber warum in aller Welt sollte es uns durch die Bibel versagt sein, die Botschaften seliger Geister und Engel anzuhören, die im Namen und ohne Zweifel auch im Auftrage des Herrn kommen, um uns über den Ernst des irdischen Lebens und über das ewige Ziel im Diesseits und Jenseits aufzuklären, uns anzufeuern, mit aller Kraft auf dem Wege der Entsagung, Demut und Liebe dem Willen Gottes nachzustreben! Das kann doch nicht von Gottes Wort verboten sein!"

„Allerdings nicht!" Das wäre ja Irrsinn!" pflichtete Frau Pfarrer Loschmann bei. - „Gott kann unmöglich den Menschen Boten Seines verheißenen Heiligen Geistes senden und zugleich in Seinem geoffenbarten Worte das gläubige und willige Anhören ihrer Belehrungen und Ermahnungen verbieten! - Lieber Heinz", wandte sie sich zu ihrem Gatten, „da ist eben in Gottes Namen deine und deiner Kollegen Theologie falsch!"

„Die Schrift", sagte Liebhardt die Pfarresgattin unterstützend, mit klarer fester Stimme, „muss so gelesen und ausgelegt werden, dass ihr Sinn übereinstimmt mit der Vernunft, d.h. mit dem vom Geist der Liebe erleuchteten, gesunden Menschenverstande!

Was da nicht zu der uns bekannten Liebe, Weisheit und Allmacht des erhabenen Gotteswillens stimmt – das kann nicht von Gott stammen, das ist Menschenzutat – sei es im buchstäblichen Wortlaut, sei es in dem zu uns sprechenden Sinne."

„Nun ja, nun ja", sagte Loschmann gedehnt und gezwungen, „so vom allgemeinen, theoretischen Standpunkte aus lässt sich da allerdings nicht viel einwenden. Aber wir lesen doch auch deutlich in der Schrift, dass es nicht Gottes Wille ist, dem Menschen allzu viel über das Jenseits zu offenbaren! Da sollen wir nach Seinem Willen und aus guten Gründen mehr aufs glauben angewiesen bleiben als aufs wissen. Sonst hätte uns die Heilige Schrift im Neuen Testament sicher mehr überliefert und enthüllt als die paar wenigen, zudem noch dunklen und vieldeutigen Stellen! Der Mensch weiß genug, wenn er aus der Schrift darüber unterrichtet ist, dass es ein Jenseits und ein Fortleben gibt. Wie dieses beschaffen ist, braucht er vorerst nach Gottes weisem Ratschlusse offenbar nicht zu wissen. Das erfährt er dann später, nach dem Tode, wenn er vom Glaubensstande durch Gottes Gnade zum Schauen und Wissen gelangt ist."

„Aber denken Sie nicht", erwiderte Liebhardt, „dass es in Gottes Rate gelegen sein kann, einzelnen Menschen, die mit besonderem Eifer nach oben streben oder denen es um ihres Glaubensstandes willen besonders Not tut – dass Er diesen auch gelegentlich eine besondere Botschaft und ein besonderes Licht spendet, um sie dadurch desto enger an Sich zu fesseln!? - Ist doch der Herr Selbst nach Seiner Auffahrt noch vierzig Tage lang als ein verklärter Geist bei allen Seinen Jüngern und Freunden umhergegangen, um ihnen zu ihrer Glaubensstärkung die sichere Botschaft Seiner Auferstehung und gewiss auch noch sonst manche hochbedeutsame Lehre zu bringen!?"

„Ja, das war ganz was anderes – das war der Herr

Selbst!" entgegnete Loschmann mit kräftigem Nachdruck.

„Was der Herr tat und tut", sprach Liebhardt weiter, „ist immer und ewig für alle Menschen, Geister und Engel ein heiliges, allgemeingültiges Vorbild! Überdies hat Er noch zu Seinen irdischen Lebzeiten auf dem Berge Tabor Seinen fortgeschrittensten Jüngern Petrus, Johannes und Andreas zur Glaubensstärkung auch die seligen Geister Moses und Elia vorgeführt, damit sie ihnen Kunde gaben vom ewigen Leben! - Das sind doch alles der wichtigsten Beispiele genug, aus welchem wir ersehen können, dass es durchaus des Vaters Wille ist, Sich und Sein Reich denen, die Ihn wahrhaft und ernstlich suchen – sei es durch ein unmittelbares inneres Wort oder durch Seine himmlischen Diener – weiter als es die Schrift tut, zu offenbaren!

Die Heilige Schrift bietet nach meiner Ansicht das, was die Menschheit im Allgemeinen von Gott und vom ewigen Leben wissen muss und in der bisherigen Zeit fassen konnte. Es genügt auch heute noch dem einfachen, kindlichen Menschen, zu wissen, dass es einen himmlischen Vatergott, ein ewiges Fortleben, eine Hölle der Bösen und ein Paradies und einen Himmel der Willensguten gibt.

Der reifere, tieferschürfende Mensch dagegen hat begreiflicherweise ganz besonders heute in der zerrissenen, finsteren, verstandeskalten Gegenwart auch tiefergehende Bedürfnisse. Er will und braucht ausgedehntere Erkenntnisse und wird auf solcher Erkenntnisgrundlage aber dann auch dem Herrn ein feuriger Jünger und Seinem Reiche ein besseres Rüstzeug sein als der einfache Mitbruder, dessen Seele in einer gewissen Trägheit keine höheren und tieferen Bedürfnisse hat. Uns Menschen und auch drüben die Geister und Engel fort und fort zu höheren und umfassenderen Standpunkten zu führen, damit wir durch die reichere

Erkenntnis auch immer tiefer begründet werden in der Demut der Liebe zu Ihm und zu allen Seinen Wesen – das ist doch ohne Zweifel der Sinn der ganzen Erziehung, welche Gott mit uns hier in dieser Erdenschule verfolgt!"

„Ja, ja, das ist gewiss wahr! - Aber immerhin – bedenken Sie", brachte Pfarrer Loschmann etwas erbost durch den Hinweis auf die ‚geistige Trägheit der Bedürfnislosen' endlich hervor, „wohin das schließlich führt, wenn alle Welt, will sagen jeder Hinz und Kunz, angebliche himmlische Offenbarungen empfängt! Da wird ja das feste Wort der Bibel in Kürze überwuchert oder aufgelöst!"

„Hinz und Kunz -" wiederholte seine Frau mit ärgerlichem Erröten über die vor Liebhardt ihr recht taktlos dünkende, dem Pfarrer im Redegefecht entschlüpfte Bemerkung - „es gehen doch wohl nicht jedem beliebigen, vielleicht unwürdigen und unvorbereiteten Menschen echte, himmlische Botschaften zu! Das wird Gott wohl schon wissen, wem Er solch eine Gnade erweisen kann!"

„Gewiss!" sagte Pfarrer Loschmann, dem seine Entgleisung inzwischen mit Bedauern bewusst geworden war.

„Ich will auch in dem vorliegenden Falle natürlich durchaus nichts Abfälliges sagen, sondern im Gegenteile – wenn je auf solchem Wege das Licht zu den Menschen kommt – so hat es hier im Schulhause nüchterne und ehrliche Menschen gesucht und gefunden. Ich rede vielmehr im Allgemeinen und blicke auf das Ganze! Wenn der Himmel Botschaften an die Menschen sendet auf diesem, wie man heute sagt, medialen Wege – dann wird gewiss auch die Macht der Finsternis diesen Weg beschreiten und den Menschen, auch den gläubigen und guten, auf die listigste Weise Trugbotschaften bringen und mit allen Mitteln danach trachten, in das etwaige Licht von oben ihre giftigen, verderblichen Einfließungen zu mengen. Und so wird meistens, wenn die Mittelsperson nicht ganz göttlich rein und im himmlischen Wesen gefestigt ist, bestenfalls eine gefährliche Mischung herauskommen, in welcher das etwaige Wahre und Himmlische verbunden ist mit einer trügenden, höllischen Zutat, welche die Menschen, statt auf dem schlichten, biblischen Wege zu Gott – auf allerlei Irr- und Seitenpfaden in den Abgrund des Verderbens und in ewige Irrtumsbande führt. Das hat die Geschichte der Christenheit, ja die ganze Menschheitsgeschichte tausendfach bewiesen in den Schriften der falschen Prophetie und in den Geschicken betrogener Betrüger und ihrer irregeleiteten Anhänger."

„Es gibt gutes und schlechtes Brot, gesunde und faule Früchte, Giftgewächse und Heilkräuter", entgegnete Liebhardt ruhig - „und so gibt es auch eine wahre und eine falsche Prophetie! Aber wie ein vernünftiger Mensch der Giftgewächse wegen die Heilkräuter nicht verwerfen, sondern diese letzteren im Bedarfsfalle für seinen kranken Leib dankbar verwenden wird – so ist es meines Erachtens auch mit der Prophetie, die ja auch ein Heilkraut für unsere kranke Seele ist. Nur freilich müssen wir auch sie – ebenso wie das segensvolle Arzneikraut – mit Vorsicht und Weisheit prüfen und auswählen und uns nicht ein trübes, giftiges Gemisch als eine reine, segensvolle Gabe aus den Himmeln vorsetzen lassen!"

„Eben darum meine ich, wir bleiben am besten beim erprobten, reinen Gotteswort der Bibel!" beharrte Loschmann hartnäckig.

„Wie bist du denn auf einmal solch ein hartköpfiger, fester Bibelchrist!?" meinte mit einer etwas spitzen Stimme seine Frau. - „Du hast doch bisher immer den Standpunkt vertreten, dass auch in der Bibel das reine Wort Gottes stark durchsetzt und vermengt ist durch menschliche, im Laufe der Jahrhunderte durch Abschreiben und Übersetzer hinzugefügte Zutaten. Die großen Streitfragen und Meinungskämpfe der Theologen aller Zeiten beweisen es ja zu Übergenüge, dass in der Bibel tatsächlich auch nicht jeder Buchstabe mit der alleinigen, ewigen Gotteswahrheit übereinstimmt und alles zu einem klaren Ausdruck gebracht ist. Sonst hätten doch nicht so viele verschiedenartige und zum Teile sehr irrtümliche und verderbliche Lehren daraus geschöpft werden können, wie die christliche Kirchengeschichte nur allzu deutlich beweist."

„Gewiss!" stimmte Liebhardt bei. - „Da sieht man es ja auch, dass kein Gotteswort gänzlich unverhüllt und rein zu den Menschen kommt! Das heißt, das göttliche Wort, so wie es vom Urquell und Vater des Lichtes und des Lebens ausgeht, ist natürlich an sich allezeit im höchsten Grade rein und wahr. Aber der Mensch, der es als Mittler empfängt, ist in seiner Seele nicht immer rein und erschlossen genug, und so mischen sich in den Strom des göttlichen Wortes Vorstellungen und Gedanken aus der Seele des Propheten oder auch, wie der Herr Pfarrer angedeutet hat, aus anderen ungeläuterten geistigen Quellen, aus der sogenannten Geisterwelt, der niederen oder gar der dämonisch bösen. Selbst bei den Verfassern der Bibelschriften war das göttliche Wort vermischt und verhüllt. Und hier ist auch noch zudem durch menschliche Überlieferung, Bearbeitung und Übersetzung so manches in irrtümlichem Sinne geändert, wie Ihre Herren Kollegen auf den Universitäten mit ihrer ‚kritischen Bibelforschung' ja so eingehend und eifrig festgestellt haben. Von Gott, dem Vater des Lichtes aber ist diese Verhüllung Seines Wortes aus weisen Gründen zugelassen, damit der Mensch in seinem Urteilen, Wollen und Handeln allezeit frei bleibt und ohne Zwang durch freies, selbstständiges Forschen geistig erweckt, belebt und unter Gottes gnädiger Führung vollendet werde."

„Habt denn nicht gerade ihr Theologen der Neuzeit", schaltete Frau Loschmann ein, wegen dieser Beschaffenheit des Gotteswortes euren kalten Verstand in schärfster Weise an das Bibelbuch gelegt?!"

„Wir kritischen Bibelforscher", entgegnete Loschmann etwas stockend, „wollen nichts als den wahren, göttlichen Kern wieder aus der irdischen Schale befreien und vom äußerlichen Drum und Dran wieder auf den wesentlichen, goldenen Wahrheitsinhalt dringen!"

„Sehen Sie!" fiel Liebhardt lebhaft ein. - „Und darum erscheint es denn nun auch heutzutage überaus nötig, dass – nicht Menschen mit ihrem kalten, kurzsichtigen Verstand – sondern der himmlische Vater Selbst durch den Heiligen Geist und die Boten Seines Lichtes, den suchenden und fortgeschritteneren Menschen Sein Wort in enthülltterer Weise neu zugehen lässt, die Heiligen Schriften im Lichtes Seines Liebegeistes Selbst erklärt, ergänzt und auslegt. Das neue Gotteswort soll und wird die künftige Menschheit tiefer als je in die Geheimnisse des Lebens und in die Tiefen der Gottheit einführen."

„Ja", sagte Frau Loschmann, „das leuchtet mir durchaus ein. Wie die Erhellung und Erwärmung der Erde fortschreitet vom Winter zum Sommer – so, denke ich mir, wird auch die geistige Erhellung und Belebung der Völker und der einzelnen Menschen durch das ergehende Offenbarungswort fortschreitend erhöht nach dem Stand des Bedürfnisses und der Reife. Und so kann ich es denn recht wohl glauben, dass Gott der Herr einzelnen reiferen Menschen oder Völkern immer wieder neuen, umfassendere und tiefere Enthüllungen Seines göttlichen Wesens und Willens kundgibt."

„Du bist ja eine rechte Spiritualistin!" wandte sich Loschmann bei diesem temperamentvoll vorgetragenen Bekenntnisse staunend an seine Frau. - „Wo kommen wir da hin mit unserem Katechismus!?"

„Was, Katechismus!" erwiderte sie - „Was geht uns

der von Menschen gemachte Katechismus an – wenn Gott durch Seine Engel und geistigen Rüstzeuge Selber redet!"

„Und glauben Sie es fest und vertrauensvoll, Herr Pfarrer", fügte Liebhardt mit feuriger Überzeugung hinzu, „der Vater des Lichts lässt kein ernstlich suchendes Menschenkind, das sich um Aufschluss demütig zu Ihm wendet, im Ungewissen. Er hat einem jeden Menschen einen göttlichen Geistfunken ins Herz gelegt, der in jeder liebe- und demutsvollen Seele gar mächtig leuchtet. Dieser Funke des Heiligen Geistes sagt einem jeden wahren Gottsucher, was in den prophetischen Schriften wie auch in sonstigen Kundgaben wahrhaft von Gott und was anderweitige Zutat ist. Gott ist in Seinem Grundwesen Liebe. Und was mit der wahren, selbstlosen, tatfertigen Liebe zu Gott und allen Gottesgeschöpfen im Einklange steht, das ist echt und das dürfen wir unbedenklich als göttlich und heilvoll annehmen. Das andere mögen wir als Schale oder auch als Fälschung betrachten. Der Feingehalt an wahrer, göttlicher Liebe ist das untrügliche Kennzeichen der Gottesechtheit. Denn Gott ist die Liebe. Und wer in der Liebe bleibet, der bleibet in Gott und Gott in ihm. (1.Joh. 4,16) – Daher fürchten Sie sich nicht, verehrter Freund, und folgen Sie auch in diesem Punkte dem von Ihnen so hochgeschätzten Apostel Paulus! Wir wissen ja, was dieser große Spiritualist den Thessalonichern (1. Thess. 5,19) schrieb: ‚Den Geist dämpfet nicht! Die geistigen Botschaften verachtet nicht! Prüfet aber alles, und das Gute behaltet!' Und uns allen dient auch heute noch der Rat, der er der Korinthergemeinde bezüglich der Verbindung mit der höheren, geistigen Welt gab: ‚Strebet alle danach! Und ich will euch noch den köstlichsten Weg dazu zeigen – die Liebe!'" (1. Kor. 12,31)

„Bravo!" rief Frau Loschmann. – „Herr Lehrer, wir kommen heute Abend nach Tisch zu Ihnen hinüber, wenn Sie wieder schreiben und uns gerne die Anwesenheit erlauben. Dann wollen wir hören, ob die lieben Himmlischen nicht auch uns etwas zu sagen haben!"

Damit waren nun Liebhardt wie auch Pfarrer Loschmann sehr von Herzen einverstanden. Und man schied mit einigen fröhlichen Worten.

Auch dem Pfarrer war es recht, dass die denkwürdige Unterredung durch die Schlussworte seiner Frau diesen aufs praktische Erfahren gerichteten Ausgang genommen hatte.

28. Kapitel

Am Abend fanden sich denn also die nachbarlichen Freunde im Schulhause wieder zusammen und saßen bald in bester Eintracht beim Lampenscheine um den gemütlichen runden Tisch des Wohnzimmers.

Lydia hatte die Stube, wie immer, peinlich in Ordnung gebracht, und im ganzen Heime atmete ein wohltuender Friede. Die Kinder schliefen im Nebengemache. Und nichts störte die Harmonie des kleinen Kreises.

Liebhardt legte sich einen Schreibstift und einen Block mit Schreibpapier zurecht. Und dann bat er allen Anwesenden, die in bequemen Stühlen Platz genommen hatten, sich zu sammeln und den himmlischen Vater still im Herzen zu bitten, ihnen heute Abend durch Seine Diener etwas so recht Wichtiges und Aufbauendes kundtun zu wollen.

„Hätten Sie irgendeine Sie besonders bewegende Frage, welche Sie gerne vom himmlischen Standpunkte aus beleuchtet sehen möchten?" wandte er sich an das Pfarrersehepaar.

„Wenn ich einen Wunsch äußern dürfte", sagte mit zaghafter Stimme Frau Gertrud Loschmann, welche sich in furchtsamer Erwartung dicht neben ihren

Mann gesetzt hatte, „so würde es mich am meisten interessieren, nun einmal einen wirklichen Geist, das heißt also einen verstorbenen, abgeschiedenen Menschen, reden zu hören über das, wie es ihm im Jenseits geht und wie und wo er sich jetzt befindet. Das müsste, wenn es wirklich solch eine Kundgabe gibt, doch wohl auch für meinen Mann das Überzeugendste sein! Besonders wenn er es hier so gleichsam handgreiflich und unmittelbar vor Augen sieht."

„Wir haben ja", sagte Lehrer Liebhardt, „durch die Erzählungen unserer Schutzgeister schon verschiedene und sehr ausführliche Berichte dieser Art gehabt. Und so denke ich, dass Ihrem Wunsch an sich wohl nichts entgegensteht. Ob es freilich in des Herrn Wille liegt, auf diese Weise uns auch heute Abend zu belehren, das müssen wir Ihm anheimstellen. Und so wollen wir in Ruhe abwarten und dankbar alles annehmen, was Er uns schickt."

Während Liebhardt noch so redete, ergriff er den Schreibstift. Dann legte er die Hand auf das Papier. Und in lautloser Stille harrte alles mit tiefem Ernst, was der Himmel verfügen würde.

Plötzlich setze sich der Stift in Bewegung. Und Liebhardt schrieb in mäßig schnellem, ununterbrochenem Zuge Worte voll Friede und Güte, welche er gleichzeitig mit ruhiger Stimme wie auf Vorsagen aussprach:

„Ihr lieben Teuren kommt in Zweifeln in dieses Haus, um über die tiefsten und wichtigsten Fragen des Lebens Klarheit zu gewinnen. Ehrlichem, ernstem Suchen und Forschen kommt des himmlischen Vaters heilige Liebe gerne entgegen. Hat Er doch verheißen: ‚Suchet, so werdet ihr finden! Klopfet an, so wird euch aufgetan!' (Mt. 7,7) - Und so ist es uns auch heute gestattet, auf eure Bitte euch zur Belehrung einen Geist der unteren Sphären vorzuführen, der soeben unter gar merkwürdigen Umständen aus dem irdischen Leben geschieden ist. Sein Schicksal wird euch umso tiefer berühren, als er vom irdischen Dasein her zwar nicht dem Schreiber, wohl aber den beiden Gästen bekannt ist. - Wir werden nun zurücktreten und den Geist selbst zu euch reden lassen!"

Nach kurzen Warten kam nun in einem etwas anderen Ton und Fluss der Rede aus der geistigen Welt eine Kundgabe, welche die anwesenden Hörer in das größte Erstaunen versetzte.

„Ach Gott" - so lauteten die von Liebhardt mit lebhafter innerer Erregung ausgesprochenen Worte - „was ist denn mit mir geschehen!? Ich bin ja ein erschrecklicher Zerstörer und Hinmorder meiner ganzen Familie!

Da liegt mein Weib – fast kenne ich es nicht mehr! - Und da mein Kind, das einzige Glück meines Herzens! - Zu allem Unheil brennt auch noch das Haus mitsamt dem reichen Warenlager! - Ein Flammenmeer hüllt mich ein! - Der Wald wird bald auch ein Raub des Feuers sein! - Zu Hilf, zu Hilf, ich bin verloren!

Ach Gott, wie kam das nur?! - Durch den unglücklichen Motor ging's an! - Du Zeit, du Zeit! - Es schien doch alles schön zu stimmen – und plötzlich schlug die Flamme aus dem Innern der Maschine, ergriff meine Kleider. Ich stürze ins Freie, meine Frau rufen. Sie kommt löschen, fängt selbst Feuer. Wir stürzen ins Haus zum Wasserhahn. Da tut's einen furchtbaren Knall, der Motor fährt in Stücke und die Halle steht in Brand! Das Feuer züngelt mit Blitzesgeschwindigkeit ins benachbarte Wohnhaus über, und mein Weib schreit: ‚O Gott, das Kind schläft auf der Veranda!'

„Herr des Himmels!" sagte da mit entsetzter Stimme dazwischen hinein Frau Loschmann zu ihrem Gatten - „Das wird doch nicht dein Vetter Hermann in Mühlbach sein!? Der hat ja immer solch eine Geschichte mit seinen Erfindungen!"

„St! - Still!" beschwichtigte Pfarrer Loschmann,

dem Ton seiner Stimme nach innerlich selbst ebenfalls sehr erregt – „Nicht unterbrechen! - Wir werden es ja sehen!"

Und Lehrer Liebhardt fuhr fort zu schreiben und zu sprechen:

„ . . . Brennend eilt sie hinauf, ich hinten drein. Großer Gott, wie ist denn das Weitere geschehen? Ich weiß gar nicht mehr, wie es ging! Die Veranda stand, als ich hinaufkam, wohl schon in Flammen. Zuletzt sah ich nur noch mein brennendes Weib mit dem Kind in den Armen. Und dann war alles aus und nur noch Flammen, Flammen und – der Tod!"

„Er ist's, er ist's, Heinz, - du wirst es sehen", flüsterte Frau Loschmann ganz entgeistert zu ihrem Gatten.

„ . . . So zerrann mir", fuhr die Stimme des Mittlers Liebhardt fort, „mein Glück und mein Traum! Zuerst war es der Unglücksmotor, an dem ich seit Jahren gearbeitet habe bei Tag und Nacht! So rächte es sich, dass ich Weib und Kind vergaß und mein ganzes Vermögen opferte, diese Maschine des Verderbens zu bauen, die Menschen ersetzen sollte – und, wie ich wusste, sie brotlos machen würde! Zerstört hat sie nun mein eigenes Heim!

Herr, Gott, was nun? - Was nun? - Warum lebe ich noch? - Warum hat die Maschine nicht mich zerrissen, der ich doch an allem schuld bin!? Warum die Frau und das arme Kind in den Flammen begraben – und mich, den Schuldigen, zu Reue und ewiger Qual am Leben erhalten!? - Wo ist da ein Gott, ein gerechter Richter?! - Nichts ist's mit dem Glauben! Alles Gerede von einem Gott im Himmel ist Trug! Wenn Gott mein Weib und Kind mir zur Strafe nahm, so frage ich ihn, zu welchem Zweck ließ er sie solche Qualen leiden? Warum hat er die gute Mutter verbrannt, die, ihres Lebens nicht achtend, unsern Jungen, unser Kind retten wollte – und nun den unsagbaren Schmerz empfinden musste, in den eigenen Armen ihren Liebling haltend, zu verbrennen!

Zu einem Gott von solcher Grausamkeit kann ich nie, nie wieder beten! - Er mag sein oder nicht – ich verachte ihn, ich hasse ihn! Er hat mein Glück für immer vernichtet und mich zum ewigen Feind sich gemacht! Um Gnade ihn bitten, wäre die größte Schmach! Eine Schande, wahrlich eine Affenschande wäre dies!"

„Das ist ganz Vetter Hermanns Gesinnung!" warf hier Frau Loschmann wieder ein.

„So gib doch endlich Ruhe!" warnte der Pfarrer mit Nachdruck, die zitternde Hand der Gattin in seiner warmen Rechten bergend.

„ . . . Mein Haus, mein Motor, mein Geld zum Teufel! - Weib und Kind ade!" so lauteten Liebhardts Worte weiter - „Mit mir ist's aus! Für mich ist nur eine Kugel noch gut! - Wo aber bring' ich den Schießkolben her? - Zum Henker! Ist denn das alles nur ein Traum?

He – he – Alwine!"

Da, - wie ein elektrischer Schlag fuhr's bei diesem Namen durch den Pfarrer und seine Frau. –

„,Alwine' - hast du's gehört!?" rief sie - „das ist ja ihr Name – so heißt doch seine Frau!"

„ . . . Wach auf!" schrieb und sprach Liebhardt weiter. „Es ist doch Tag, wenn auch noch dunkle Dämmerung! - Zu Hilf! Zu Hilf! - Da brennt's ja – lichterloh! - Beim Himmel, Alwine, wach auf! Das Kind vor allem hinaus! Auch den Hund lass raus! Das Tier verbrennt! Zu Hilf! Zu Hilf! Hörst du denn nicht! Alle Wetter, schläft die! - Auf! Auf! Das ganze Haus steht in Flammen!

Bei Gott, das ist kein Traum! Das muss doch Wahrheit sein! - Doch wie versteh ich das: der Qualm erfüllt den ganzen Raum, längst bin ich verbrannt bis auf die Knochen – und dennoch lebe, denke, rede ich! - Wie kommt denn das!? Wie erklärt sich das!? Zum Kuckuck, das geht doch nicht mit rechten Dingen zu! Da muss doch was dahinter stecken! - Ist denn die ganze Welt verhext?!

Her eine Schelle und mal Lärm gemacht, dass endlich jemand kommt und mir sagt, ob ich lebe, träume oder tot bin! -

Um Gottes Willen, da schellt's ja fürchterlich! - Das sind ja Glocken – Glocken wie wenn's brennt! - Alles rennt herzu und schreit: ‚Feuer, Feuer!' - Herrgott, was für ein Lärm! - Und ich lieg' da – und die Alwine schläft mitsamt dem Kind!

He, herbei! Herbei ihr Leut! - Hierher zu mir! - Da unten liege ich! - Der Motor ist in die Luft geflogen! Das Haus ist eingestürzt über uns! - Rettet, rettet nur erst meine Frau und mein Kind! Ich bin ja geborgen und lebe!

Ah, das ist ja entsetzlich! - Die Balken krachen! - Mir drückt's den Brustkorb ein! - Ich verliere die Luft! - Zu Hilf, Zu Hilf! Zu Hilf! - Die Luft geht aus! Mein Gott – die Luft - ich bin verloren! Es atmet sich fast nicht mehr, es ist rein zum Ersticken! Und doch lebe ich noch immer – und wie merkwürdig leicht ist mir zu Mut!

Ihr Leute macht vorwärts! Was treibt ihr denn? Geht her, räumt hier den Schutt zur Seite und holt mich raus!

Was!? - Beim Henker, die großen Esel lassen den Brand wüten, wie er will, und rennen nach dem Wald! Der Wald – natürlich ist ihnen viel wichtiger als ein paar Menschenleben! Elende Bande! Mein Weib, mein Kind lassen sie kaltblütig verbrennen und mich unter den Trümmern ersticken! - Mordbande, verfluchte! - So eine Gemeinheit! - Mir soll aber nur einer noch kommen und um Arbeit bitten – ich schmeiß ihn hinaus und will lieber die Bude schließen, als solch ein Hundsvolk weiter ernähren! - Zum Henker mit dem dreckigen Pack! - Ha, wenn ich die Kerle erwische, wenn ich wieder ans Tageslicht komme! Dann wehe, ihr gemeinen Halunken!

Ach Gott, es ist wirklich kein Traum! Es ist alles nur zu schreckliche Wahrheit! - Nur dass ich lebe, das nimmt mich Wunder! - Es muss doch immer noch Luft hier sein! - Und doch liege ich ganz in glühendem Schutt! - Ist denn das am End' gar - die Hölle?! - Es sieht fast so aus! Es ist ja doch rein nicht möglich, dass ein Mensch in solch einer Glutlava lebt! - Ich bin wirklich schon tot!

Ah, das ist doch zum Aus-der-Haut-fahren, wenn ich nur noch eine hätte! Aber da ist doch reell nichts mehr da als Asche und Knochen! Was sag ich Knochen?! Nicht einmal das – ein Häuflein Staub! - - Und dennoch - leb' ich!

Ist denn sowas überhaupt möglich? - Ohne Leib immer noch leben? - Das ist doch einfach ein Blödsinn!

Also ist dies doch alles nur ein Traum!

Alwine, he! Alwine he! Alwine! - Ein Glas Wasser oder einen ganzen Kübel her über mich! Her! Dass ich aufwache! - Ich träume! - Ich muss ins Geschäft! Die Luder treiben mir Unfug. Das ganze Werk steht still und mein Geld geht drauf!

Alwine, her, ein Wasser! - Ich liege in vierzig Grad Fieber! - Ich verbrenne! - Himmel! Geh doch her, dummes Weib! - Hört denn kein Mensch, wenn da einer stirbt!? - Heiliger Gott, wie ist mir?! - Rein zum Heulen ist alles!

Jetzt steh ich aber auf! Koste es was es wolle, ich muss heraus! -

So, jetzt bin ich da! - Aber wo ist denn der Ledermantel? - Der ist ja total verbrannt! - Und da stinkt's wirklich nach Feuer und Rauch, dass Gott erbarm! - Ich bin wirklich verrückt! - Und kein Mensch um den Weg zur Hilfe! - Mein ganzer Anzug ist verbrannt – und meine Hände – beim Himmel, was ist denn das?! - Das sind ja - Aschenhände! - Grau – grau – ein reines Pulver! – Und weiß Gott – der ganze Leib! – Ja, ich bin wirklich verhext – verhext und verrückt!

Das kann doch bei Gott und allen Heiligen nicht sein, dass ich zu Asche verbrannt bin – und noch lebe! Da muss ich doch Alwine fragen, ob das möglich ist! Sie geht ja in die Stunde zu den Spiritistengenossen. Da muss sie's doch wissen!

He, da kommt sie ja endlich! – Gott sei Lob und Dank! Wo steckst denn du so lang? Das ist doch ein starkes Stückchen, den Mann einfach liegen zu lassen, wenn er am Fieber fast vergeht! . . . Ich träumte, der Motor sei explodiert und alles kaputt. Du und der Kleine seid verbrannt, und ich unter den Trümmern des brennenden Hauses verschüttet. Es war kein Vergnügen, kannst mir's glauben! – Und ich rufe und schelle nach dir und du kommst einfach nicht! Das ist doch eigentlich eine Rohheit!

. . . Was sagst du da? – Du seiest auch verbrannt?! – Du und Friedchen – (wieder fuhr bei diesem Namen Frau Loschmann zusammen und Pfarrer Loschmann griff sich an die feuchte Stirne) – unser Kind auch? Beide seid ihr tot?! – Und ich – auch! – Ha, das ist doch nicht möglich! Ich atme, denke und rede doch noch! Und du selbst gehst da hin und her! – Lass mich dich doch fühlen! Ist denn deine Hand auch von Asche? – Christus Jesus! – Was ist denn das!? – Alles – Asche! – Graue Asche!

. . . Und unser Friedchen?! – Was ist mit dem? – Herrgott, schau doch nach! Steh nicht da wie eine Bildsäule! Mein Friedchen, mein Friedchen – ist er auch verbrannt?! – Ist er auch ein Aschenhäufchen?

. . . Mein Gott, du schweigst und weinst! – Wir alle leben nicht mehr, wir seien alle verbrannt und tot!? Das geht doch gar nicht! – Aschenhäufchen haben doch kein Leben! – Und Seele, Geist – das gibt's doch nicht! – Geist ist Wille. Und der Wille wohnt im Kopf. Und wenn der Kopf verbrannt und Asche ist, kann er nicht mehr denken, reden und wollen! Das ist doch klar wie die Sonne! - Alles andere ist Gefasel! - Deine dummen Spiritisten haben dir den Kopf verdreht!

Aber ich will dir was sagen: Es geht heute doch nicht, dass ich ins Geschäft gehe. Ich muss ins Bett! Ich hab' wirklich Fieber! - Ich schlafe mich mal kräftig aus. Ja, ja, mal schlafen, tüchtig schlafen, dann ist alles wieder gut!"

Nach diesen Worten stockte Lehrer Liebhardts Schreib- und Redefluss. Er legte nach einer kurzen Weile des Wartens den Stift weg und sagte: „Für heute ist es Schluss! - Morgen geht es, so Gott will, weiter."

Tief erschüttert saßen alle vier Zirkelteilnehmer da. Lydia trocknete mit dem Taschentuch die Tränen, die reichlich über ihr Gesicht geströmt waren. Frau Gertrud Loschmann hatte sich ganz in ihren Mann verkrochen und schaute mit Furcht und Schreck in dessen Gesicht, gespannt, was er nun zu dieser entsetzlichen, aber für sie beide so lehrreichen Enthüllung sagen werde.

Lehrer Liebhardt, dachte sie, hat doch die Verhältnisse des Vetters und die Namen seiner Frau und seines Kindes ganz bestimmt nicht gekannt! - Das ist ja aber furchtbar, wenn es so im Jenseits beim Tod eines Menschen zugeht!

Endlich fand Pfarrer Loschmann, zwischen Daumen und Hand die Stirne pressend, die Sprache wieder. Wenn auch noch stammelnd und stockend, sagte er zu Liebhardt gewendet:

„Das ist ja nun alles freilich höchst sonderbar und klingt wirklich ohne Zweifel – sehr überzeugend. Und ich habe natürlich ja auch nicht den geringsten Verdacht, dass dies alles bewusst aus Ihnen selbst käme und ein Produkt Ihrer eigenen Phantasie und Erzählkunst wäre. Aber sind Sie denn auch ganz gewiss, lieber Freund, dass diese Sache nicht aus Ihrem sogenannten Unterbewusstsein stammt, jenem geistigen

Sammelbecken der Seele, in welchem, dem wachen Menschen unbewusst, alle Eindrücke, Gedanken und Empfindungen aufbewahrt werden, welche die Seele je in dieser Welt einmal gehabt hat!?"

„Da kann ich nur so viel sagen", entgegnete Liebhardt, „da ich diese Gedanken, die da in mir aufstiegen und welche ich vor Ihnen niedergeschrieben und ausgesprochen habe, mein Lebtag nie auch nur im entferntesten selbst gedacht habe. Die kommen nicht aus mir – weder aus dem Bewusstsein noch aus dem Unterbewusstsein meiner Seele. Aus dem Unterbewusstsein können gehabte Eindrücke und Gedanken auch wohl nur als leise, bunte Bestandteile aufsteigen, so wie in diesem geistigen Sammelbecken oder Archive von den Registraturkräften der Seele aufbewahrt werden. Aber ohne bewusste Arbeit des Menschengeistes wird aus diesen Bestandteilen sicherlich nie ein sinnvolles Ganzes – wie hier in dieser uns heute Abend zugegangen Schilderung! - Und somit glaube ich bestimmt nicht, dass diese sonderbar lebendige, in sich höchst logische und klare Darstellung ein Produkt meines Unterbewusstseins wäre!"

„Natürlich nicht!" sagte Frau Loschmann lebhaft - „Wie hätte denn Herr Liebhardt in seinem Unterbewusstsein die Namen von Alwine und Friedchen wissen sollen!?"

„Du kannst ja noch durchaus nicht mit voller Gewissheit sagen, dass es wirklich unser Vetter ist, um den es sich da handelt!"

„Das werden wir ja noch im Folgenden sehen" schloss Lehrer Liebhardt mit ruhiger, zuversichtlicher Stimme die Aussprache. - „Dass hier wirklich unsichtbare, übersinnliche Wesen im Spiel sein müssen, werden Sie sich schon noch vollkommen überzeugen. - Auf einen Axthieb fällt ja, wie das Sprichwort sagt, nie ein Baum!"

„Und besonders kein so alter, knorriger!" sagte Frau

Gertrud scherzend, indem sie ihrem Gatten einen leichten Schlag auf die Schulter gab. - „Wir wollen nun aber für heute gehen und Ihnen Ihre gesegnete Nachtruhe nicht länger stören. - Uns wird das Gehörte ja nun heute noch lange beschäftigen und nicht zum Schlafen kommen lassen. Denn diese Sache – das sehe ich – ist auch für meinen Mann ein höchst rätselhaftes Geheimnis, das wir mit des Herrn Hilfe uns erschließen müssen, koste es, was es wolle!"

„Nehmen Sie auf alle Fälle", sagte Pfarrer Loschmann, den Lehrersgatten die Hand drückend, „unsern herzlichsten Dank! - Und erlauben Sie uns, morgen um diese Stunde wieder zu Ihnen zu kommen und weiteres zu vernehmen!"

„Sehr gerne", erwiderte Liebhardt – „es wird uns die größte Freude sein, auch Sie beiden lieben Freunde in das Reich des Lichtes und der Liebe einführen zu dürfen, in welchem wir selbst nun schon so viel Seligkeit finden durften."

Damit verabschiedeten sich die beiden Ehepaare. Und die Pfarrersleute gingen tief in Gedanken versunken ihrer Heimstätte zu.

„Siehst du", sagte Frau Gertrud, als sie das Pfarrhaus aufschlossen, „es ist doch wirklich wie der Dichter sagt: Es gibt gar sehr viel mehr zwischen Himmel und Erde, als ihr gelehrten Herren euch träumen lasst!"

29. Kapitel

Kaum war am anderen Abend die bestimmte Stunde gekommen, da verließen Pfarrer Loschmann und seine Frau schon wieder ihr Haus und wanderten eilends der Wohnung des Lehrers zu.

Frau Lydia empfing sie auf der Treppe mit großer Freundlichkeit, nahm den Asternstrauß, den sie mitbrachten, herzlich dankend in Empfang und führte die Gäste ins dämmerige Wohnzimmer, wo schon die Lampe brannte.

Da Liebhardt noch einiges für den am andern Tag zusammenkommenden Kirchenchor zu besorgen hatte, setzte sich Lydia mit Frau Gertrud auf das Sofa, während der Pfarrer in einem bequemen Ledersessel Platz nahm.

„Was haben Sie nun gestern für Eindrücke mit nach Hause genommen?" fragte Lydia begierig - „Wie denken sie über die Sache? - Mir wurde ein wenig bang, ob Sie wohl alles auch so auffassen und ansehen wie wir."

„Oh, wenn Sie wüssten, Frau Lydia", sagte Frau Loschmann, „wie uns dieses Erlebnis bewegt! Meinen Mann fast noch mehr als mich! Er hat heute Morgen sofort an unsern Vetter geschrieben – den Namen und seinen Wohnort wollen wir Ihnen nicht sagen, damit Ihr Mann von keiner Kenntnis irgend beeinflusst wird. - Wir sind nun aufs höchste gespannt, was wir da für eine Nachricht bekommen und sind innerlich schon auf das Schlimmste gewappnet. Die Örtlichkeit, soweit sie gestern Abend beschrieben wurde, die Motorenhalle, das benachbarte Wohnhaus, die Fabrik und der nahe Wald – das stimmt ja alles – ebenso wie der Name der Frau und des Söhnchens sowie die Gesinnung des Vetters. - Gott im Himmel, das ist ja alles so überaus sonderbar und bedeutungsvoll! - Auch mein Mann ist ganz benommen und kann es sich rein gar nicht erklären!"

„Es ist wahr", sagte Loschmann, indem er mit beiden Händen leicht auf die gepolsterten Stuhllehnen schlug, „je mehr man über diese Geschichte nachdenkt, umso merkwürdiger wird sie einem! - Aber es kann doch nicht sein, dass da ein Geist herkommt aus dem Jenseits und uns vorplaudert, wie's ihm geht, und wie's ihm drüben zu Mut ist! Das ist doch rein unmöglich! Da müsste man doch schon lange ein genaues, wissenschaftlich festgestelltes Bild davon haben!"

„Jetzt sprichst du ganz genau", rief lächelnd mit einem gewissen Eifer seine Frau, „wie jener unselige Geist gestern Abend, der nicht glauben konnte, dass er schon gestorben war, da er ja doch lebte! Auch der sprach, das ist doch rein nicht möglich, das kann doch wissenschaftlich gar nicht sein, dass einer noch denkt und redet, wenn sein Leib Asche ist!"

„Ja, das ist fürchterlich", sagte Lydia, „dass viele Verstorbene es lange Zeit gar nicht wissen und glauben, dass sie aus dem irdisch-leiblichen Leben abgeschieden sind! In ihrem erregten Traumzustande meinen sie noch immer in ihrer alten, gewohnten Umgebung zu leben. Und es braucht oft viele Mühe für die Engel Gottes, bis sie diese Unglücklichen nur wenigstens davon überzeugen, dass sie nun irdisch gestorben sind."

„Ja, entsetzlich ist das", bestätigte Frau Gertrud, „in welchem Wahne hier wie dort, im irdischen wie im jenseitigen Dasein die Menschen leben! Und man hat wahrlich Anlass, sich so früh wie möglich volle Aufklärung über alle nach dem Tode uns erwartenden Verhältnisse zu verschaffen!"

Bei diesen Worten trat der Lehrer Liebhardt, eine Zeitung in der Hand, aus seinem Arbeitszimmer in die Wohnstube, begrüßte die Angekommenen herzlich und setzte sich zu ihnen.

„Da habe ich", sagte er, die mitgebrachte Zeitung entfaltend, „im Abendblatt soeben eine Zeitungsnachricht gelesen, die merkwürdig an die gestern empfangene Botschaft erinnert! - Hier steht unter 'Nachrichten': „Aus Mühlbach: Gestern Abend brannte infolge einer Explosion das Fabrikanwesen und Wohnhaus von H.F. Ziegler nieder."

„Heinz!" schrie Frau Loschmann auf und fasste nach ihrem Gatten - „Siehst du, er ist's - unser Vetter Hermann!"

„Wahrhaftig!" sagte Loschmann und griff nun ebenfalls ganz bestürzt mit beiden Händen nach der Zeitung.

„Der Besitzer", fuhr Liebhardt mit gesenkter Stimme zu lesen fort, „wurde samt Frau und Kind unter den brennenden Trümmern begraben und fand mit ihnen den Tod."

„Entsetzlich!" stammelten die beiden Pfarrersgatten in das Zeitungsblatt starrend - „Das ist ja eine furchtbare Sache!"

Die ganze, kleine Gesellschaft war tief betroffen. Der Pfarrer aber sprang von seinem Sessel auf. „Lassen Sie uns nun sogleich weiter hören, meine Freunde, was da alles noch geschehen ist", sagte er rasch, mit wahrem Feuereifer alle drei Anwesende nach dem runden Tisch drängend.

„Aber du, Gertrud", setzte er zu seiner Frau gewendet hinzu, „rede diesmal nicht so viel dazwischen! Das stört ja doch sicher im höchsten Grade!"

„Oh", meinte Liebhardt, „das ist nicht so schlimm! Das Zwischenreden oder Fragen, wenn es mit gutem Sinn geschieht, ergibt oft merkwürdige und sehr aufschlussreiche Antworten. Die Jenseitigen sind nicht so rasch aus dem Konzept zu bringen!"

„Immerhin, immerhin!" sagte Loschmann eifrig - „Sie sollte das unnötige Zwischenrufen lassen! Wir wissen ja nun, um wen es sich handelt und wer da zu uns redet!"

„Gewiss! - Ich will mich denn auch zusammennehmen!" versprach Frau Gertrud.

Und alles eilte nun zum Tisch unter der Lampe.

Liebhardt nahm wiederum vor seinem Schreibblock Platz. - In tiefem Ernste sammelten sich alle in ihrem Innern und baten die himmlischen Mächte um einen weiteren, recht lehrreichen Aufschluss.

Und in kurzem begann der in stilles inneres Lauschen versunkene Mittler zu schreiben und zu sprechen:

„Seltsame Geschichte das! - Immerzu schlaf' ich! - Aber ein rechter Schlaf ist das nicht.

Wenn das so weitergeht, dann kann's ja recht werden! - Alwine, hör mal, wie ist denn das bei den Spiritisten? - Ist da je wirklich einmal ein Geist gekommen und hat euch gesagt, dass er noch lebe ohne einen wahren Leib? - Es ist doch wissenschaftlich gar nicht denkbar, dass eine Kraft sich äußert ohne Stoff! ... Hätt' ich doch auch mal bei euch den Hokuspokus studiert und eurem Zeug auf den Grund geschaut! - Um dir aber jetzt zu beweisen, dass ich lebe, und zwar auf der Erde - als Mensch, nicht als Geist in der Hölle - lass mich nun mal aus dem Bett und auf die Füße stehn!

... Schau, da bin ich! - Aber Teufel, was ist denn das!? - Unter mir kein Boden! Ringsum Luft, nichts als Luft!? - Eh, was ist denn das mit mir!? - Glaub, ich bin doch auf dem Weg ins Jenseits!? - Ein Gefühl ist das, in der Luft zu schweben wie ein Blatt im Wind ohne Stand und Halt! - Ha! Wetter! Einen Stuhl oder wenigstens ein Brett! Ich versaufe ja im Nichts!

Hör Alwine! - Wo bist du denn?! - Fort!? - Nicht mehr da! - Alles weg! - Gott im Himmel, wie ist's da leer! Und wie scheußlich dunkel! Nirgends Licht für einen Pfennig! Finster, finster auf allen Seiten! - Gibt's denn da keine Hilfe, keine Rettung mehr für mich?

O Gott, könnt man beten! Aber das geht jetzt nicht mehr, das ist jetzt zu spät! - Gibt's denn überhaupt einen Gott? - Ich weiß es ja nicht einmal und hab' mich auch nie darum gekümmert.

Es wäre aber doch wirklich gar zu gemein, mich ewig in dies dunkle, scheußliche Loch zu sperren für mein geringes Vergehen, das ich nicht glaubte! - Das kann doch ein Gott nicht machen!

Ich will doch mal um Hilfe rufen, ob niemand kommt und mich erhört! - He - Hilfe! Hilfe! Hilfe! - Ist wo ein Gott, so komme er her und sei mir elendem

Sünder gnädig! ... Ich will mal warten! - Es muss sich doch wohl etwas zeigen! ---

... Aha, da geht die Türe auf! - Wer kommt denn da? - Ein alter Mann! - Potz Tausend, das ist ja der verstorbene alte Spiritistenonkel! - Herrje, der wird sich freuen, wenn er mich in diesem Käfig findet!

Nun, guter Mann, was sagen Sie jetzt über das ewige Leben? - Ist das auch ein Zustand?! - Und wie geht's denn Ihnen? Sind Sie auch im Loch? - Oder etwa im Himmel? - Sehen mir grad nicht so aus! Sind ja blau vor Kälte! -- Ach, Sie armer Teufel, Ihnen geht's wohl noch schlechter als mir!? - Kommen Sie nur zu mir rein! Auf der Welt, im Leben, hab' ich Sie ja freilich nicht schmecken können. Nehmen Sie mir's nicht übel! Ihre Geistergeschichten waren mir zu dumm und Ihre Einbildung zu groß. Lieber hielt ich's mit der Kirche als mit solchen Konventikeln.

Was ist denn nun aber jetzt mit dem sogenannten Jenseits? - Haben Sie recht behalten, oder ist alles ein Humbug, was Sie da verzapft haben im spiritistischen Kreis?

... So, so, Ihnen geht's gut!? - Aber was frieren Sie dann so? - Weil Sie selber auch im Himmelreich ein armer Teufel sind!? - Haha, das ist ja doch zum Lachen, so ein Himmel für die Frommen - und für die Gottlosen so eine Hölle! - Hier sollte doch wenigstens ein Feuer brennen, dass man auch sieht und spürt, hier ist die Hölle! - Und wenn einer vom Himmel herunterkommt, sollte er doch nicht klappern vor Kälte! ... Wie? Was sagen Sie? - Hier sei es kalt!? - Ich spüre nichts, mir ist ganz warm und wohl in dieser Hölle! ... Soso, Sie meinen das geistig?! - Darum friert Sie's bei mir - weil mir die rechte Liebe fehle! - Nun ja, nun ja: Gott sei's geklagt, in meinem Leben hab' ich außer mir und Friedchen wohl keinen Menschen gern gehabt. Nicht mal mein Weib so recht. Sie war mir zu fromm und zu dumm. Nur meine Maschinen hab' ich geliebt und, glaub' ich, das Friedchen, meinen Jungen, auch nur, weil ich gedacht, dass er dies alles Mal erst so richtig heraufbringe, was ich da angefangen hatte.

Ja, ja, da haben Sie schon ein bissel recht! Viel Liebe gab's bei mir für das Menschenpack nicht. Mir hat aber in meinem ganzen Leben der Liebe Gott auch nicht viel Liebe erwiesen. - Ich bin als Waise aufgewachsen in einer Anstalt, wo's fürchterliche Prügel und wenig Brot, dafür wohl aber harte Arbeit gab und leere Sprüche von den scheinheiligen Leitern. Nachher kam ich in die Lehre zu einem Kaufmann, der mich abermals hungern und schuften ließ. Von Liebe auch hier keine Spur! Und so ging's fort, bis ich mir selbst eine Lebensstellung schuf mit meinem Geschäft. Da hat der liebe Gott mir auch nicht ein bisschen geholfen. Selbst hab' ich alles schaffen müssen mit Sorgen und Mühen bei Tag und Nacht! Ja, wäre mal da ein Wunder passiert, das wäre was anderes! Aber nichts davon! Ein Jahr ums andere nur Müh und Last!

Und da kommen Sie, guter Mann, und sagen, ich hätte Den lieben sollen, der sich nicht um mich bekümmert hat? Ah nein, das kann er nicht von mir verlangen! Ich bin mir keiner Schuld bewusst gegen solch einen Gott! Mir kann ein Vater gestohlen werden, der sich nicht kümmert um sein Kind, das er in diese Welt gesetzt hat und das er wie ein Tier sich schinden und abrackern lässt! ..."

„Unseliger Mensch", sprach da durch den Mittler Liebhardt eine andere, tiefernste, himmelsklare Stimme, „was redest du da zusammen?! Wer hat dich werden lassen und dir die Gaben des Verstandes gegeben, mit welchen du dich aus der bitteren Armut zum Wohlstand und Reichtum erheben konntest! Du weißt, dass du sie dir nicht selbst gegeben hast! - Und wer gab dir die Willenskraft, durch alle Schwierigkeiten dich hindurchzuringen? Siehe, auch diese gab dir dein Schöpfer! - Und dass Er dich so kämpfen und ringen ließ, kannst du dir dafür nicht die guten Gründe denken? Wird denn ein Wille stark, der sich im Kampfe nicht übt?! Und schärft sich ein Verstand, den man nicht gebraucht!? - Siehe, diese Fragen allein müssen dich doch stutzig machen! - Wie hättest denn du deinen Sohn erzogen im reiferen Alter, wenn er der Sorge der Mutter entwachsen wäre? Hast du nicht oft gesagt, dann muss er hinaus, ganz auf sich selbst gestellt, und sich auch so wehren, wie du es musstest?! Wie sprachst du doch so oft voll Stolz zu deinem Weib von deiner harten Lebensschule, wie gut sie dir trotz allem bekommen sei und wie du nur durch sie zum Geschäftsmann gereift worden seiest. Ja, schaue nur einmal zurück und sage mir, ob du die harte Schule missen möchtest!? O nein, du möchtest es auch heute noch nicht, weil sie dich erst zum Manne gemacht hat!"

„Herr", sprach nun die erste, unselige Stimme wieder, „wer sind denn Sie auf einmal da in unserer Gesellschaft? - Sie reden ja wie ein Buch! - Aber Recht haben Sie ja wohl! Und ich verstehe nun schon ein bissel besser das Elend auf der Welt. - Aber sagen Sie auch mal, wer Sie eigentlich sind und was sie von mir wollen!"

„Armer Freund!" - lautete die Antwort - „Wache endlich zum ewigen Leben auf und erkenne, wo du weilst! - Hier ist das Reich der Seelen, Geister und Engel. Und hier siehst du in unseren drei Personen alle Sphären vereint! - Du, eine arme Seele, lass dich erhellen und belehren von diesem Bruder, der dir bekannt ist von früher und der es herzlich gut mit dir meint! Er ist im Lichte, wenn auch noch nicht in den höchsten Sphären, und kann dir viele wertvolle Aufschlüsse geben, auch dir sagen, was du tun sollst und musst, um aus dem Dunkel ins Licht zu gelangen. - Amen! - So sei es! - Ich lasse euch hier und gehe wieder dahin, von wo ich gekommen." -

„Ah, war das doch ein merkwürdiger Herr!" sprach die Stimme des Abgeschiedenen nun weiter. - „Zerflossen ins Nichts, aus dem er kam! - Ich möchte nur wissen, war das ein Engel oder nur ein Traum?! - Schön war er ja wie ein Heiligenbild! Und Locken wie Licht und Gold! - Ah, und die Augen - hell wie der blaue Himmel! - Oh, den möcht ich immer bei mir haben, da wäre mir besser! - Ich bin doch hier in einem elenden trostlosen Loch! Da kann's dem freilich nicht gefallen! - Hör, du Freund, bring mich hier heraus, kostet es was es wolle! - Was muss ich tun, dass es mit mir besser wird?"

„Zuerst, mein Freund", ließ nun der spiritistische Geistesbruder sich vernehmen, „sieh einmal in dein Herz, ob es dem Engel, der da so voll Liebe zu dir kam, gefallen kann?"

„Ach nein", entgegnete der Abgeschiedene, „das weiß ich wohl, vor diesem Blick aus solchen Himmelsaugen bin ich ein elend Häuflein Dreck! Da fehlt's an allem, vorn und hinten! Mit dem kann ich mich niemals messen! Dem sprüht die Liebe ja zum Angesicht heraus wie das Licht aus der Sonne! Da bin ich grad ein finsterer Klotz, nicht wert, dass mich ein Hund anpisst! - Ah, Freund! Auf, zu dem Engel! Er muss mir helfen! Den muss ich haben! Der ist meine Rettung! - Oh, Gott, was ist denn mit mir?! Mir wird ja so wohl, wenn ich bloß an den Goldgelockten denke! O jetzt auf einmal verstehe ich wohl von Liebe etwas! Das ist ja herrlich, herrlich, wenn man lieben kann! - Auf, Freund, zu meinem hohen Liebesboten! Ich muss zu ihm, dass er nur so ein wenig mich anschaut - da wird mir warm, da werde ich gesund!

Aber weiß Gott, das kommt mir doch auch wieder alles so unwirklich vor! - Sollte denn das doch alles ein Traum sein? Lieber Freund, bei allem, was wahr und heilig ist auf Erden und im Himmel - ich bitte dich, gib mir endlich Beweise - tatsächliche, handgreifliche Beweise, dass ich gestorben und im Geisterreiche bin und dass dies alles, was ich da sehe und was du redest, wahr und wirklich ist! Hör! Lass mich die Welt, die ich verlassen haben soll, noch einmal sehen und mit ihr meine jetzige Welt vergleichen! Dann mag es sein, dass ich mich von der Wahrheit deiner Worte überzeuge. Mein altes Heim und meine Fabrik und meine Familie lass mich wieder sehen! Das könnte mir Licht verschaffen!

. . . Ei schau! – Schon sehe ich ein verbranntes Gebäude! – Es ist die Halle des Motors und das Wohnhaus! – Die Fabrik steht noch halb! – Aber unter dem Schutt des Wohnhauses, was sehe ich da?! – Ah! – Ein verkohltes Skelett, wie das, welches ich an meiner Frau im Fieber oder Todestraume sah! – Und dicht dabei ein kleines, verbranntes Kinderskelett, ein Aschenhäufchen! – Mein Friedchen! – Gott, mein Gott, so ist es also doch wahr! – Meine eigene Leiche aber, wo ist denn diese? – Ich sehe sie nirgends! – Aha, die haben sie ja wohl schon herausgeholt und auf den Friedhof geschafft!?

. . . Ja – ja dort sehe ich den nahen Friedhof und ein frisches Grab! – Ich sehe auch auf den Grund des dunklen Erdloches – Und dort – wahrhaftig – dort liegt mein sterblicher Teil – als gräuliches Nichts voll Ekelgestank! – Ah! – Gott! – Was ist des Menschen irdische Pacht!? – Ein Häufchen Staub und Moder! . . .

Nach diesen Worten entstand im Schreiben und Sprechen des Mittlers Liebhardt eine kleine Pause. – Dann ging es weiter. Und in einem andern, ruhig-ernsten Tonfall kam das Schlusswort:

„Nun ihr Lieben – damit sind wir am Ende unserer Betrachtung des jenseitigen Geschickes dieser Seele angelangt, soweit dasselbe sich bis heute abgespielt hat. Der vom irdischen in das geistige Reich übergetretene Bruder wird nun, nachdem er sich von seinem leiblichen Tode überzeugt hat, sich leichter von seinen geistigen Freunden zum Lichte führen lassen, um einst, nachdem er die Kraft und Wonne reiner Himmelsliebe geschmeckt haben wird, durch tiefgründige

Erfahrungen ein neuer Bürger des ewigen Lebensreiches zu werden. - Beschließet nun hiermit diesen Abend und lasset das Gehörte in euch zu einem lebendigen Segen werden. - Amen für heute! Amen."

Wieder lag nach dieser eindrucksvollen Botschaft geraume Zeit eine lautlose Stille über den tiefbewegten Menschen. Keiner von den vieren mochte den wunderbaren Gehalt dieser Stunde durch ein irdisches Wort zerstören. Alles reden darüber schien eine Entweihung.

Wie arm und dürftig, wie schal und leer ist doch, so empfanden sie alle, das Wähnen und Treiben der Menschen des irdischen Alltags, die von jenen Dingen des unsichtbaren, geistigen Lebens nichts ahnen und nichts wissen wollen! Wie leben sie in den Tag hinein, sich nicht kümmernd um die Zukunft ihres ewigen Seins, ja nichts ahnend von den wahren Zielen des zeitlichen Mühens und Ringens.

Liebhardt fand zuerst wieder in die irdische Welt zurück. Er erhob sich vom Stuhle, faltete die Hände und sprach:

„Lieber, himmlischer Vater! Wir danken Dir, dass Du uns auch heute wieder in Dein heiliges, himmlisches Reich der Liebe einen so tiefen Blick hast tun lassen! Sei Du weiter bei uns und in uns, damit wir nun auch den guten Willen und die Kraft haben, Deinen göttlichen Worten und Mahnungen nachzufolgen. Dein Beispiel, das Du uns als Jesus auf Erden gegeben hast, sei uns ein heiliges, ewig leuchtendes Vorbild! Und so wollen wir diesen Tag beschließen mit der Bitte: Sei uns auch fürder gnädig und barmherzig und leite und führe uns auf Deinen Wegen zu dem hohen, uns von Deiner ewigen Liebe vorgesetzten Ziele! - Amen."

Alle fielen von ganzem Herzen in dieses Amen mit ein. Und ganz besonders Pfarrer Loschmann sprach es laut und feierlich.

Weiter redete der geistliche Mann an diesem Abende nicht mehr viel. Das Herz war ihm zu voll. Es wogte und stürmte in seiner Brust.

Drüben aber in seiner Wohnung, in der Schlafstube, warf sich Pfarrer Loschmann, bevor er sich zu Bett begab, in Gegenwart seiner Frau – was er bis jetzt in seinem ganzen Leben noch nie getan – auf die Knie, erhob die Hände und rief laut:

„Lieber Gott! Hilf mir armen Sünder und lass auch mich in Dein Lichtreich der Liebe und des ewigen, wahren Lebens eingehen!"

Tief erschüttert, aber seligst, schliefen die beiden Ehegatten Hand in Hand ein.

30. Kapitel

Nun kamen für das Pfarrhaus und das Lehrerhaus wunderbare Zeiten. Man kam jetzt öfter des Abends – schließlich jede Woche einmal – bald im Lehrerhaus, bald bei den Pfarresleuten zusammen und lauschte auf die Worte, die in so geheimnisvoller, beseligender Weise durch die teuren geistigen Freunde aus der andern Welt herübergelangten.

Mit der Zeit zogen die vier Eingeweihten noch etliche andere Männer und Frauen des Dorfes, die für dieses Licht aus den höheren Sphären reif erschienen, zu den Zusammenkünften bei – Menschen die es auch verstanden, dass diese Belehrungen nicht für alle Welt taugten, und welche deshalb auch das notwendige Schweigen zu wahren wussten, das erforderlich ist, damit die Perlen des Himmels nicht unter den Füßen Unverständiger in den Staub getreten werden.

So wirkte sich in dem Dorfe auf dem Wald die Sendung und Arbeit der Boten aus den Paradiesgefilden ganz in der Stille bedeutend aus. Die Menschen, welche auf diese Weise mit der göttlichen Wahrheit und mit der geistigen Welt in so unmittelbare, eindrucksvolle Berührung kamen, wurden ganz anders in ihrem gesamten Wesen. Da wusste man doch endlich, warum und zu welchem Zwecke man auf dieser Erde in diesem mühseligen und oft an Enttäuschungen so reichen Dasein lebte, was der Sinn und das eigentliche Ziel dieses Erdenlebens ist! Und man wusste nun auch ganz anders, worauf es eigentlich ankam, um jenes hohe, von Gott, dem Vater und himmlischen Herzensbildner gesteckte Ziel zu erreichen. Nur die gläubige, demütige, selbstlose Liebe zu Gott und allen Wesen kann zum Siege, zur Krone des ewigen Lebens führen! Daher gilt es denn, sich ohne Verzug auf diesen klar erkannten Weg zu machen – nicht nur in Worten und Gedanken – nein, auch in Taten!

Und so waren denn auch in dem geistigen Geschwisterkreise des Walddorfes die Mitglieder eifrig bestrebt, in einem liebereichen, sonnigen, allseits hilfsbereiten Wesen gegen alle Mitmenschen das wahre, unvergängliche Glück und Heil der Seele zu finden.

Für Lydia, die als innigste Liebesheldin und eifrigste Beterin stets eine Hauptstütze des ganzes Kreises war, gab es jetzt nur noch das eine schmerzliche Fühlen, dass von allen ihren irdischen Lieben noch ein Glied der Familie – die jüngste Schwester Sibylle mit ihrem Gatten, nicht in diesem seligen Lichte stand, dass diese beiden jungen Menschen noch draußen in der Welt, in den verderblichen Seelengefahren der Großstadt ziel- und steuerlos umhertrieben.

Die anderen drei Geschwister, welche im Alter zwischen Lydia und Sibylle standen, waren alle in den letzten zehn Jahren gestorben – zwei Brüder an der Lungenschwindsucht und eine Schwester nach ganz kurzer Ehe im ersten Kindbette.

So war also – da auch der älteste, einst nach Amerika ausgewanderte Bruder Albert schon im Jenseits weilte, von allen sechs Kindern Sauerbrots außer Lydia nur noch Sibylle mit ihrem Gatten im rauen und für sie noch gar finstern Erdentale.

Durfte man diese beiden jungen Leute sich selbst überlassen!? War es denn nicht eine dringende Liebespflicht, auch diese „Nächsten" aus dem Verderben in den Kreis des Lichtes, aus dem Lande des Todes in das Reich des ewigen Lebens zu retten!?

Es ließ dem sorgenden Herzen Lydias allmählich bei Tag und Nacht nicht mehr Ruhe. Und schließlich rückte sie einstmals vor ihrem Gatten mit der Bitte heraus, nach der Stadt zu reisen und die Schwester und ihren Mann aufzusuchen. Vielleicht ließ es sich bewerkstelligen, dass sie auf einige Zeit zu ihnen hierher kamen ins Schulhaus. Die beiden jungen, lebenslustigen Leute hatten ja keine Kinder in ihrer „Kameradschaftsehe", wie sie das Verhältnis nannten, in welchem sie miteinander nun schon seit drei Jahren lebten.

Natürlich gab Karl Gotthilf gerne die Erlaubnis, sodass Lydia schon in den nächsten Tagen reisen konnte.

Sie packte eine kleine Handtasche mit Reisezeug, um nötigenfalls in der Stadt ein paarmal übernachten zu können, und fuhr eines schönen Tages in der Morgenfrühe ab, nachdem sie sich der Schwester und dem Schwager mit einer Karte angemeldet hatte.

Am Bahnhof der Stadt erwartete und empfing sie Sibylle.

Fast hätte Lydia die Schwester nicht mehr erkannt. Das so schöne, rötlich schimmernde, kastanienbraune Haar war abgeschnitten. Ein jungenhaftes, frisches, lustiges Gesicht lachte ihr entgegen. Ein kurzes, knappes Kleid im lichtem Meergrün, mit weißen Aufschlägen, trotz der herbstliche Kühle ärmellos, zeigte und betonte mehr die reizvollen, schwellenden Formen, als dass sie ihnen einen Schutz vor der Witterung und vor begehrlichen Blicken hätte bieten können.

„Ja, bist du's wirklich!?" sagte Lydia.

„Und du", erwiderte Sibylle, „bist immer noch die

gleiche wie vor drei Jahren!? Ich glaube, ihr dahinten habt gar keine neue Zeit!?"

Damit schloss Sibylle die ältere Schwester lachend in die Arme, drückte und küsste sie mit Macht, griff zur Handtasche und drängte und schob die Erstaunte, ehe sie noch zur Besinnung kam, zum Bahnhof hinaus und in einen Kraftwagen.

„Wir fahren sonst nicht mit dem Auto", sagte sie, als die Fahrt im Gange war, in etwas gedämpfterem Tone, „es ist uns natürlich auch zu teuer. Aber heute ist ein Fest! Und das Leben muss man genießen!"

„Nun, und wie geht's denn deinem lieben Mann?" fragte Lydia, die sich ob der Geschwindigkeit der Fahrt und des hetzenden Lebens in den Straßen ängstlich an Sibylle klammerte. - „Geht es ihm auch so gut wie anscheinend dir?!"

„Ach, um den braucht dir nicht bange sein! Der hustet und hustet ewig fort – und wird uns noch alle überleben", erwiderte Sibylle mit gutem Humor. „Die Blei- und Schwefeldämpfe in seiner Fabrik machen ihm zwar viel zu schaffen mit der Lunge; aber das gewöhnt sich mit der Zeit, sagt der Arzt. Es seien damit schon viele 70 Jahre und noch älter geworden. Ja schließlich soll es ganz gesund sein und die Lunge abhärten."

„So, so!? Und da machst du dir weiter gar keine Sorgen!?"

„Nun ja – was nützen die Sorgen!? Können wir's ändern!? Er muss doch froh sein, überhaupt Arbeit zu haben! Wie viele sind brotlos heute! Da ist er doch eigentlich noch glänzend dran! Der Chef hält, weil er sehr pünktlich und fleißig ist, viel auf ihn und lässt ihn vorankommen. Er wird noch einmal Meister. Das hat man ihm schon mehrmals gesagt!"

„Aber wird er bis dahin nicht ruiniert sein von den abscheulichen Bleidämpfen? - Und was ist dann mit dir!?"

„Ach alte Sorgenunke!" lachte Sibylle - „Du bist

doch immer noch in allem die Gleiche! So hast du schon vor 20 Jahren gesprochen, als die Mutter starb: Was wird sein?! Wie wird's uns gehen? . . . Gut geht's, wenn der Mensch nicht zu viel in die Zukunft sorgt und auch den lieben Gott einen guten Mann sein lässt. Er hat uns doch hier ins Leben gesetzt! Und wenn es einen Gott gibt - was ich freilich manchmal sehr bezweifle – so muss er auch für uns sorgen! Das ist Ehrenpflicht! . . . So, nun sind wir aber schon zu Hause!"

Damit öffnete Sibylle die Wagentüre und sprang auf den Bürgersteig.

Es war eine nüchterne, etwas düstere Wohnstraße in einem besseren Arbeiter- und Kleinbürgerviertel, in welcher man angelangt war.

Sibylle bezahlte den Fahrer und schritt dann heiter plaudernd durch den nicht sehr sauberen Hausflur und das lichtlose Treppenhaus zu ihrer kleinen Wohnung im dritten Stock hinan.

Während sie die Glastüre aufschloss, öffnete sich nebenan auf der gleichen Höhe der Treppe die Nachbartüre. Eine ziemlich beleibte, ältere, unsaubere Frau trat heraus und sagte, neugierig die Angekommenen betrachtend: „So, haben Sie Besuch, Frau Eggenhart?!"

„Ja", erwiderte Sibylle kurz, „meine Schwester!" und drängte Lydia rasch in den Flur der Wohnung und schloss hinter sich die Glastüre.

„Das ist nämlich eine ganz böse Hexe, die!" sagte sie innen beim Ablegen mit gedämpfter Stimme zu der etwas betretenen Schwester. - „Die hat den bösen Blick – und schlägt Karten. Ihren Mann, einen noch ganz jungen, anständigen, lieben Menschen bringt sie noch unter den Boden. Und mich hasst und verfolgt sie wie eine böse Sieben. Was die lügt und verleumdet, das kannst du dir gar nicht vorstellen! - Und neben einer solchen Hexe müssen wir hier Tür an Tür wohnen!"

Mit diesen Worten öffnete Sibylle die Stubentüre

und führte ihre Schwester in ein helles, mit hübschen Möbeln überaus wohnlich ausgestattetes Zimmer.

„Oh!" rief Lydia ganz erlöst, den üblen Eindruck des düsteren Hauses und der Türnachbarschaft von sich streifend – Da ist ja ein kleines Paradies! Da gibt's sogar Blumen! Und hier ein Fischglas mit munteren, goldschimmernden Bewohnern!"

Ein schöner Korbsessel beim Fenster, bequem vor ein hübsches Arbeitstischchen gerückt, lud freundlich zum Sitzen ein. Hinter dem Tische, an der Wand stand ein fast üppiger Diwan mit mächtigen Lehnkissen. Und über dem Tische die wunderschöne elektrische Lampe mit großem, geschmackvollen Seidenschirm! - Das alles versetzte Lydia in ein wahrhaft andächtiges Staunen.

Du liebe Zeit! Was die jungen Leute sich heutzutage leisten – davon hatte man früher ja gar nichts gewusst!

Sibylle drehte zur Schau das Licht an und zeigte, dass man für festliche Beleuchtung außer der Lichtquelle unter dem seidenen Schirme auch noch verschiedene andere Birnen in Tätigkeit setzen konnte.

Und nun, in diesem zauberischen Glanze ersah Lydia erst so recht das schöne eichene Büffet mit geschmackvoller, ruhiger Verzierung. - So etwas gab es doch früher nur in Schlössern!

Sibylle lachte. „So haben's jetzt alle, die ein bisschen was auf sich halten! Das kauft man und zahlt's später, wie sich's schickt; oder manchmal auch nicht! Dann holt's der Eigentümer oder der Gerichtsvollzieher wieder! - Dieses da ist bezahlt und gehört uns! Das ist denn also auch wirklich eine Art Rarität in dieser Straße!

Und nun schau aber mal auch da hinein – hier in das Allerheiligste", fuhr sie mit lächelnder Miene fort und schob mit ihrer feinen, weißen Hand einen Vorhang von japanischen Perlschnüren von der ins anstoßende Zimmer führenden Türöffnung hinweg - „Hier ist das

Schlafzimmer! - Das hat Friedbert so schön eingerichtet! Das war ihm gar wichtig!"

„Wie?" - Lydia prallte fast von der Schwelle zurück. „Das ist euer..." das Wort blieb ihr im Munde stecken - „da ruht und schlaft ihr!? - Das ist ja wie im Himmel! - Gott, Gott, das ist ja doch ein Feengemach! - Diese Vorhänge an den Fenstern! Lichtwolken aus Spitzentüll! Und darüber zwei Flügel aus dunkelgrüner Seide! - Und diese Betten – unter einem Schleierhimmel! - Wie wunderbar harmonisch zusammengestimmt das alles ist! - Und der große Kleider- und Wäscheschrank daneben aus dem hellen, feinen, sicher sehr teuren Holze! Ebenso der Waschtisch! Und daneben – in einem besonderen Gestell – ein mannshoher, ovaler, geschliffener Spiegel!"

„Du liebe Zeit!" Lydia kam gar nicht mehr heraus aus dem Staunen und ließ sich von Sibylle, nachdem sie alles betrachtet hatte, gerne wieder ins Wohnzimmer auf den Diwan führen.

„Ich glaubte", sagte sie endlich, „du habest noch die Wohn- und Schlafzimmereinrichtung der Eltern, die du doch damals nach des Vaters Tod übernommen hast!?"

„Ach, das alte Zeug! Wo denkst du hin? Das haben wir alles verkauft!" entgegnete Sibylle munter, indes sie eine blütenweiße, bemusterte Decke auf den Tisch bereitete und ein hübsches Kaffeegeschirr aus dem Schranke holte. „So etwas, wie einst die guten Eltern, haben doch heutzutage nur noch die ganz altbackenen Leute! - Sollten wir uns damit herumschlagen bis an unser seliges Ende!? - Sieh, unsere Ansicht ist:

Das Leben zu genießen, ist der Vernunft Gebot.

Man lebt ja nur so kurze Zeit und ist so lange tot!"

Ein helles, silbernes Lachen entrang sich bei diesen Dichterworten ihre Kehle.

Lydia musste das hübsche, junge Weib mit großen Augen betrachten. War das wirklich ihre Schwester –

diese feine, muntere, junge Dame, die da mit so sicheren Bewegungen und geschmeidigen Händen den
Tisch deckte, eine elektrische Kaffeemaschine aus
blankem Nickel aufstellte, füllte und bediente, aus der
winzigen Küche nebenan ein Glaskännchen mit Rahm
und ein schönes, weißes Gebäck brachte und nun mit
sichtlich guter Ess- und Plauderlust sich zu ihr setzte!?

„Weißt du", sagte Sibylle, das Kochen des Kaffee-
wassers abwartend, an jene Zeiten der Eltern denke
ich gar nicht mehr so gerne! Das waren ja doch eigentlich abscheuliche Zeiten! Das ewige Hadern vom Vater
und das Seufzen der Mutter! Und nachher, als die Mutter tot war – die ewige Not! - Nein, nein - fort mit den
ganzen Erinnerungen aus jenen alten, trüben Jammer-
tagen! Fort mit dem ganzen Zeug, an dem der Geist von
jenen bösen Jahren hing! Auch die Bilder von der Wand
habe ich verbrannt. Nur das eine von der Mutter, das
hab' ich noch dort im Schranke liegen. Und das schaue
ich denn auch öfter mal an und gedenke der Ärmsten,
die der Vater buchstäblich zu Tode geplagt hat! . . . Ach
ja", sagte sie mit betrübtem, seitlich geneigtem Gesicht. „Jetzt liegt sie längst im Grab und hat Ruh! - Aber
das kann ich dir sagen – das habe ich mir damals fest
geschworen, als der Vater endlich starb – so ein Leben
wie die Mutter führ' ich nicht! - Lieber gar keines! - Ist
denn der Mensch nur zur Plage auf der Welt!? – Nein,
Gott bewahre! . . . Und siehst du" - sagte sie, indem sie
sich erhob und mit schlanken Händen den Kaffee ein-
goss - „so haben wir, als ich mit Friedbert zusammen-
ging, das Alte sobald als möglich hinter uns geworfen
und ein ganz anderes, neues Leben nach unserer Weise
angefangen."

Nun ja, wenn man so in diesem freundlichen Heim
sich umschaute und die hübsche, junge Frau betrachtete, ließ sich gegen dieses „andere Leben" anscheinend ja wohl nicht viel einwenden. - Und dennoch -
dennoch - Lydia war es nicht wohl!

Was war da für eine tiefe breite Kluft erwachsen zwischen ihr und der Schwester in den wenigen Jahren, seit man sich nicht mehr gesehen hatte!

Am meisten bekümmerte die biedere, ernste Lydia das sorglose und, wie es schien, völlig glaubenslose Wesen Sibylles.

„Wie steht es denn aber bei euch hier mit dem Heiland?" fragte sie endlich nach einer Pause, in welcher sie nachdenklich den Kaffee umgerührt hatte. - „Habt ihr Den auch in eurem schönen Heim und in dem nach eurer Weise eingerichteten Leben?"

„O je!" entgegnete Sibylle in einem hohen, glockigen Tone - „Kommst du schon damit!? Denkst du denn, hier bei uns in dieser Straße, in diesem ganzen Viertel glaubt noch jemand wirklich an einen Gott!? Ja, in die Kirche da gehen noch manche. Sie tun wenigstens so. Und zu den Spiritisten und in die Stunden laufen sie auch; aber die zähle ich nicht. Was unsereins ist, das kennt sich aus und lässt sich nicht mehr an der Nase führen! - Friedbert ist mit Sack und Pack, d.h. mit mir und verschiedenen unserer Freunde, aus der Kirche ausgetreten, als sie von uns armen Schluckern noch die Kirchensteuer verlangten!"

„Wie!?" rief Lydia bestürzt, indem sie die Tasse von sich schob und sich in ihren Sitz zurücklehnte - „Du bist ohne Gott und Glauben!?"

„Nun, nun", erwiderte die jüngere Schwester in unbefangenem Tone, „so schlimm ist das ja doch nicht! Man bleibt dennoch, so gut es geht, ein anständiger Mensch! - Überhaupt, wo ist denn der liebe Gott? Hat er uns je einmal so recht deutlich und fühlbar geholfen. Warum hat er uns denn, als wir noch kleine, hilflose Kinder waren, die liebe Mutter genommen und uns den Klauen unseres Vaters überlassen?! Und hat er sich nach mir umgeschaut, als du geheiratet hast und ich dem Vater mit 15 Jahren den Haushalt übernehmen musste – oder dann später, als der Vater endlich abging und ich allein stand!? - Da musste ich immer und überall mir selber helfen und kein Gott und Heiland hat sich gezeigt und mich behütet, dass ich nicht schlecht wurde! Und genau so ging es auch Friedbert in seinem ganzen Leben. Nachdem sein Vater mit seiner kleinen Werkstatt Bankrott gemacht hatte und ins Wasser gesprungen, die Mutter aus Gram gestorben war, hat er sich allein durchringen müssen mit zähem Fleiß. Und kein Hahn hätte nach ihm gekräht, wenn er zugrunde gegangen wäre. - Deshalb sind wir denn auch abgerückt von der faulen Glaubenssache und haben auch die Kirche sein lassen - weil wir kein Interesse daran haben, einen Pfarrer, der sich's Wohlsein lässt, mit unseren Groschen zu ernähren!"

„Ja sage mal, kann es dir denn da noch wohl sein in deinem Herzen?! Musst du denn da nicht umkommen vor Furcht und Sorge!?" warf Lydia entsetzt ein.

„I wo! - Uns geht es glänzend! - Ich fühle mich pudelwohl, wie du siehst!" - Damit holte sich Sibylle schon die zweite Kuchenschnitte und löffelte auch von der bereitgestellten Fruchtsülze tüchtig heraus. - „Warum sollen wir uns grämen? Wir genießen das Leben, solange wir jung sind. Nachher kommt es schon ganz von selbst anders! Das heißt, wenn man klug und vernünftig ist und nicht gerade Pech hat, dann kann man sich auch für das Alter noch ganz hübsch vorsehen. Es gibt ja heutzutage auch allerlei Kassen, und da braucht der Mensch nicht mehr, wie in früherer Zeit, den lieben Gott!"

Lydia war vor Entsetzen starr und sprachlos.

Wohl hatte sie aus Sibylles Briefen auf eine ähnliche Gesinnung geschlossen; aber solch einen Abgrund der Gottlosigkeit und des Leichtsinns hatte sie doch nicht geahnt.

Und dass die Schwester dabei auch noch so fröhlich und munter war – das schien ihr noch das Allerschlimmste.

Ist es denn nicht, dachte die treue Seele, eine entsetzliche List der Finsternis und ihres Fürsten, dass er die Menschen auch noch derartig in ein scheinbares Wohlergehen einhüllt!? Wirklich, dieses ganze hübsche Heim, das sonnige, behagliche Wohnzimmer, das bezaubernde Schlafzimmer kam ihr nun in diesem Lichte wie eine listige Satansfalle vor – als wie ein Rauschmittel, mit dem der Fürst der Welt diese Seelen betäuben und sie dem wahren Sinn und Zweck ihres irdischen Lebens entrücken wollte.

In tiefem Bekümmern sagte Lydia dies der Schwester. Aber da stieß sie auf einen geradezu leidenschaftlichen Widerstand, der ihr in dem bisher so heiteren Persönchen Sibylles einen ganz andern, hartnäckigen und bösen Seelenfunken zu erkennen gab.

„In diesen Dingen", sprudelte Sibylle zornig hervor, „muss man jedem Menschen seine Freiheit lassen! Da kann und darf es keinen Zwang geben! Denn da denkt der eine Mensch von Natur so, der andere so. Und überhaupt, ich rede gar nicht gern davon! Mir ist das alles viel zu – nun wie will ich sagen – zu heilig oder wie man sagen will. Mir ist es peinlich, wenn ich nur das Wort ‚Gott' höre. Man spricht davon bei uns gar nicht. Und gar mit deinem ‚himmlischen Vater' - oder ‚Jesus' oder ‚Heiland' lass mich ganz in Ruh! Da wird mir einfach übel, wenn ich heutzutage, wo alles so aufgeklärt ist und wo's so drunter und drüber geht in der Welt, so was höre!"

Das war Lydia zu viel.

„Hör", sagte sie, hochrot vor gerechtem Zorn sich erhebend, „bitte nun kein Wort weiter, Sibylle! - Das ist ja lästerlich, was du da redest"

„Aber wahr ist es!" beharrte Sibylle fest - „Und alles, das ganze Getue von der Kirche und den Frommen ist nur darauf angelegt, die armen Leute vom Volk recht drunten zu halten – damit man seine Steuern zahlt und um einen geringen Hundelohn für die Reichen arbeiten!"

„Das Wort Gottes, die Bibel", entgegnete Lydia mit heiligem feurigem Eifer, „lehrt: ‚Liebe Gott über alles und deinen Nächsten wie dich selbst!' Dieses Gebot kann jeder, der eines guten Willens ist, ohne Mühe klar und deutlich aus der Schrift herauslesen. Und wenn die Menschen danach lebten, nach dieser wahren, wirklichen und leicht erkennbaren Lehre unseres Herrn und Heilands Jesus Christus, dann stünde es ganz anders – viel besser und himmlischer in dieser Welt. Dann gäbe es keine unzufriedenen und bitteren Armen und keine lieblosen, harten Reichen – sondern alle Menschen wären Brüder!"

„Ja, wenn – wenn!" sagte Sibylle. „Da es nun aber in der Welt so ganz anders aussieht und einer den andern plagt und auszieht – so ist es nach meiner und Friedberts Ansicht und nach der Meinung der allermeisten geweckteren Menschen von heutzutage nichts mit deinem lieben Gott und all seinen schönen Lehren. Dem Menschen hilft niemand als er selbst! - Und damit lass uns diesen Streit jetzt beenden!" ...

„Sieh", setzte sie etwas ruhiger hinzu, „es kommt doch nichts Gescheites dabei heraus und du ärgerst dich nur! - Behalte du deinen guten alten Glauben und lass mir meinen neumodischen Unglauben! Wir in der Stadt müssen mit der Zeit gehen – bei euch auf dem Land – nun ja -", sagte sie, Lydia scherzend an der ländlichen Bluse zupfend, „da tut's auch noch solch ein altes Fähnchen!"

Damit wurde von Sibylle der unliebsame geistige Gesprächsstoff abgeschnitten und die Unterhaltung auf das unverfängliche Gebiet der Kleiderfragen und sonstiger Äußerlichkeiten übergeführt.

Lydia musste dem festen Willen der lebhaften Schwester wohl oder übel folgen, obzwar ihr Inneres sich über das Gehörte nicht erheben und nur mühsam von dem Schrecklichen erholen konnte.

Gegen Abend kam Sibylles Gatte, Friedbert, von der Arbeit nach Hause. Lydia lernte ihn bei dieser Gelegenheit zum ersten Male persönlich kennen.

Es war ein nicht unsympathischer Mann, wenig älter als Sibylle. Sein schmales, blasses Gesicht mit den braunen Augen und dem angenehm gewellten Haar verriet ein feines, empfindsames Wesen. Aber was Lydia mit Besorgnis auffiel, war seine große Magerkeit. Ja, dieser Mensch war offenbar ein Opfer seines ungesunden Berufes! Die Brust zwischen den breiten Schultern war eingesunken. Der Atem ging rasch und hohl. Eine fahle Blässe bedeckte das Gesicht, das bei der Begrüßung und auch sonst bei jeder Erregung vor einem jähen, flüchtigen Rot überlaufen wurde.

Friedbert freute sich, Lydia kennenzulernen und erzählte den Frauen von seiner Arbeit und vom schlechten Geschäftsgang, der seine Firma schon wieder genötigt hatte, eine große Anzahl Arbeiter zu entlassen. Das Gespenst der Brotlosigkeit schwebe über allen und man müsse dankbar sein, wenn man auch nur eine solch gesundheitsgefährliche Arbeit habe.

Eine bange Beklemmung bemächtigte sich Lydias auch bei dieser Eröffnung über die Lebensverhältnisse dieser beiden Menschen.

Wie konnte Sibylle nur so sorglos und heiter sein angesichts solcher Zustände – unter einem Schicksal, das wie ein beutegieriger Raubvogel ihr Leben in seinen Fängen hielt, ohne dass eine höhere, himmlische Macht in ihren Herzen ihnen hätte beistehen und Trost spenden können!?

Aber auch Friedbert schien die unbekümmerte Ruhe seiner Ehegefährtin zu teilen. Wenn es mit der Arbeit im Geschäft schief ging – was ja für ihn, den guten Vorarbeiter nicht so schnell zu gewärtigen war – dann war der Staat mit der Erwerbslosenfürsorge da und zur Heilung der Lunge gab es auch eine Versicherung, Kurhäuser und Erholungsheime.

Das alles machte auch ihm trotz seines offensichtlich recht gefährlichen Leidens einen Gott und himmlischen Vater anscheinend überflüssig. Man durfte sich nur nicht zu viel mit Zukunftsgedanken abplagen, sondern den Augenblick und was er brachte, vernunftvoll nützen und genießen, dann war schon alles gut.

In Sibylle hatte er ja ein junges, hübsches Weib, das ihm viel Freude machte. Sie zu betreuen, zu hegen und zu pflegen, war ihm sein schönster, vollkommen genügsamer Lebensinhalt. Alles, was seine bescheidenen Mittel ihm irgend erlaubten, wendete er daran, diese geliebte Frau und ihr Dasein zu hegen und zu schmücken. Darum hatte er auch die Wohnung und besonders das Schlafzimmer so sorgfältig und liebevoll ausgestattet. Und ein geheimer, großer Stolz war es für ihn, sonnabends oder sonntags seine Frau in einem stets nach seinen geschmackvollen Angaben von ihr selbst gefertigten Kleide von schlichter, aber besonderer Schönheit auszuführen.

Sibylle selbst war ihm freilich nicht so restlos ergeben wie er ihr. Für sie gab es noch eine andere Welt außer ihm, Friedbert. Ja, es schien ihm manchmal, als ob sie, wenn er einst nicht mehr da wäre, mit einem anderen Mann ebenso glücklich und vielleicht noch freier und großzügiger leben könnte. - Oh, das waren bittere Tropfen in sein Glück.

Und da hieß es aufpassen! - Er ließ es denn auch daran nicht fehlen. Nirgends ließ er sie allein hingehen. Überall war er mit dabei. Und wenn es bei den Festlichkeiten und Tanzereien, bei denen sie mittaten, bis in die Morgenfrühe fortging, was für seine Gesundheit keineswegs zuträglich war, dann wich er, sie mit Argusaugen bewachend, nicht von ihrer Seite.

So lebte Friedbert der frohen Überzeugung, im ungeteilten Besitze seines jungen Weibes zu sein. - Und

doch sollte noch an diesem Abend eine furchtbare Enthüllung und das schrecklichste Ende dieses Scheinglü-
ckes über ihn hereinbrechen.

31. Kapitel

Als man eben im traulichen Goldschimmer der
Lampe das Abendbrot, das aus Aufschnitt und Tee bestand, beendet hatte, hörte man plötzlich an der Glastüre ein Klingeln.

Friedbert stand auf, ging hinaus und kam gleich
darauf wieder mit jener alten, schlampigen und un-
freundlichen Frau, welche nebenan auf der gleichen
Treppenhöhe wohnte und bei Lydias Kommen neugierig zu kurzem Gruß vor ihre Glastüre getreten war.

„Frau Diestermann ist da", sagte Friedbert mit
sichtlichem Verdruss zu Sibylle, „und will Lydia sprechen!"

„Wie!?" sagte Sibylle, gleich über und über mit einem glühenden Rot übergossen, in einem auffallend
scharfen Ton zu der mit Friedbert zugleich ins Zimmer
getretenen Frau - „Was wollen sie denn von meiner
Schwester?!"

„Ja, eben die Frau Schwester, mit der möchte ich
gern ein paar Worte reden", sagte Frau Diestermann, -
„weil diese mir eine anständige Frau zu sein scheint
und vor Gott und Menschen mir Zeuge sein soll, dass
ich jetzt solch eine große Gemeinheit erlebe, wie sie in
diesen vier Wänden herrscht!"

„Was sagen Sie da!?" fuhr Friedbert auf - „Was erlauben Sie sich?"

„Wollen Sie augenblicklich machen, dass Sie aus
dieser Wohnung hinauskommen!" rief Sibylle, ganz
kalkweiß, mit großen, aufgerissenen Augen.

„Ich bin hier und ich bleibe hier!" sagte Frau Diestermann ruhig und bestimmt. - „Und keine zehn Pferde

schaffen mich hinaus, ehe ich meine Sache, wegen der ich gekommen bin, gesagt und mein Recht gefunden habe! - Sie, Herr Eggenhart", wandte sie sich zu Friedbert, „brauchen sich überhaupt nicht aufzuregen! Sie bedauere bloß! Sie sind ja in ihrer großen, blinden, kindlichen Arglosigkeit nur der Hereingelegte!"

„Was! Was!" - Friedberts Gesicht verzerrte sich ganz. Er machte Miene, auf die Frau loszustürzen.

„Wirf doch das unverschämte Weibsbild hinaus!" kreischte Sibylle. „Das ist ja unerhört, was die sich erlaubt!"

„Nun, ganz fein still und ruhig!" beschwichtigte Frau Diestermann - „Sie, Herr Eggenhart, werden mir noch auf Knien danken, wenn ich ihnen jetzt sage, dass Ihre Frau, die Sie auf den Händen tragen und vergöttern – sie betrügt!"

„Sie elendes, verlogenes, gemeines Weibsbild!" schrie nun Sibylle, die plötzlich aus der jugendfrischen, hübschen Person zu einer höllischen, zorn- und hasssprühenden Unholdin geworden war. „Machen Sie augenblicklich, dass Sie hinauskommen, oder ich kratze Ihnen die Augen aus dem Gesicht!"

„Da sollen Sie mal kommen!" sagte, in ihren Hüften sich wiegend, Frau Diestermann, die mit ihren fünfzig Jahren immer noch hübsch beisammen war. - „Mit Ihnen wird man auch noch fertig! Und Ihr Mann und Ihre Schwester sollen es endlich wissen, wie Sie Ihren Mann schon seit langer Zeit und zuletzt mit meinem eigenen Mann zum Narren halten!"

Ah – das ging nun aber über die Hutschnur! „Augenblicklich verlassen Sie altes Zigeunerweib diese Wohnung!" schrie Friedbert. „Oder ich garantiere Ihnen nicht für Ihre Knochen! So eine Unverschämtheit ist mir mein Lebtag noch nicht begegnet! Was ich von meiner Frau zu halten habe, weiß ich besser als Sie! Achten Sie auf Ihren Mann! Das wird wichtiger sein, als sich um meine Sachen zu kümmern!"

„Du wirst doch solch eine bodenlose Gemeinheit nicht glauben!?" wimmerte Sibylle, die sich mit einem nervösen Weinen und Schluchzen auf den Diwan geworfen hatte, das Gesicht in den Händen bergend.

„Beruhigen Sie sich nur, Herr Eggenhardt!" sagte Frau Diestermann zu Friedbert, der in der Tat zu einer wahrhaft fürchterlichen Grauens- und Zornesgestalt sich verzerrt hatte. „Mit Ihnen meine ich's ja doch nur gut! Sie sind genauso elend dran wie ich. Denken Sie nicht, weil ich von den geheimen und zukünftigen Dingen durch den Geist mehr weiß als andere und darum verrufen bin, dass mir deshalb das Ehrgefühl abgeht. - Ich habe auch ein Herz und eine Ehre im Leib und lasse mir meinen Mann – wenn er auch zwanzig Jahre jünger ist als ich – von so einer" - damit schüttelte sie gegen Sibylle die Faust - „nicht nehmen! Wenn Sie in Ihrer blinden Vertrauensduselei, die Ihre Frau Ihnen schon lang mit Schimpf und Schande vergilt, in meinem Fall Beweise brauchen, so sehen Sie", damit zog sie ein kleines rosafarbenes Brieflein aus der Rocktasche. „diesen Brief, den sie ihm ins Geschäft geschrieben und den ich meinem Mann aus der Tasche genommen habe!"

„Her diesen gemeinen Lügenwisch!" schrie Sibylle, die aufgesprungen war und wie eine Tigerin sich auf die Frau und ihre, den Brief auf dem Tisch ausbreitenden Hände stützte.

Frau Diestermann war auf diesen Angriff aber offenbar gefasst. Ihr breiter Rücken und ihre ganze, festgefügte Gestalt behinderte Sibylle am Zugriff.

Aber Friedbert trat mit unheimlich heraustretenden, blutunterlaufenen Augen hinzu, erfasste den ihm bereitgehaltenen Brief, warf einen Blick auf die Schriftzüge, las die wenigen Sätze – dann taumelte er wortlos vornüber, stützte sich am Tische und brach plötzlich röchelnd zusammen, indes ein dicker Blutstrom aus seinem Munde stürzte.

Sibylle tat einen grässlichen Schrei: „Mörderin!"

gellte es. Und schon erhob sie die schwere Kristall-
schale, welche mit einigen Früchten auf dem Tische
stand, um sie auf den Kopf der Frau zu schleudern.

Da stürzte ein jüngerer, blonder Mann mit kühnen,
scharfen Gesichtszügen zur halboffenen Türe herein,
entwand ihr die Schale und sagte kurz und schneidend:
„Sei doch vernünftig – und lass das Theater, Sibylle.
Sag's gerade raus und gesteh es ruhig – nachdem es
nun doch mal verpetzt ist – dass wir uns gern haben
und dass mithin" - dabei schaute er nach dem ohnmächtig in seinem Blut am Boden Liegenden - „dieser
das so wenig mehr zu sagen hat wie", und dabei warf er
einen grimmigen Hassblick auf sein Weib, Frau Diestermann „die mich in meiner unerfahrenen Jugend vor
acht Jahren an sich gekettet und mich nicht ewig in
ihren verdammten Klauen haben soll!"

„Lass hier", setzte er weiter, zu Sibylle gewandt,
hinzu, „den Arzt walten – und folge mir! Ich bringe dich
und mich in Sicherheit! - Für uns ist gesorgt!"

Schon wollte er Sibylle, die ganz erstarrt und fahl
wie Wachs dastand und auf Friedbert starrte, am Arme
mit sich fortziehen – da erwachte endlich Lydia, die
von ihrer Ecke im Diwan aus diese ganze jähe Schre-
ckensszene wie versteinert miterlebt hatte, aus ihrem
Banne.

Sie sprang auf, riss des Eindringlings Hand von Sibylles Arm zurück, stellte sich vor den kühnen Räuber
mit der ganzen feurigen Hoheit eines flammenden Engels und rief mit lauter, eherner Stimme:

„Sie lassen meine Schwester in Frieden und gehen
augenblicklich aus dieser Wohnung und aus der Nähe
dieses Sterbenden hier – dem Sie den Tod gebracht haben und dessen Blut über Sie kommt! - Meine Schwester bleibt hier und wird nicht mit Ihnen in die Hölle des
Verderbens gehen!"

Vor dem festen, sprühenden Blicke des fremden,

von göttlicher Glut und himmlischer Kraft erfüllten Weibes senkte der junge, trotzige Mensch die Augen.

Hier – das empfand er - konnte er nicht durchdringen. Frau Diestermann – die eigentlich eher seine Mutter als seine Ehefrau hätte sein können, ergriff ihn auch gleichzeitig mit beiden Händen am Arme und sagte:

„Und glaube du ja nicht, dass ich dich freilasse! - Niemals! Hörst Du!? - Und wenn du Sprünge bis an den Himmel machst!" Eine furchtbare Wut- und Hasswelle sprang in diesem Augenblicke auch aus ihren Augen und Mienen. „Niemals!" wiederholte sie - „Auch in der Hölle nicht! - Hab ich dich deiner frischen Jugend wegen gern gehabt und genommen, so hast du mich des Geldes wegen geheiratet, das ich mit den Karten und dem Sterndeuten verdiene und das dir ein schönes Leben verhieß. Aber du sollst mich, nachdem du dir mein Geld erschlichen hast und ich dieses Haus auf dich schreiben ließ, jetzt nicht von dir stoßen wie einen räudigen Hund

Und diese da – die nur, sei es mit dem einen oder dem anderen, flott leben will – soll den Raub nicht mit dir teilen! - Die nimmt die Schwester mit sich und setzt ihr den Kopf zurecht. So steht's in den Sternen und in den Karten! Und du kommst mit mir – oder verhungerst auf der Straße! Denn der Eigentumsvertrag auf das Haus – wisse! - wird gleich morgen vom Anwalt angefochten und rückgängig gemacht!"

Diese mit männlich starkem Nachdruck herausgestoßene Rede ernüchterte offensichtlich den Mann noch weiter und, entsetzt über die tödliche Blässe Sibylles, die er bei dem anscheinend sterbenden Friedbert in die Knie brechen sah, ließ er sich von seiner Frau aus dem Zimmer und in ihre Wohnung führen.

32. Kapitel

Während so die Eheleute Diestermann als wie böse Geister der Finsternis in ihr Reich verschwanden, eilte Lydia in Sibylles Küche, suchte und fand eine Essigflasche, ein Becken, Wasser und ein Tuch und eilte damit zu dem immer noch am Boden liegenden Friedbert zurück.

Sibylle hatte ihn, unfähig eines Wortes, etwas aufgerichtet und mit dem Oberkörper gegen den Diwan gelehnt.

Das Blut sickerte immer noch leicht aus dem halb geöffneten Munde. Die Augen waren geschlossen.

Sibylle kniete daneben und krallte die Hände in die wächsernen Wangen: „Friedbert!? Friedbert!?" wimmerte sie in einem Ton des Entsetzens, der ihr ganzes furchtbares Schuldgefühl und ihre ohnmächtige Hilflosigkeit verriet.

Da kam Lydia mit dem Essigwasser. Sie wusch zuerst Friedberts Gesicht. Dann ließ sie den Reglosen an dem Essig riechen; gab ihm auch einige Tropfen auf die Lippen. Da endlich tat der leiblich und seelisch todeswunde Mann einen tiefen Atemzug und schlug einen kurzen Augenblick weh und matt die Lider auf.

„Er lebt! - Er kommt wieder zu sich!" sagte Lydia rasch. „Schnell fort und einen Arzt geholt!" - setzte sie hinzu, indem sie der immer noch ganz erstarrten Sibylle einen kleinen Rüttler gab.

Noch ehe jedoch Sibylle sich erheben konnte, erschien durch die nur angelehnte Flur- und Zimmertüre Frau Diestermann und sagte zu Lydia: „Entschuldigen Sie, liebe Frau – ich habe schon durch den Fernsprecher den Kassenarzt gerufen. Er wird gleich da sein. Das wollte ich nur sagen. Im Übrigen sorgen Sie, dass die" - damit neigte sie den Kopf gegen Sibylle - „samt dem Mann so bald als möglich hier weg kommt – und dass er ihr künftig scharf auf die Finger sieht! - Damit Gott befohlen!"

Als Frau Diestermann gegangen war, öffnete Friedbert wiederum die Augen und heftete stumm den Blick so lang und so sterbensweh auf Sibylle, dass diese, immer noch vor ihm auf dem Boden kauernd, die Hände vor das Gesicht schlug und plötzlich bitterlich weinte. Es war auf einmal wie ein Strom der Erkenntnis in sie gedrungen. - Gott, Gott! Was hatte sie getan! Dieser stumme, wehe Blick ihres Gatten drang ihr wie ein Schwert bis ins Innerste der Seele!

Wie hatte sie so über ein Menschenleben hinwegschreiten können!?

Friedbert schloss wieder die Augen, ohne dass er ein Wort hervorgebracht hätte.

Er konnte das Furchtbare wohl immer noch nicht fassen. Aber Sibylles schuldbewusste Züge verrieten ihm die tatsächliche Wahrheit des Entsetzlichen und bestätigten ihm nicht nur den Brief, das Verhältnis zu dem verhassten, nichtswürdigen Nachbar, sondern auch noch so manches andere, das die Alte nur angedeutet, das er aber schon so manches Mal geahnt und gefürchtet hatte.

Er war betrogen – betrogen – von der, für die er alles getan hatte, für die er durchs Feuer gegangen war und für deren sorgloses Leben und Wohlergehen er täglich seine Gesundheit, sein Leben geopfert hatte!

Oh – das war ein Zusammenbruch! Das war ein Sturz aus der Höhe und ein entsetzliches Erwachen!

Mittlerweile, während Friedbert Eggenhart solches in wirren, unzusammenhängenden Gedanken in sich hin und her wog und die Bilder und Gefühle des Schreckens, Zornes und Wehs sich in wilder Hetze in ihm jagten, kamen eilige Schritte durch den Flur und ein Herr in mittleren Jahren trat ein, welcher sich als der von Frau Diestermann gerufene Kassenarzt des Viertels vorstellte.

Er ließ sich kurz den Anlass des Vorfalls schildern, indes er Hut und Überrock ablegte und seine Untersuchungswerkzeuge aus der Tasche hervorholte, bat die Frauen, ihm zu helfen, den Kranken vorsichtig aufs Bett zu legen und auszukleiden, und führte dann in der üblichen Weise kurz und gewandt seine Untersuchung aus.

Der Befund war eine beruflich zugrunde gerichtete Lunge, durch plötzliche Blutüberfüllung infolge Erregung ein Aufspringen eines der kranken Gewebeteile.

Während der Arzt dies den Frauen erklärte, gab er dem Kranken eine blutstillende, von ihm mitgebrachte Arznei, schrieb ein Rezept und die Kassenanweisung und sagte, die Hauptsache sei größte Ruhe, weg vom Geschäft, Kurverfahren und nachher Erholung in guter Luft.

„Wir wollen sehen und hoffen, dass es noch hilft. Die Arzneien gegen Blutung und Fieber holen Sie sich sogleich in der Apotheke! Alles andere werde ich veranlassen. - Und nun gute Nacht! Ich habe noch verschiedene Gänge!"

Damit verabschiedete sich der vielbeschäftigte Mann und war aus der Türe, ehe die beiden Frauen auch nur so recht zur Besinnung kamen.

Sibylle warf sich rasch ein Tuch um die Schultern und eilte zur Apotheke.

Lydia blieb bei dem Kranken und bewachte seine Atemzüge. Sie gingen kurz und ungleich, in leichten Stößen. Ein hohes Fieber war offenbar im Anzug.

Friedbert hatte die Augen geschlossen. Das vom Arzt gereichte Mittel schien einen betäubenden Schlaf bei ihm zu bewirken. Er lag laut- und reglos – wie ein tief weidwund geschossenes Wild im Waldesdickicht.

Was für eine Wandlung, was für ein entsetzliches Ende dieses holden Ehetraumes, dachte Lydia, als sie neben dem Bett des Kranken saß und das schöne, mit so viel Sorgfalt und Liebe ausgestattete Schlafgemach

im dämmerigen Schein der Nachttischlampe über-
blickte.

Ja, das Leben ohne Gott – wo musste es hinführen!? Wenn die Menschen keine höhere, göttliche Macht mehr über sich anerkennen, wenn sie nicht mehr mit einem Fortleben nach dem Tode, sondern nur mit dem kurzen, diesirdischen Dasein rechnen, wenn sie das eigentliche, hohe und selige Lebensziel nicht im ewigen, sondern im zeitlichen Leben suchen – da ist es freilich kein Wunder, wenn es zu solchen Schreckensenden kommt. Rechnet ein Mensch nur mit dem irdischen Leben und dessen Genüssen, dann wird er auch mit der ganzen Macht und Kraft seiner Triebe nach dem möglichst ergiebigen Auskosten dieser kurzen Genussmöglichkeiten, besonders in den Tagen seiner Jugend, streben. Und wenn dabei kein wachendes, warnendes und strafendes Gottesauge auf ihm ruht, dann wird er gewissenlos sein und es für Vernunft halten, rücksichtslos in der Genussjagd über seinen Nebenmenschen hinwegzuschreiten.

Hier hatte man nun wieder ein Beispiel! Äußerlich schien bei diesen jungen Eheleuten ja alles in der besten Ordnung. Ja man hätte dieses hübsche Heim für mustergültig halten können. Alles schien auch ganz vernünftig auf eine längere Harmonie angelegt zu sein. - Aber was konnte die junge, lebensfrohe Frau abhalten, nach neuen Lebensgenüssen sich zu sehnen in dem Augenblicke, als ihr Mann krank wurde und andere kamen, die ihr neue und mehr Genüsse und eine sicherere Lebensgrundlage zu bieten schienen.

„Man lebt ja nur so kurze Zeit und ist so lange tot!"

An diesen gottlosen, von Sibylle vorgetragenen Vers musste Lydia denken. Und damit war ihr alles klar.

Inzwischen kam nun die Schwester eilig wieder von der Apotheke zurück.

Die Frauen gaben dem schlaftrunkenen Kranken ein Löffelchen von der Arznei, machten ihm zur Kühlung der Hitze Essigwasserumschläge, taten auch sonst, was rätlich schien und zogen sich dann, die Türe offenlassend, in das Wohnzimmer zurück, um den Schlummernden in der jetzt allein rettenden Ruhe nicht zu stören.

O Gott! Nun erst kam Sibylle so recht zu sich und konnte mit voller Klarheit alles, was da geschehen war, in seiner ganzen Grassheit fassen.

Diese Schmach und Schande vor der Schwester! Das war ihr noch das Allerärgste. Wenn die Schwester nicht dagewesen und Zeugin geworden wäre, dann hätte sie sich über das Vorgefallene vielleicht gar nicht so sehr aufgeregt – denn einmal musste das alles, was sie da hinter ihrem Manne in dessen Arbeitsstunden trieb, doch ans Tageslicht kommen. - Und besser früher als später – solange sie noch jung war und andere, neue Wege gehen konnte.

Für Friedbert war es ja schlimm – aber der konnte, wenn er endlich von dem ungesunden Berufe wegging und sich ausheilte, ja schließlich doch auch wieder eine neue Kameradin finden. Es gab ja noch viele hübsche Mädels. Sie, Sibylle, musste es doch nicht gerade sein!

Aber dass nun gerade auf diese Stunde Lydia des Weges kommen, dass diese einzige Person in der Welt, auf die sie noch etwas gab, dabei sein musste, wenn die Mine platzte! - Ah, es war eine abscheuliche Geschichte, eine bodenlose Schande! - Auch noch mit diesem Peter Diestermann, mit welchem sie es gar nicht so ernst gemeint hatte wie mit einigen andern, die ihr viel besser gefielen.

Was sollte sie nun machen?

Sollte sie einfach alles leugnen – frischweg. Aber das führte sicher zu nichts! Der Brief war da. Und gewiss wusste die hellsichtige alte Hexe noch mehr! Und nachdem einmal Friedberts Misstrauen wach war, würde er auch ohne Zweifel allem auf den Grund kommen. Und dann wehe, wenn er fand, dass er in dem einen oder anderen Falle wirklich Anlass hatte! Sie hatte schon mehrfach, wenn Friedbert glaubte, Grund zur Eifersucht zu haben, aus seinen Blicken gelesen, dass seine Leidenschaft unter solchen Umständen keine Grenzen haben und vielleicht auch nicht ihr Leben schonen würde.

Lydia schien diese stürmenden Gedanken der Schwesterseele zu ahnen. Sie ergriff Sibylles Hände und zog die wieder ganz Erstarrte neben sich auf den Diwan.

„Du brauchst mir gar nichts zu sagen und zu beichten", sagte sie mit tiefen, wehem Ernst, „ich weiß schon alles; ich kann es mir aus dem einen Punkt denken – weil ihr beide keinen Gott habt! Davon, Sibylle, kommt alles - alles! Davon kam schon der Brudermord des Kain an Abel. Und auch du bist dadurch nahezu so weit gekommen wie jener erste Mörder! - Sibylle! Sibylle!" rief sie plötzlich in wildem Schmerz und riss die Schwester an die Brust. „Wenn das die Mutter wüsste – dass du eine Gottlose und eine Ehebrecherin bist und eine Mörderin an deinem Manne! - Sibylle! Sibylle! Ich lasse dich nicht! Du bist meine Schwester! Du musst mit mir kommen – samt ihm, dem Kranken! Und ihr müsst alle beide wieder gesund werden – ihr müsst erwachen! Ihr müsst Licht finden!

O mein Gott, o liebster Vater im Himmel!" rief die treue Hüterin, ihre Hände zum Himmel erhebend! Gib mir meine Schwester wieder! Gib mir ihre Seele, die Du mir schon als ein Kind auf das Herz gebunden hast! Ich habe gefehlt vor Dir, dass ich so lange nicht nach ihr geschaut habe! Vergib mir! Lass Gnade vor Recht ergehen! Und erschließe Dir wieder dieses einst so kindliche und reine Herz der Schwester! O Gott, lasse sie sehen und erkennen, wie eitel töricht und nichtig all ihr Hoffen und Streben und wie unselig ihr Leben ohne Gott ist! O Vater, gib ihr Licht! Gib ihr Licht! Und hilf auch dem bedauernswerten, armen Manne!"

Während sie also laut betete, hatte sich im Schlafzimmer der Kranke, aus seinem Betäubungsschlummer erwachend, langsam etwas aufgerichtet. Er hörte mit geschärftem Sinn das Gebet, und plötzlich rief er laut und klar: „Lydia, komm!"

Rasch lief die Gerufene in das Schlafzimmer. Sibylle folgte hinten drein.

Da saß Friedbert fast gänzlich aufgerichtet im Bett. Die fahle Blässe des Gesichts war einer fiebernden Röte gewichen. Die großen dunklen Augen glühten und glänzten.

„Lydia", sagte er, „tue ihr nichts! - Ich – ich bin ja an allem schuld – ich habe sie ungläubig und gottlos gemacht! Und ich habe sie in diesen Geist hineingetrieben, in welchem sie mir dieses antun konnte und vielleicht - musste! Wer weiß, was für Mächten wir Armen untertan sind!?"

„Christus Jesus!" schrie er plötzlich, die Arme ausbreitend. „Ich habe gesündigt! Ich bin von Dir gewichen! Ich habe Dich verlassen und verraten! Und nun bin ich von Dir gestraft – mit Recht! - Jesus Christus! – Erlöser! - Vergib uns und erlöse auch uns!"

Damit fiel der Fieberglühende in die Kissen zurück. Ein Schein der Verklärung war plötzlich über sein Angesicht und ganzes Wesen ergossen. Mit großen, offenen Augen lag er da, als schaute er in weite, lichte Fernen.

„Ja, ja", murmelte er leise. „Ja – ja. Es ist ein Gott, und Er lässt Seiner nicht spotten!"

Lydia trat zu dem Verklärten, der dem irdischen Jammer und Schmutz entrückt schien, und legte ihre Hand auf seine fiebernde Stirne. „Es wird schon alles, alles wieder gut, Friedbert. Der Vater im Himmel ist erbarmend und freut Sich über jeden, der zu Ihm kommt!"

Als Lydia sich nach diesen Worten zu Sibylle wandte, die in starrem Staunen auf der Türschwelle stehen geblieben war und das Geschehen miterlebt hatte, da konnte auch diese sich nicht länger halten. Sie stürzte in die Arme Lydias, barg das Gesicht an ihrer Brust. Und endlich löste ein unerschöpflicher Strom von Tränen das angestaute, verhärtete Gefühl der jugendlichen Sünderin.

Dass Friedbert gesagt hatte: ‚Tu ihr nichts – ich bin schuld!' - Das hatte sie ins Herz getroffen. Da war in ihr etwas aufgerührt und zum Leben gerufen worden, das sie vorher noch nie, nie empfunden und gekannt hatte. Eine ganz seltsame Glut des Herzens – ein Stück Himmel – ein heiliger Feuerfunke wahrer, göttlicher Liebe war in ihr aufgegangen!

Des Heilands, des Erlösers Finger hatte zwei Seelen berührt – in Nacht und Grauen ihnen ein Licht entzündet!

33. Kapitel

Wer da mit dem geistigen Augen hätte sehen können, was für ein Kampf in diesen Stunden um diese beiden Seelen, Friedbert und Sibylle, auch im unsichtbaren Reiche ausgefochten wurde, der hätte erst so recht den tiefen, himmlischen Sinn dieser ganzen irdischen Vorgänge erkannt.

Mit Lydia waren die geistigen Freunde ihres Hauses und ihrer Familie mit in das Heim der jungen Eheleute Eggenhardt eingezogen, dem heißen Drange ihres Herzens folgend. Sie hatten die Schutzgeister der beiden verirrten Menschenkinder tief betrübt und niedergeschlagen angetroffen. Und eine fast undurchdringliche, schwarze Wolke unseliger Finsternismächte überlagerte wie ein stählernes Gewölbe das ganze Heim der beiden Menschen. Durch das geistige Auge geschaut, sah es dort gar nicht so sonnig und freundlich aus, wie es den Beschauer mit dem leiblichen Auge vorkam. Es war in Wahrheit tiefste Nacht und Wüste um die Seelen Friedberts und Sibylles. Und es war klar, dass hier nur mit der höchsten Himmelsmacht reinster Liebe und mit des Vaters ureigenster Kraft etwas auszurichten war.

Unter heißem Gebet der vereinten guten Geister hatte denn auch alsbald ein Willenskampf zwischen dieser kleinen Schar des Lichts und dem Heere der Finsternis begonnen, das mit seinem ganzen, giftgeschwollenen Hasse auf die eng zusammengeschlossenen aber furchtlosen geistigen Beter einstürmte.

Seltsam war, dass hier dem noch jungen und erst zuletzt zum Lichte gelangten Geiste Albert Sauerbrot, dem einstigen unseligen Raubmörder, am wenigsten bangte. Er war von einer unerschütterlicher Festigkeit und Kühnheit, als selbst die grauenvollsten Dämonen in ihrer Wut herbeifuhren, um die in dem Drama handelnden irdischen Menschen, besonders Friedbert und Sibylle, zu verderblichen Schritten und Taten hinzureißen und Lydia und die geistigen Beter zu verwirren und in die Flucht zu schlagen. Hatte doch Albert Sauerbrot an sich selbst die Gnade, Kraft und Macht des himmlischen obersten Schutzherrn in besonderer Herrlichkeit erfahren! Ihn, den Räuber und Mörder und gottlosen Ungläubigen, hatte die heilige Liebe des allein wahrhaftigen Gottes selbst im Jenseits noch gesucht, gerettet und angenommen, ja ins selige Licht der Paradiese empor geführt, als er sich in jäher Erkenntnis und heißer Reue dem sanftmütigsten aller Richter, dem wunderbaren Arzt und Heiland aller kranken Seelen, zu Füßen geworfen hatte. O diese Erfahrung nach langer Wüstenfahrt in jener grünen, erquickenden Oase wollte er ewiglich festhalten und die selige Botschaft auch der armen, verirrten Schwester Sibylle und ihrem bedauernswerten Manne bringen!

Keine Macht der Hölle und der Finsternis sollte ihn daran hindern, auch diese beiden Herzen mit dem Lichte zu erfüllen, das ihn selbst so überselig gemacht hatte. Und darum kniete denn in der unsichtbaren geistigen Schar der junge Sauerbrot vorne dran, sandte seine heißesten Gebete zum Throne des himmlischen Vaters hinauf und bot furchtlos den Lichtschild seines starken Willens dem Stürmen der wilden Dämonen entgegen. Nur zu gut kannte er ja aus seinem früheren Erdenleben diesen Geist der Vergewaltigung und Vernichtung und wusste auch aus seinen Erfahrungen, dass diese Gewalt dem innersten, wahren Sein alles Lebens – dem göttlichen Geiste der Liebe nichts anhaben konnte.

So gelang es denn auch hauptsächlich durch das unerschütterliche Beten dieses jungen Schutzgeistes, die sieghafte Hilfe der höchsten Himmel herbeizuziehen. Und das Angesicht des Alleinzigen neigte sich in freundlicher Milde dieser inbrünstig mit ihren irdischen Angehörigen vereinten Kämpferschar.

Es ward erreicht, dass die Herzen der beteiligten Menschen nicht den rasenden Mächten der Hölle und ihren Einflüsterungen erlagen, sondern den Warnungen und Ratstimmen der Lichtmächte Gehör gaben. Und so waren die Dinge zu dem glücklichen Ende gekommen, das wir in der vorangehenden Schilderung erlebt haben.

Dass hier eigentlich ein heiliges Wunder geschehen war – mit dieser Bekehrung Friedberts und der beginnenden Umstimmung Sibylles - das empfand Lydia aufs tiefste. Da war offensichtlich eine wunderbare Gebetserhörung vor sich gegangen! O wie wollte sie dafür dankbar und künftig auch voll des unerschütterlichsten Vertrauens sein! Der himmlische Vater, der allmächtige Gott vermochte wahrlich alles!

Die Herzen der Menschen lenkte Er – bei aller Freiheit ihres Willens – durch Seine weitausschauenden

Vorkehrungen wie Wasserbäche. Wie hatte Er die Vorgänge dieses Abends, die Handlungen der Menschen und ihre Auswirkungen so wunderbar sich entwickeln und entfalten lassen, nur da und dort mit einer unvermerkten, bedeutsamen Wendung geistig einfließend – so, dass unter dem machtvollen Eindrucke dieser lange vorbereiteten Katastrophe die Seele des in eigenwilligem Weltsinn befangenen jungen Mannes von ihrer falschen Weltschale jählings befreit wurde, dass sie das wahre Licht aus den himmlischen Höhen echter, reiner Liebe verstehen und in diesem neuen Tage die eigene Schuld an dem tieftraurigen Verlauf der Dinge erkennen und bekennen konnte! Wie wunderbar die Freisprechung des vom trügerischen Weltgeiste des Mannes verblendeten und verführten Weibes – und dass der Reuige Worte finden konnte, die Verirrte der leitenden Fürsorge der göttlichen Barmherzigkeit zu empfehlen!

Auch Sibylle musste durch diese Wendung und durch die im Herzen ihres Mannes gewirkte Gnadenfülle in ihrer Weltsicherheit erschüttert und dem Walten des göttlichen Geistes zugänglicher gemacht werden. Das war ja doch fast gar nicht anders möglich unter der Wucht solcher Erlebnisse und Eindrücke.

O wie wunderbar weise und herrlich und mit welch unwiderstehlicher, sanfter Macht hatte der heilige himmlische Vater, der Meister des Lebens, die Dinge zuwege gebracht und eins aus dem andern entwickelt – wie aus dem harten Holze des Baumstammes der Ast, der Zweig, die Blüte und die Frucht sich entfaltet!

Ja, ja! Ihm ewig allen Dank, allen Preis und alle unsere Liebe samt dem unentwegtesten Vertrauen in allen künftigen Nöten des Lebens!

34. Kapitel

Lydia entschloss sich, die beiden Lieben nun natürlich nicht zu verlassen, sondern mit Sibylle die Pflege des Kranken zu übernehmen.

Aber am nächsten Morgen kam auf Veranlassung des Kassenarztes schon ein Krankenwagen und holte Friedbert in ein in der Stadt gelegenes Krankenhaus.

Dort wurde er untersucht, einige Tage gepflegt und sobald er befördert werden konnte, in eine entfernte, auf sonniger, staubfreier Gebirgshöhe gelegene Lungenheilanstalt der Krankenkasse verbracht.

Hier durfte Friedbert beinahe zwei Monate lang bleiben und genas, den mörderischen Dämpfen der Fabrik entrückt, überraschend schnell von den schlimmen Erscheinungen seines Übels. An eine Rückkehr in den alten Beruf war freilich nicht mehr zu denken. Und am Schlusse der Anstaltskur erklärte der behandelnde Arzt einen weiteren, mehrwöchigen Erholungsaufenthalt in würziger, reiner Landluft für unbedingt erforderlich.

Lydia war inzwischen mit Sibylle sogleich, nachdem Friedbert in die Heilanstalt verbracht worden war, nach dem heimatlichen Dorf auf dem Walde abgereist. Die Wohnung in der Stadt war geschlossen worden, und Sibylle kam jetzt in ganz neue, ihr bisher völlig unbekannte und ungewohnte Verhältnisse.

O welch ein Geist umfing sie hier in diesem Hause, wo Vater und Mutter und die vier frischen, frohen Kinderchen mit einer wahrhaft himmlischen Liebe aneinander hingen! Ah, das war ein Leben – ein Eden auf Erden, dieses gegenseitige Sich-Dienen und -Erfreuen!

In aller Morgenfrühe, wenn die Hähne im Dorfe krähten und die aufgehende Sonne den nahen, etwas höher gelegenen Wald und dann die Giebel der freundlichen Häuser des Dorfes erhellte – da erhob sich der

Vater, brachte dies und das im Hause oder Garten oder für seine berufliche Arbeit in Ordnung.

Dann, wenn es Zeit war, die schlummernden Lieben für das Werk des Tages zu wecken, setzte er sich an die wundervolle kleine Hausorgel im geräumigen Wohnzimmer und ließ ein Dank- und Loblied mit männlicher Stimme und mächtig anschwellendem Orgelschall ertönen, dass alle Schläfer in den oberen Räumen seligst erwachten und mit einstimmten.

So erbebte schon gleich in frühester Morgenstunde das ganze, gesegnete Haus des Lehrers von den geistigen Wogen und Wellen des Heiligen Geistes und der Freude und Herrlichkeit eines Lebens in Gott.

Beim Frühstück, das bald alle Glieder der Familie und meist auch irgendwelche in diesem Hause Trost und Kraft suchende Gäste vereinte, sprach der junge Bernhard mit Inbrunst sein Gebet und die jüngeren Geschwister unterstützten ihn mit ihren stammelnden Worten.

O wie schmeckte da die gesegnete, von frohen Reden und Tagesplänen gewürzte Mahlzeit!

Ein schönes Wort aus einem vom jüngsten der Kleinen an den Platz des Vaters gelegten Kalender, mit erbauendem, tiefsinnigen Inhalt aus den Werken des deutschen Sehers Jakob Lorber, vom Vater am Schlusse des leiblichen Mahles als geistige Nachspeise vorgelesen, gab allen Herzen, besonders den Erwachsenen, Stoff zum Nachdenken und eine stärkende Wegzehrung für den ganzen Tag.

Und nun ging jedes, von unsichtbaren, höheren Mächten gestärkt und gefestigt, an sein Tagewerk; die Kinder und der Vater in die Schule; die Mutter an den Haushalt; Sibylle und die andern Gäste an die auch ihnen zukommende und sich bietende Beschäftigung.

Gerade solch ein tägliches Familienfest wie das Frühstück war auch das Mittags- und Abendmahl. Und man konnte hier in diesem Hause von dessen Bewohnern wirklich sagen: „Ihr Lebenslauf ist Lieb und Lust!"

Wir herrlich war auch der Abschluss, welchen der Hausherr allabendlich im engeren Kreise der Erwachsenen dem reichen Arbeitstage geben konnte mit seiner Vorlesung aus der Heiligen Schrift oder aus andern ernsten, zu Gott weisenden Büchern – oder auch mit sonstigen Betrachtungen und Belehrungen.

Diesem Geiste konnte sich Sibylles an sich gesundes und natürliches, nur vom Vater her mit einer gewissen Kühle veranlagtes Wesen nicht verschließen. Sie fühlte sich in diesem Hause, dieser friedlichen Ordnung, diesem allem kopfhängerischen Wesen abholden Frohsinn von der ersten Stunde an wunderbar wohl – und befreit. Etwas Beklemmendes, etwas Hässliches, Giftiges ließ von ihr ab. Wie Ketten oder Schalen fiel es nieder. O wie atmete es sich hier so wahrhaft leicht und sorglos!

Diese Menschen hatten wirklich kein solches Hetzen, Fürchten, Bangen und Jagen wie die armen Großstadtleute! Da waltete ja ein lieber Gott und Vater und gab jedem, der seine Pflicht tat, zuversichtlich das Seine! Da brauchte es gar kein Sorgen und Jagen! Da fiel jedem alles Nötigste und noch weit, weit mehr – über Bitte und Verstehen, von selbst zu. Kurz, in diesem Hause war wahrhaft das große, selige Friedensglück, nach welchem sie, Sibylle, in der Stadt unter den ungläubigen, gottlosen Horden so lange so vergebens und schließlich mit so furchtbarem Misserfolge gesucht hatte.

O hierher musste man auch ihren Friedbert bringen zur völligen Ausheilung – das war ihr brennender Herzenswunsch. Auch Lydia und Karl Gotthilf wünschten sich nichts sehnlicher. Und so reiste Sibylle eines Tages mit dem Segen der ganzen Familie ab, um den notdürftig Wiederhergestellten an die Stätte des Lichts und des Friedens heimzuholen.

Friedbert stand unter dem Toreingang der hoch am Berge gelegenen Heilanstalt. Er war wieder bedeutend kräftiger, und ein sonnengebräuntes Gesicht schaute der ankommenden jungen Frau mit fragenden, glimmenden Blicken entgegen. Friedbert öffnete die Arme, und Sibylle stürzte, keines Wortes mächtig, an seine Brust.

Ohne viel zu sagen, führte er sie auf sein Zimmer im zweiten Stocke, von wo man eine unbegrenzte Fernsicht ins weite, tiefergelegene Land hinaus genoss. Er schloss das offene mit freundlichen schneeigen Tüllvorhängen umrahmte Fenster. Und nun feierten die beiden Gatten, ohne das zwischen ihnen in den Wirrnissen und Strudeln der Welt Vorgefallene zu erwähnen, ein Wiedersehen und eine Vereinigung ihrer Herzen, wie sie solch eine Seligkeit im Geiste noch niemals in ihrem ganzen Leben empfunden hatten.

Auch Friedbert war hier oben in der reinen Gebirgs- und Waldluft und in der Friedensstille der erhabenen herrlichen Landschaft weiter zu Gott hinangereift. Der Atem der Ewigkeit wehte hier. Die Wälder, die Berge und Täler, auf welche er hinunter schaute, die ziehenden, schimmernden Wolkengebirge am Horizont – und in lautloser Nacht die aus reiner, stiller Höhe herniederfunkelnden Sterne, dieses ganze, heilige Geschmeide der göttlichen Schöpfungskrone hatte sein Herz mit Schauern erfüllt und ihn den allwaltenden, liebevollsten Vater ahnen, fühlen und erleben lassen.

Nun konnte er über das in blindem Erdendrange von seine Seite gewichene Weib nur ein tiefes, unnennbares Erbarmen empfinden. War sie doch, wie ihm immer klarer geworden war, nicht ohne seine Schuld vom Weltsinne verblendet worden.

Und nun hatten sie beide durch die unermessliche Liebe und weise Führung des großen Gottes zu einer besseren und unendlich beglückenderen Erkenntnis erwachen dürfen und fanden sich durch Seine Gnadenlenkung auf einer höheren, reineren und seligeren Stufe!

O was waren das für Augenblicke des wonnevollsten, himmlischen Entzückens! Wie erschütternd war das Gefühl, nunmehr von Gott Selbst zu einer wahren Ehe, einer Ehe im Geiste reiner, selbstloser, göttlicher Liebe für alle Ewigkeit verbunden zu sein!

Die beiden konnten lange nur weinen. Und erst nach geraumer Zeit konnten wie wieder die Werke des Tages aufnehmen, Friedberts Koffer packen, unter Menschen gehen und sich dankbar von den Ärzten und den Angestellten des Hauses verabschieden.

Dann ging es in unnennbarem Glücke dem trauten Walddorfe, der Heimat der geliebten, teuren Geschwister zu.

35. Kapitel

Durch diese Wendung der Dinge hatten die unsichtbaren geistigen Freunde des Schulhauses nun das Ziel ihres Strebens erreicht!

Mit Friedbert und Sibylle zogen die letzten Weltschäflein der Familie in die bergende Hürde. Die Freude, als die beiden ankamen, war daher groß.

Auch Friedbert fand sich hier in diesem gottverbundenen Heime bald völlig zu Hause. Es war ihm, als ob er nach langer, dunkler Irrfahrt in fremden Landen endlich in die alte, lichte, in leichtfertigem Sinne verlassene Heimat seiner Seele zurückgekehrt sei! - Besonders mit dem Schwager Karl Gotthilf stand er bald auf dem vertrautesten, innigsten Fuße.

Gerne und mit großem Eifer ließ er sich von diesem geistig fortgeschrittenen Manne in das Erkenntnislicht einführen, welches diesem Hause und seinem engeren

Freundeskreise durch die jenseitigen Beschützer und Berater übermittelt worden war.

Karl Gotthilf zeigte ihm, wie diese geistigen Mitteilungen an das zarte innere Erkenntnisvermögen der Menschenseele gleichsam wie durch einen Jenseits und Diesseits verbindenden gedanklichen Kraftstrom erfolgen.

Und so war Friedbert ganz auf dem Laufenden in diesen Dingen, als eines Abends das Pfarrerehepaar und einige andere nahen Freunde wieder zur geistigen Weihestunde ins Schulhaus kamen.

Es war Lydias, der treuen Liebesheldin und Beterin siebenunddreißigster Geburtstag, und man hatte im Familienkreise dieses Fest schon vom frühen Morgen an mit einem überreichen Strom zärtlicher und dankbarer Liebe gefeiert. Als nun der Abend gekommen war und Friedensstille sich auf das ländliche Heim herniedersenkte, berief Karl Gotthilf, innerer Aufforderung gemäß, die erwachsenen Hausgenossen und sonstigen Geistesfreunde, um dem Tag durch einen gemeinsamen Gedankenaustausch in beglückender Zwiesprache mit den seligen Mächten der geistigen Welt zu krönen.

Er eröffnete das Beisammensein wie immer mit einem tiefen und lebendig aus dem Herzen dringenden Gebet, in welchem er diesmal mit Dankbarkeit und Wärme seine Ehegefährtin gedachte und sie der Liebe und dem Segen des göttlichen Hirten empfahl. War doch sie es gewesen, durch deren unerschütterliche Glaubensinnigkeit all das Dunkle und Arge gewichen und ein Himmel in diesem Hause aufgetan worden war. Ihrem Sorgen und Beten war es auch zu danken, dass der himmlische Vater zuletzt noch die beiden fehlenden Familienmitglieder aus dem Weltgebrause herbeigeführt hatte.

„Reiche Gnade", sagte Liebhardt, „möge denn auch auf sie, Lydia, die gute Gattin, Mutter und Schwester, der Himmel ergießen und dem Sehnen und Werk ihres Herzens vollen Erfolg und Sieg in Zeit und Ewigkeit geben!"

Nach diesen Worten setzte sich Karl Gotthilf nieder, ergriff den Schreibstift, und nach einer Weile stillen, andachtsvollen Wartens und Lauschens kamen durch seinen Mund folgende Worte, die er wiederum gleichzeitig sprach und niederschrieb:

„Ihr teuren Lieben, wir grüßen euch auch heute mit dem Gruße des Friedens, tief beglückt, euch alle, auf denen das Auge des Vaters ruht, nun hier beisammen zu sehen. Ewigen Dank lasset uns für die so reich erfahrene Gnade dem himmlischen Lenker in unseren Herzen bewahren! Von der Höhe der Vollendung erst werdet ihr Seine Liebe und Weisheit, welche euch in diesem Hause zum Licht geführt hat, voll erkennen. Und wir unsichtbaren Freunde sind glücklich, dass es uns nach dem Ratschlusse des allmächtigen, himmlischen Vaters vergönnt war, zu diesem Werke einen, wenn auch kleinen Teil beizutragen.

Für euch, ihr Lieben, ist nun aber die Zeit gekommen, auf Grund der gewonnenen Erkenntnisse im Lichte eines festen, lebendigen Glaubens selbständig den gewiesenen Weg zum ewigen Leben weiter zu gehen und aus eigener Kraft zum heißgeliebten Vaterherzen zu streben. Wir Diener des Herrn werden uns daher, nachdem unsere Aufgabe beendet ist, wieder mehr in unsere euch unzugängliche Welt zurückziehen. Und wenn wir euch auch weiterhin mit unserer Liebsorge schützend und leitend umgeben, so werden wir doch nicht mehr wie bisher durch das vernehmliche Wort des Mittlers zu euch reden, sondern um eures höchsten Lebensgutes, eurer Willensfreiheit und Selbständigkeit wegen, nur im stillen Kämmerlein eures Herzens zu einem jeden einzelnen kommen mit der sanften, unaufdringlichen Stimme des Geistes.

Ihr sollt ja nicht ewiglich als Unmündige am Gängelbande geleitet werden. Das große Ziel unseres Schöpfers und väterlichen Vollenders ist es, euch zu selbständigen und selbsttätigen Söhnen und Töchtern, zu wahren Ebenbildern Seiner eigenen göttlichen Vollkommenheit zu reifen. Und so suchet Ihn, den himmlischen Vater, und Sein lebendiges Wort fürder alle im inwendigen Gottesreiche des Herzens!

Eine sichere Wegweisung besitzet ihr in den durch lichtvolle Erkenntnisse euch aufgeschlossenen heiligen Schriften der Bibel wie auch in den herrlichen Werken jenes großen Sehers und Gottesboten, von welchem ihr ein tägliches Geistesbrot alle Morgen zum Frühmahl genießet. Wenn ihr redlichen Sinnes den euch auch hier so klar und eindringlich gewiesenen Weg der selbstlos tätigen Liebe und Demut wandelt, werdet ihr das große, ewige Ziel nimmermehr verfehlen. Und eure wie unsere Freude wird allezeit vollkommen sein.

Nehmet, ihr innig Geliebten, von uns allen den treuesten Abschieds- und Segensgruß! Möge ein jedes einzelne bald das hohe Ziel des Vaterherzens voll und ganz erreichen durch das unentwegte Nachfolgen auf den Spuren der Ewigen Liebe, die mit offenen Armen eines jeden Pilgers, auch des weit Verirrten, harrt.

Doch nun wollen wir mit unserer geringen Kraft zurücktreten. Und euch zur Stärkung wird ein Erhabener zu euren Herzen reden, vor dessen Angesicht wir ewig nicht würdig sein werden, den Saum Seines Mantels zu küssen."

Nach diesen Worten machte Karl-Gotthilf eine kleine Pause. Dann schrieb und sprach er mit einer unter der heiligen Wucht des Eindruckes leise bebenden Stimme:

„Der Ich ewig war und ewig sein werde, rede heute zu euch, die ihr in Liebe Mein Vaterherz suchet. Ihr wundert euch, von Mir aus Meiner euch unermesslichen Höhe ein Zeugnis Meiner Liebe zu empfangen!

Habe Ich es denn nicht allen denen, die Mich suchen und zu sich bitten, für alle Zeiten der Zeiten verheißen: ‚Wo zwei oder drei in Meinem Namen zusammen sind, da bin Ich mitten unter ihnen.‘ (Mt. 18,20) Warum staunet ihr und verwundert euch nun? Und warum zaudert ihr, im Geiste an Meine Brust, an Mein Herz zu eilen!? Sehet, die Arme, welche sich von rohen Henkern für euch ans Kreuz schlagen ließen und sich in heißem Sehnsuchtsschmerze nach allen Meinen Erdenkindern reckten - sie stehen auch heute noch für euch alle offen. Und Der für euch Sein Blut am Kreuze hingab, steht in eurer Mitte, um das verlorene Leben, das sich in euch wieder zu Ihm fand, an Seine Brust zu ziehen und zu liebkosen.

O säumet nicht und kommet alle, alle, die Ich aus Nacht und Not zum Licht heraufgeführt! Hier ist der Ort, der ewige Born des Lebens! Und wer hier trinkt, den dürstet ewig nimmer, es sei denn nur nach weiterer Seligkeit aus Mir.

Von dieser Quelle weichet nimmermehr! Lasst durch der Welt Gepränge euch nicht locken! In Irrsal führt ihr feiner Zauberbetrug! - Bei Mir ist Wahrheit, Liebe, Kraft und Stärke. Und wer bei Mir bleibt, bleibt im reichen Segen, der wie ein Sonnenstrahlenkranz Mein Sein umgibt.

O kommt! O kommt! Und lasst uns ewig wunderbare Wege gehen. – Ich bin's! Ich ruf' euch – euer Vater Jesus."

Als diese Worte in dem stillen Raume verklungen waren, rührte sich kein Atem.

Nur schwer fanden die versammelten Zeugen sich in das irdische Dasein zurück.

War es Wirklichkeit gewesen? - Der Höchste Selbst hatte diesem Trüpplein Menschenkinder Sich zugeneigt!?

Der unbeschreibliche Schauer der tiefsten Wonne, welcher wie ein feuriger Wein in aller Herzen sich ergossen hatte und sie mit wunderbarer Lebensglut erfüllte, war ein heiliges, unverkennbares Zeugnis!

Ja, die Liebe Gottes hatte sie alle, die hier gläubig versammelt waren, gesucht und gefunden! - Und die Geborgenen wollten sich fürder nur von Ihr weiter führen lassen, dieser siegreichen Macht, welche mit dem Stabe der Weisheit und sanftesten Milde, auch noch den letzten Sünder im freien Lichtreiche des ewigen Lebens zur Vollendung reift.

- E n d e -

Gottlieb Stiller

Das Leben im himmlischen Reich

Es gehört zum wahren Jüngerleben, dass die Seele sich ausstreckt nach ihrer ewigen Heimat. Wie das Kind sich nach der Heimat der Eltern sehnt, so auch die Seele des Jüngers nach der Heimat des ewigen himmlischen Vaters. Und wie ein Kind danach verlangt zu wissen, wie das Vaterhaus gestaltet ist, so auch die Seele des Menschen.

Dem Leser werden in dieser Schrift tiefste Einblicke in die geistigen Welten bzw. in die einzelnen Himmelsstufen gewährt. Ja, mehr noch, er wird in Gottes Werkstatt schauen und Wahrheiten über erhabenste Gottesgeheimnisse vermittelt bekommen, wie sie die Menschheit in dieser Kürze, dabei aber auch Weite und Tiefe bisher nicht geschenkt bekam. Das Herz erahnt hier oft in heiligem Zittern, was der Verstand noch gar nicht richtig einordnen kann.

Taschenbuch, 116 Seiten, Größe: 12 x 19 cm
ISBN 978-3-7534-0765-4
Bezug portofrei über Books on Demand Buchshop oder im Buchhandel

Amanda und Amara

oder der Weg zur Schönheitsquelle

In dieser gleichnishaften Erzählung, die in der irdischen und himmlischen Welt spielt, begegnen wir zwei ungleichen Schwestern. Während die eine liebenswürdig und schön ist, ist die andere boshaft, neidisch, zänkisch und hässlich.

Ebenfalls nach Schönheit sich sehnend, begibt sich letztere unter der Führung und Belehrung von Engeln auf den Weg durch die himmlischen Welten zur Quelle der Schönheit, die sie aber erst nach vielen Prüfungen und Läuterungen erreichen wird.

Der Weg zur Vollkommenheit wird in dieser Parabel in eindrucksvollen Bildern geschildert, er führt in und durch unsere eigenen inneren, lichten und dunklen Seelenwelten, in deren Tiefen das Wasser des Lebens aus der wahren, göttlichen Quelle entspringt.

Taschenbuch, 50 Seiten, Größe: 12 x 19 cm;
ISBN 978-3-7526-0765-9
Bezug portofrei über Books on Demand Buchshop oder im Buchhandel

Max Seltmann

ERLEBNISSE MIT JAKOBUS
auf der Reise nach Edessa

In Edessa im mesopotamischen Königreich Osrhoene, wird die Geschichte überliefert, dass König Abgarus V. von Edessa von dem berühmten Heiland Jesus und seinen Wundertaten Kunde erhielt. Da er selbst schwer erkrankt war, sandte er einen Boten an Jesus, um ihn nach Edessa einzuladen, damit dieser ihn von seiner schweren Krankheit heilen möge.

Jesus pries den König selig: „Selig bist du, der du an mich geglaubt hast, ohne mich gesehen zu haben." Da er aber nicht persönlich zu ihm kommen konnte, versprach er, zu einem späteren Zeitpunkt, einen seiner Jünger zu senden.

Diese umfangreiche Erzählung handelt nun von den Erlebnissen des Jüngers Jakobus auf der Reise von Jerusalem nach Edessa zu König Abgarus.

Was der Jünger Jakobus auf dieser zweijährigen Reise durch die Heidenländer an Begegnungen, Wundern, Krankenheilungen und Zeugnissen erlebte, erfahren wir in dieser inspirierenden Erzählung, die weit mehr ist, als nur ein Roman.

580 Seiten, Paperback (21,5 x 13,5 x 4,0 cm)
ISBN 978-3-7528-7356-6
Bezug portofrei über Books on Demand Buchshop oder im Buchhandel